THE PALACE OF GLASS
THE FORBIDDEN LIBRARY

Django Wexler
謙柯・韋斯樂

謝靜雯——————譯

重要人物簡介

愛麗絲

本書女主角，大魔法師傑瑞恩的學徒，頭腦聰明，潛力無窮，善於智取戰鬥，知道父親失蹤的真相後，一心一意地準備復仇。

傑瑞恩

自稱是愛麗絲遠親，真實身分是法力強大的「讀者」，性情看似和藹，實則殘酷。擁有一間碉堡般的圖書館和數不清的魔法書。

灰燼

外型是一隻灰色的貓，會說人話，據他的說法自己是半人半貓，住在傑瑞恩的圖書館裡，與愛麗絲一起經歷許多冒險。

終結

與灰燼一樣是隻會說話的貓，但身形巨大，神出鬼沒。灰燼稱她為「母親」，幫傑瑞恩管理圖書館。

艾薩克

同為「讀者」的魔法師學徒，擅長使用冰、火，以及催眠系魔法。與愛麗絲一起經歷數不清的冒險時刻，總想著要保護愛麗絲。

燦兒

年齡與愛麗絲相仿的火精靈，有一雙深紅的眼眸，以及一頭宛如液態火焰一般的頭髮，由於一些原因，仇視著所有的「讀者」。

派洛斯

火精靈的長老，處事圓融，勉力維繫著全族的生存以及跟「讀者」的關係。

冰花荷爾加

冰巨人族的女性首領，特徵是編成三辮、長度垂過腰際的頭髮，以及一道唇上的傷疤。驍勇善戰，因為擅長種花而有「冰花」之名。

無名艾卓德

荷爾加的女兒，喜愛素描，因為常在重要時刻分神畫畫，不被母親信任，沒有得到賜名，故為「無名」。

蓋瑞特

曾帶隊征討「水之伊掃」大宅的「讀者」討伐隊隊長，身材高瘦的青年，擅長使用影魔法，後不幸戰死。

愛倫

與蓋瑞特年紀相當的金髮青少女。對蓋瑞特有特殊情愫，能操縱光線攻擊敵人。

黛克西

曾是伊掃大宅「讀者」討伐隊的一員，與愛麗絲年紀相仿、皮膚黝黑的女孩，身著麻袋一般的袍子，具有占卜、感應危險的能力。

CONTENTS

本書獻給你的貓！

序幕

在一場場的惡夢裡，愛麗絲再次望著魔鏡，眼睜睜地看著那艘輪船陷入火海。

她父親當時搭著那艘名為吉迪恩的輪船，趕往南美洲，到底為了什麼，她至今依然不明白。他的船後來沉了，全船無人生還。傑瑞恩伯伯收容了她，讓她住進他位於匹茲堡的莊園，那裡有間奇妙的圖書館。她掉進一本書裡，傑瑞恩跟她解釋說，這表示她是讀者，就跟他一樣能夠操使魔法——將神奇的生物從書裡召喚出來，借用牠們的力量，甚至是套用牠們的外型。他把「終結」這個迷陣怪介紹給她：這個生物的外型是大黑貓，可以操控空間與距離，並且控制他這間圖書館內的無邊迷宮。

她跟某種書中生物打鬥時，原本可能會不幸喪生，當時是傑瑞恩救了她。後來傑瑞恩把她派到水之伊掃這位讀者的碉堡，她在那裡大戰迷魂怪「折磨」以及伊掃的瘋狂學徒。在那個迷陣魔的聖所深處，她找了了那面魔鏡，喚出影像，終於獲知了父親之前的經歷。

她在鏡子裡看到傑瑞恩，他竟然任由吉迪恩遭祝融吞噬。

原來他一直對她撒謊，謊稱對她父親的命運一無所知，但她父親的死，他根本脫不了責任。

她從最近一場夢魘中醒來時，躺在小小的床上，身旁就是從前段人生搶救出來的一雙絨毛兔。她對著枕頭狂吼、發洩怒氣，用力捶打床墊，想像那是老讀者傑瑞恩的臉。

他逃不了責任的，絕對逃不了！

愛麗絲決心要報仇。

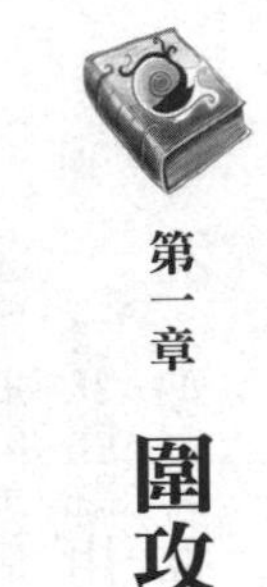

第一章 圍攻

遙遠的嗡嗡聲越來越大。

「艾薩克！」愛麗絲吼道，「牠們要爬過牆來了！」

「妳一定要擋住牠們！」他喊叫，「要是讓牠們到花那裡，就白忙一場了！」

你這樣說有用才怪！愛麗絲忍住，免得說出刺人的話。她可以聽到艾薩克召喚而來的生物正在奮戰——賽壬高唱有催眠作用的歌曲、火怪呼咻咻地吐出火焰，她猜他自己都忙不過來了。

他們在異世界的一個小庭院裡，周圍是坍塌的石牆。頂頭有三顆太陽，邊緣互貼，彷彿是串在線上的珠子，在藍紫色天空中緩緩下降。庭院中央有一座低矮石棚，守護著一座古老石井。

石井裡有一朵巨大的紫白雙色花，據說這朵花再不久就會結出一批果實。傑瑞恩明確指示愛麗絲，要她等到花朵綻放之後，將果實採摘回來給他，不知怎地，卻沒提到也會有憤怒的昆蟲大軍想爭搶這些果實。

這批敵人當中的第一隻正要攀過牆壁：棍子般的腿撐起膨脹的黃黑身體，越過崎嶇不平的岩石。外表狀似黃蜂，有著分段式的軀體，薄如蛛絲的翅膀，加上六條腿，但體型卻像大型犬。牠的複眼像鏡子一般閃閃發光，大小有如愛麗絲緊握的拳頭。恍如屠夫刀子的螯針從身體末端突出來，寬闊的嘴顎長了兩雙長牙。

她跟艾薩克都發現，那些生物實際上比外表看來更機靈。

愛麗絲揪住簇群線，開始將簇仔召喚出來。每隻簇仔（外型像蘋果大小的黑毛球，雙眼小如豆，嘴喙又長又尖）隨著一聲呱嘓憑空出現，落入她的手中。她將簇仔拋上牆頂。簇仔降落牆頂的時候，連忙穩住腳步，靈活地在岩石之間跳躍，好似負責防守的軍隊在碉堡壁壘上站崗。

黃蜂怪雖然能飛，但飛不過愛麗絲的頭頂高度，所以必須用爬的過牆。這就給了簇仔攻擊的機會，牠們用嘴喙劈砍黃蜂怪的眼睛跟腿部。第一隻爬到牆頂的敵人在幾隻簇仔的襲擊之下，一時失足，往後摔落。第二隻有一邊眼睛被刺中，湧出了黑色膿水。愛麗絲站在下方的中庭，有如指揮調度軍隊的大將軍。

黃蜂心無旁騖，根本不理會簇仔，只是把這些小生物推開。有隻黃蜂拖著一條斷腿，踉蹌越過牆壁之後，就像某人摔入池子似的，搖晃著進入空中，翅膀的低鳴逐漸加快，直直朝她而來，坦露尖牙，以小飛船似的氣派優雅，冉冉飄過空中。

愛麗絲先讓簇仔自力救濟，自己一把掄起短棍，這是一根長度近似棒球棒的木條，末端展開如同寬闊的球拍。愛麗絲暗想，這是專打大型蟲蠅的蠅拍。

愛麗絲用史百克的線繞住自己，這一來便擁有了恐龍的氣力，她的身體頓時輕如鳥羽。她對著進擊的黃蜂怪揮甩蠅拍，末端咻咻掃過空中，擊中了那隻蜂怪，力道大到牠殘破的蟲身在牆上撞成一團泥糊。下一隻落得同樣下場，再一隻也是，蜂怪前仆後繼地來到，簇仔忙著切割跟戳刺蟲子身側。

她往後一瞥，看見艾薩克正跟他自己的生物並肩作戰，守護著通往庭院的唯一入口。賽壬是一縷若隱若現的女幽魂，堅守著門口，有催眠效力的歌曲讓十幾隻黃蜂怪睡倒在腳邊。小冰就在賽壬附近，是一身白衣的苗條身影，好似白雪壓實之後做出的雕像。黃蜂怪從小冰那側試圖攀牆進入庭院時，小冰朝著蜂怪射出陣陣冷冽的空氣，逼得牠們往後退開，並且噴出細小冰刺扯碎牠們的翅膀。

成功躲開賽壬跟小冰攻勢的那些蜂怪，則由艾薩克親自應付。火怪的烈火從他掌心噴射出去，發出恍如軟管噴水般的吼聲，凡是被烈火碰到的黃蜂，一律燒得焦黑凋萎。艾薩克一動，破破爛爛的灰色長外套就在周身翻飛，有幾處被散落的火花燒黑了，他四周的草地上有幾團小火正燒得旺盛。

三隻黃蜂同時朝愛麗絲撲來，聯手圍攻她。她先把頭一隻打成爛泥，第二隻用螫朝她刺來的時候，她躲了開來，但第三隻飛快上前，利牙咬進她的身體側面。愛麗絲短促地叫了一聲，用手肘猛撞牠的腦袋，史百克的力氣把蜂怪的甲殼喀啦壓碎。牠跌開的時候，她再次縮身閃躲另一隻黃蜂，然後朝著石棚步步撤退。

她放開簇仔們，用簇群線裹住自己，讓這種小生物有如橡皮的韌度，滲入自己的皮膚。皮膚經過強化之後，她毫不退卻地迎向下一波黃蜂，執著蠅拍左揮右掃，牠們對著她又劈砍又猛咬。她的衣服扯得破破爛爛，但下面的皮膚非常堅韌，連利牙、螫刺都傷

不了。襲擊她的蜂怪紛紛落敗陣亡，打爛的蟲身一個個堆在她腳畔。

有隻蜂怪落在她背上，六隻腳同時揪住她，尖牙急著想扣住她的脖子。愛麗絲猛地轉身，手往肩膀後方伸去，但怎麼也抓不住。

「別動！」艾薩克說。

她定住不動，片刻之後，感覺一波熱氣湧上來，一陣正中目標的火焰讓那個生物烤成了又乾又脆的碎片。愛麗絲轉身尋找新目標，可是空中已經沒有黃蜂怪了。她可以看到有幾隻爬過牆壁，朝著所來之處撤退。

「看來牠們暫時受夠了。」艾薩克說，一面輕拍外套上悶燒的地方，然後朝愛麗絲走來。「妳還好嗎？」

「還好。」愛麗絲把蠅拍末端沾到的一些爛糊甩掉。

艾薩克皺眉。「才怪，妳在流血！」

愛麗絲低頭望去，全毀的襯衫一片殷紅，就是黃蜂怪咬中的地方，腎上腺素現在漸漸消退，傷口開始發疼。她扭著臉，撩起襯衫查看。

「傷口不深，」她說，小心戳戳破口，「不會有事的。」

「我們應該沖洗傷口，綁上繃帶，」艾薩克說，「只要牠們還有可能回來。」

「我就說我不會有——」她一看到艾薩克的表情就打住，然後嘆了口氣。他有時滿倔強的。「好吧，裡面有水。」

茂密的大片綠葉擋住了石棚門口，他們得先把綠葉推開才擠得進去。棚內，那朵花就靠在水井側面，大得跟車輪胎似的，中央有好幾片花瓣還緊緊蜷縮著。

他們走到水井邊緣的另一面。手才往下探幾呎，就能碰到水，近到愛麗絲可以拿著空水壺在水面下盛水，看著水泡噗噗往上竄，直到水壺灌滿為止。她席地坐在枯葉鋪成的柔軟地面，背對艾薩克，他從壺中倒出一道細流沖洗傷口時，她咬緊了牙關。

艾薩克把沾血的襯衫衣料從皮膚上拉開時，愛麗絲不禁因為痛楚而發出些微嘶聲，艾薩克畏縮一下。

「對不起。」他說。

「沒事啦，」愛麗絲說，「趕快弄完就是了。」

「我會盡量小心。」

為了轉移自己的注意力，愛麗絲對著那朵巨花點點頭。「你主人有沒有告訴你，他為什麼想要這個東西？」

「沒有，」艾薩克邊說邊將壺裡的冷水淋在刺痛的割傷上，「只說花開以前我千萬不可以碰，說我應該從裡面摘四枚果實回去給他。」

「我這邊也一樣。」

「然後……」艾薩克猶豫一下，「關於上次妳說過的事……還在進行嗎？」

「你的意思是，傑瑞恩害死我父親，我還要不要報仇？」愛麗絲兇巴巴說。

艾薩克扭著臉，彷彿那些話大聲說出口之後，就變得更真實了。「對啊。」

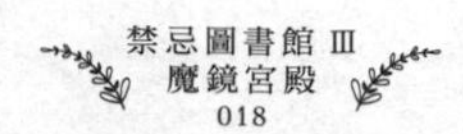

「當然了，」愛麗絲說，「你本來希望我會放棄嗎？」

「哪有！」艾薩克說，「我只是——擔心妳。」

愛麗絲合上雙眼，三個月前在伊掃的碉堡裡，她在折磨的魔鏡裡親眼看著吉迪恩沉船，當時心中湧生的怒氣，好似一塊熱燙的煤炭，卡在胸骨後方。它可以被封存起來並進入休眠狀態，也可以突然痛苦地活躍起來，可是永遠都在，就像壞掉的牙齒一樣無法忽視。此刻它正燒得灼亮，她的胸口感覺緊繃火燙。

「他要為自己做的事付出代價，」她說，「只有我能逼他付出代價，要是我放棄，他就能夠逍遙法外了。」

「我知道！」艾薩克說，語調可憐兮兮，「我知道，艾納克索曼德對我哥哥做了那樣的事，妳以為我不恨他嗎？可是……」

「可是怎樣？」

「那妳到底能做什麼？」艾薩克說，「傑瑞恩太強大了，很難打贏。」

「我又不是要直接攻擊他，」愛麗絲說，怒氣更旺了些，「終結要幫我學習怎麼『書寫』，這樣我就能打造自己的魔法書，她說讀者唯有透過這種方式才能得到真正的法力。」

其實，愛麗絲晚上獨自在臥房裡，也一直在擔心這件事。書寫好是好，可是進展好慢，她嘗試編寫的魔咒一直不大成功，雖然她覺得自己終於快達成目標了。更重要的是，即使她掌握了書寫魔咒的基本原理，也看不出來這要怎麼幫她，逼傑瑞恩為他的罪行扛起責任。他花了幾千年時間累積自己的法力，我怎麼趕得上？

「終結，」艾薩克的思緒換了個方向，「妳信任她嗎？」
「我為什麼不該信任她？」
「她是迷陣怪耶，」艾薩克說，「誰曉得他們行動背後的動機？折磨那時候想把我們全殺光光。」
「不用你提醒我，」愛麗絲說，她原本沒打算用這麼嚴厲的語氣，「可是一直以來，終結都在幫忙我。」
「那又不表示她會永遠幫下去。」
之前，龍在陷入沉眠以前，也曾經警告愛麗絲，要她務必當心終結，她搖了搖頭。
「不然我還能怎樣？我也只有她這個盟友啊。」
一陣停頓。
「我是說，如果想抵抗傑瑞恩的話，」愛麗絲說，「對不起，我知道你也站在我這邊，不過——」
「沒關係啦，」艾薩克站起來，手探進外套的眾多口袋之一，遞給她一捲乾淨的白繃帶，「拿去吧。」
「謝謝。」愛麗絲也站起來。她試著對上他的目光，但他躲開了她的視線。「我不應該——」
「我都說沒關係了，」艾薩克說，語氣有點太急，「我明白的，我去檢查外頭的牆壁。」

她還來不及回答，他就已經鑽過蓊鬱枝椏離開了。愛麗絲掀起襯衫，拿著繃帶纏繞腰間幾次，然後綁了個結固定好。

他幹嘛這麼敏感啊？她邊想邊用刀子割掉多餘的繃帶。他又沒說要幫忙，只是老把「小心喔」掛在嘴邊。怒氣搏動著，熱燙灼亮，她扭著嘴唇。艾薩克是她頭一個認識的學徒，也是她第一個真正的朋友，兩人曾經聯手對抗龍，也一起在伊掃堡壘裡出生入死，可是他竟然還是覺得必須保護我。

「愛麗絲！」艾薩克的聲音從棚外傳來。同時，樹精向她傳送了警戒的感覺，樹精還在外頭那棵楓樹上負責看守。

「馬上來！」她回喊，收刀入鞘，「牠們來了嗎？」

「我想是，」艾薩克說，「不過妳最好快出來。」

第二章

世紀樹

「那是什麼東西啊？」艾薩克說。

「看起來像長腿蛛。」愛麗絲說。

「大概有一百隻黃蜂怪巴在牠身上。」艾薩克說。

他們站在石牆頂端，望向三顆逐漸下沉的太陽。這裡跟那裡，草地裡到處都有黃蜂怪，可是全都靜定不動，望著巨型蜘蛛行進。牠八條多關節的長腿，有如鋼樑一般粗大，撐著灰色橢圓身軀，上頭佈滿黑色小點，就像幾百顆眼睛似的。正如艾薩克所說，有幾十隻蜂怪攀在蛛怪的底部，蛛怪比庭院的牆壁高出不少，慢條斯理但勢不可擋地移動著，每跨出一步就搖撼岩石，發出恍如遠方雷鳴的聲響。

「如果讓那麼多蜂怪全都闖進牆裡，我們到時就護不住這朵花了。」艾薩克說，愛麗絲很高興地看到，他在面臨新威脅的時候，已經忘卻稍早的彆扭。

「對啊，」愛麗絲說，「我想我們要想辦法趕在蛛怪過來以前攔住牠。」

「要怎麼弄？我們的身高只搆得到牠的腳丫，妳沒有可以飛的東西吧？」

愛麗絲搖搖頭，然後好奇地望著他。「不算有，不過我有個想法……」

她先花了幾分鐘時間解釋計畫，又多耗了幾分鐘，才讓艾薩克承認自己想不出更好的辦法。他們從牆上滑到庭院外的草地，愛麗絲一路拖著蠅拍走。

「妳難道不能至少把那個東西清乾淨嗎？」艾薩克說，「上頭沾了一堆蜂怪泥。」

「反正我們身上也都是蜂怪泥，」愛麗絲說，「快行動吧。」

艾薩克嘆口氣，雙手用力擠進口袋。他閉上雙眼，形體開始轉變。變得越來越細瘦，色彩逐漸褪去，就像正要變成黑白素描版本的自己。最後五官逐漸柔和下來，起了變化，不再是站在愛麗絲面前的男孩，而是小冰那種白雪般的身形。

「來吧。」愛麗絲邊說邊將蠅拍往下放。

「我忍不住覺得有點丟臉。」他說，嗓音好似冬季的風。

「你的反應跟灰燼真像，」愛麗絲說，「快啦，幾隻蜂怪已經起了興趣。」

艾薩克蹲在蠅拍的寬闊末端，摟緊膝蓋，陣陣冰雪圍著他湧現。他身體的邊緣模糊起來，彼此交融；邊緣逐漸圓滑起來，縫隙間填滿了白雪。才不過幾秒鐘，他就化為了一顆雪球。愛麗絲拚命壓抑咯咯笑的衝動。

「我聽到了喔。」艾薩克說，風般的嗓音不知打哪兒咻咻傳來。

「抱歉啦。」

「別打歪就是了。」

愛麗絲點點頭，喚起史百克的氣力，然後舉起蠅拍，小心不讓艾薩克跌下拍子。她抬高蠅拍，感覺他雪身的重量，然後轉而面對來勢洶洶的蛛怪。附近傳來響亮的嗡嗚，好幾隻黃蜂越逼越近，但她把焦點集中在手中那根木條上。

豁出去了！

她先助跑幾步、儲備動能，再以史百克全身的力氣，將蠅拍從肩上猛揮出去，就像袋棍球球員將球拋入網內。艾薩克飛騰入空，在三顆夕陽的暮光之中發亮，他開始下降的時候，愛麗絲屏氣凝神。雪球正中沉重行進的巨獸身側，雪花噴散，距離地面有三十英尺，她不禁興奮得放聲吶喊。

那團雪變了形，閃現一身破爛長外套的男孩形狀，然後再次變成了狀似蜥蜴的長形生物。火怪一身燦爛發亮的緋紅，熱紅的爪子扣進長腳巨蛛的身體側面，張大嘴巴，對著攀在巨獸身上的蜂怪，噴出液態烈火。

接著，愛麗絲的注意力被更迫切的問題吸引過去。有五、六隻黃蜂怪正朝她逼來，她又用簇群線及時裹住自己，蜂螯擦過她的身側滑了開。蜂怪簇擁過來，發出狂暴的嗡鳴，一時片刻，她不得不全神貫注在這場戰鬥上，一面閃躲一面揮拍，將邪惡的蜂怪打成爛泥。

等她清空了眼前的障礙，再次抬頭一看。粗得跟電線杆似的蛛腿，有一條在底部附近被截斷，蛛怪摔向地面，揚起一陣風沙。艾薩克還在火怪的狀態，繼續對付下一條腿。蜂怪試著突襲艾薩克，可是只要牠們一靠近，他就仰頭吐出一團火焰，蜂怪便渾身著火、跌落開來。

截斷第二條腿時，那些蜂怪再次發動攻擊。這一回，有隻蜂怪躲開了噴射的火焰，揪住了艾薩克的背。他拱背拚命想甩掉牠，但牠死命纏住不放。蛛怪發出呻吟，將剩下的六條腿攤展開來，但終究失去了平衡。牠開始傾斜，恍如巨樹一般，以無可避免的態勢緩緩倒落。

噢，糟了。艾薩克全心忙著對抗蜂怪，等到太遲了才注意到蛛怪即將崩倒，他拚命用爪子扒抓蛛怪外皮，但怎麼就是攀不住，他開始打滑。

愛麗絲迅速行動，將蠅拍往旁邊猛丟，再砸爛一隻蜂怪，然後用簇群線裹住自己。她的身軀化為幾百隻堅韌的迷你簇仔，在草地之間彈來跳去。萬花筒般的影像在她周圍旋動，透過幾百雙豆大的小眼睛觀看世界，不過到現在愛麗絲已經習以為常。她要簇仔們聚集成群，拔腿衝過地面，朝著即將塌倒的蛛怪奔去，一面試著估量距離遠近。

艾薩克抓不住蛛怪，摔了下來，正要回復男孩的狀態，但沒時間再變成其他東西。愛麗絲知道，他並沒有簇群那樣的生物，無法強化自己的軀體或是緩衝跌勢。她硬逼自己加緊速度，迷你小腿高速擺動，模糊成片，猶如一道溪流淌過草根跟岩石。

她趕在艾薩克狠狠撞上地面以前，將簇仔的迷你身軀鋪到他的正下方。他先是重重摔在簇仔身上，彈回空中，手臂狂亂揮擺，最後重重落在幾英尺之外的泥地上。愛麗絲放開簇群線，讓自己拼回原形，最後坐在草地上。靴子還在她剛剛離開的牆邊；不管她再怎麼嘗試，變形的時候總是會把腳上穿的東西拋在後頭。

「你還好嗎？」她說，踩著襪子趕到艾薩克身邊。可是他已經坐了起來，搓揉自己的腦袋。

「我想還好。」他扭著臉，小心摸摸頭頂，「不過，我想我會腫一個大包。」

「下一次，」愛麗絲說，「我一定要束縛什麼枕頭怪物。」

他們背後，巨蛛撞上地面，濺起一陣泥土跟小草。

蜂怪顯然判定這次棋逢敵手，因為兩個學徒回到牆邊時，蜂怪沒再打攪他們。回庭院的路上，愛麗絲順手取回了靴子。

庭院中央的棚子裡，巨花只剩一片花瓣尚未展開，緊緊蜷縮在花心。

「謝謝，」艾薩克說，「我剛剛有沒有跟妳謝謝？」

「說好幾次了。」愛麗絲說。

「抱歉。」

「看，」愛麗絲說，「花要開了。」

最後一片花瓣顫動著，隨著一聲緩慢的嘆息，逐漸舒展開來。花朵的甜美香氣瀰漫室內。那團白紫雙色花瓣的中央，長了六顆紫色果實，每顆大小接近蘋果，懸垂在彎彎的長莖上。

「就這樣？」艾薩克說，「我們就是為了這個來的？」

「看來就是，」愛麗絲皺眉，「應該要有八顆才對啊。」

「我主人也是跟我這麼說的，」艾薩克小心伸手進去，用手指輕拍一顆果實，「也許這批收成不好，還是什麼的。」

「反正我們兩人就各分三顆吧。」愛麗絲說。她掐住一顆果子，扯了扯，沒花什麼

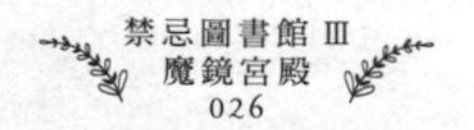

力氣就從莖稈拉下。「對傑瑞恩來說這應該就夠了。」

艾薩克點點頭，採收了自己要的果實，塞進外套口袋深處。等他們一摘光果實，花已經開始凋萎，紫色葉子縐縮成棕色黏糊。

「我想到此為止了。」艾薩克說。

「我猜也是，」愛麗絲一手彆扭地握著三顆果實，「你的入口書在哪裡？」

「往那邊。」艾薩克指出來。

「我的要往這邊走，」愛麗絲說，「那麼，下次見嘍。」

「嗯。」

一陣尷尬的沉默。

「抱歉我剛剛兇了你。」愛麗絲說。

「妳道過歉了。」艾薩克說。

「我──」愛麗絲搖搖頭，不確定該說什麼。她跟艾薩克在一起的時候，對傑瑞恩的怒氣似乎變得遙遠一點，可是想到要回去，火氣再次燃起。

「妳的想法我懂，」艾薩克說，「只是──」

「小心點？」愛麗絲替他講完。

「對。」他不自在地挪動身子。「還有別的事，其實我不應該跟妳說。」

「什麼事？」

「我不小心聽到主人跟一些僕人說，準備把所有的讀者召集起來開會。我想，他們想把伊掃跟折磨的事情，查個水落石出。」

「你想他們有辦法查出真相嗎？」愛麗絲說。

愛麗絲、艾薩克跟其他學徒受到各家主人的指派，前往調查讀者伊掃的謀殺案。她返家以後，跟傑瑞恩說了大半的實話：伊掃遭自己的學徒雅各殺害、雅各當初受到了瘋狂迷陣怪折磨的慫恿才下此毒手、最後愛麗絲跟同行的學徒一起擊潰了折磨。她略過沒提的是，大夥兒之所以能活下來，是因為龍出手相救——龍是她從一本囚禁書裡束縛來，連傑瑞恩都控制不了的生物。她當然也沒跟傑瑞恩提到，她最後在折磨儲藏室的魔鏡上發現了真相。要是讓傑瑞恩發現，我知道他害死了我父親，誰曉得他會對我怎樣。

「我不曉得，不過妳應該問問終結，」艾薩克嘆口氣，「我還是不知道我們能不能信任迷陣怪，可是妳說得對。她是我們手上最好的盟友，處境最危險的是妳，我擔心妳。」

愛麗絲漾起笑容，心怦怦亂跳，就像離水掉在陸地上的魚。「謝謝。」

「我最好走了。」他轉過身去的時候，臉色微紅。

傑瑞恩的書房漸漸在她四周顯形，他邊桌上的入口書啪地自動合上。傑瑞恩坐在老舊脫線的椅子裡等待著她。他的書桌還是老樣子——雜亂無章，上頭丟滿了小紙片，以及他為了書寫跟裝幀書籍的特調液體。

「歡迎回來，愛麗絲，」他說，「我相信，妳成功達成任務了吧？」

愛麗絲突然意識到自己眼下的狀態：衣服殘破不堪，皮膚跟頭髮沾滿塵土、鮮血跟蜂怪糊。

「是的，先生。」愛麗絲說。

傑瑞恩照舊披著污漬點點的邋遢袍子。他的髮絲不受管束，鬢角失控誇張，要是不去理會他那雙冰冷剛硬的眼睛，整個人幾乎帶有喜感。愛麗絲強迫自己迎向他的目光，不要退縮，她真不敢相信自己曾經想要信任這個男人。嫌惡跟恨意在她內心熊熊燃燒，她必須努力壓抑才能讓表情摒除情緒。他的話語刮過了她的耳朵，她不得不佯裝鎮定，每一分鐘感覺卻像要力挽狂瀾那樣費勁。

要是我現在召喚史百克出來，史百克可以衝過房間，用頭角刺進那個臭老頭的胸膛……她想像傑瑞恩被壓制在牆上動彈不得，就像蝴蝶標本被釘在昆蟲蒐集箱上。

當然不可能成功，傑瑞恩平時要是有那麼大意，就不會活到今天這麼大歲數。他會有防禦準備，也會有可供他召喚的生物提供後援，要是正面出擊，她依然不是他的對手，耐住性子。

「妳把世紀之果帶回來了？」

愛麗絲將一顆紫色圓球遞出去，傑瑞恩接了過來，臉上難得洩漏了一絲急切。他將果實舉向桌上的檯燈，欣賞毫無瑕疵的光滑果皮。

「啊，完美啊，正值成熟的顛峰，妙極了。」

「這有什麼用啊？」

傑瑞恩顯然相當滿意，不介意她這樣的直言無禮。「很多啊，可以做為長生不老藥，或是用來防範某些毒物。壓成墨水之後，非常適合書寫某些類型的魔咒。」

他用拇指指甲在果皮上壓出破口，然後細心往後剝開一條細皮。裡面擠滿了小小的圓種子，半透明，呈淡粉紅。傑瑞恩挖出一粒，掐在拇指跟食指之間。

「可是最主要的，」他喃喃說，「還是它的滋味。」

他將那粒種子拋進嘴裡，愛麗絲聽到他用牙齒喀啦咬碎。他的臉龐一時鬆垮下來，長長吐出一口滿足的氣。

「那個呢，它們每四百年才成熟一次。」他繼續說，一面將果實擱在書桌上。

「那些黃蜂怪拚命要搶。」愛麗絲說。

傑瑞恩發出不帶笑意的輕笑。「想也知道，牠們靠那朵花為生已經一百年了。沒有那些果實，牠們的蜂后會挨餓，整個蜂群都會跟著她死絕。」

愛麗絲想到蜂怪前仆後繼，盲目絕望地跟她還有艾薩克苦戰，她的喉頭堵堵的。老魔法師誤讀了她的表情。「不用焦慮，反正那些蜂怪是沒什麼用途的生物，不值得花工夫束縛。況且，外頭還多的是蜂群。」他往前傾身。「好了，其他的果實呢？」

她把剩下的兩個圓球遞出去，傑瑞恩皺起眉頭。

「我給妳的指示是拿四個回來。」他說，語氣冷硬起來。

「抱歉，先生，」愛麗絲說，「那邊只有六顆，所以我跟艾薩克認為——」

「你們認為？」傑瑞恩的嘴唇歪扭，「我明明指示妳帶四個世紀果回來給我。」

「艾納克索曼德跟艾薩克講了同樣的話，」愛麗絲說，「可是就是不夠啊。」
「那妳就應該強行把妳需要的數量搶來！」傑瑞恩怒斥。
「艾薩克跟我一樣努力對抗蜂怪，」愛麗絲說，身體湧現反胃的感覺，伴隨胸膛那股滾熱的怒氣，「這樣做就太不公平了。」
「我才不在乎公不公平！」傑瑞恩的臉孔變得冰冷，「妳對這個艾薩克也太友善了，我想我會跟他的主人說，在你們兩個調整好態度以前，不要再聯合出任務。」他把那兩顆世紀果放下來，然後發出心煩的嘆息。「本來想讓妳嚐嚐看，當作表現優良的犒賞，可是現在我明白我寵壞妳了，我要想個恰當的懲罰。」
「是，先生，」愛麗絲語氣刺耳地說，「抱歉，先生。」
「去吧，在我叫妳以前都別回來。」
我可以叫出一隻簇仔，對準他的眼睛丟過去……
「是的，先生。」愛麗絲說完便溜出書房。

第三章

書寫課

愛麗絲坐在滿佈灰塵的石地上，閉著雙眼，傑瑞恩圖書館溫暖沉滯的氣味團團包覆著她。在她的內在視野裡，液態藍火組成的字母彼此簇擁，誘人地懸浮在理解的邊緣。意義若隱若現、呼之欲出，彷彿在黑暗中跟她擦身而過的飛蛾。如果她可以把它們按照正確的順序排列出來，如果可以把這一塊拼到這裡，意義就會頓時明朗起來……

「不要太勉強，」終結若有所思地呢喃，「清晰度或是洞察力是強求不來的。要是串連不起來，就換個方式。」

不過，都那麼接近了。她花一整個下午所建構的網子裡，還剩最後一個空隙遲遲填不滿。她的手指抵住身邊那本書的皮革抽搐著，她在心中看到一大堆藍綠紛雜的片段，無止無盡地打圈圈，好似繞著排水孔流出的水。她細心地把它們抽取出來，感覺它們抵著她的心念抓力扭蠕不停，彷彿擁有生命。她看到有一塊也許可以卡進那邊，它的末尾可以連向另一塊，而另一塊又能裝進這邊……

父親曾經送她一套拼圖，圖案是三隻睡覺的小貓。愛麗絲一個下午就拼組完畢，但留在臥房桌上一整個星期都沒動，因為想不出還能拿那個東西做什麼。她判定拼圖這種娛樂不大有意義，所以不曾開口索討別幅拼圖。現在她真希望自己當時討了，只是為了多點練習；這個就像盒子上沒印圖案的拼圖，在妳試圖拼組的時候，那些片段會扭動跟抵抗。

最後一個連結突然就定位了，整個結構微微顫動。愛麗絲試驗性地鬆開心念抓力，看到蔚藍火焰的線條顫抖著，好似受到強風吹拂的樹木。片刻之後，它們安頓下來，整個結構定型了，固定住了！

愛麗絲睜開雙眼。她坐在圖書館的陰暗角落裡，兩旁是高高的書堆。一盞防風燈在她左膝旁邊燃著，投出了長長的陰影。終結在她對面，趴在暗影裡，貓眼細線般的黃眸閃著興味的光芒。

兩人之間放著三張厚厚的羊皮紙，愛麗絲最初起步的時候，紙張原本是空白的，現在上頭覆滿了文字，就是她在心眼上看到，幾乎快要能夠理解的文字，此時以墨水整齊有序印在紙上，而不是用藍火寫成。她可以感覺到文字裡的意義，不是她平日在書中找到、那種沒方向又隨機的魔法碎片，而是經過調整跟駕馭的東西，隱隱散發著力量。單是看著它們，幾乎就能將魔法召喚出來；她連忙轉開視線，開始將紙張折起來，掩住了文字。

「我辦到了，」愛麗絲說，忙了一整天之後的疲憊融化在她的興奮裡，「固定住了！」

「看來的確是，」終結轟隆隆說，打了個哈欠，防風提燈的光線從她象牙色利牙折射回來，「當然還必須經過測試。」

興奮之情馬上變成挫折。愛麗絲建構的東西是用來捕捉魔法生物的某種陷阱，也就是一組防護網，這種屏障會收縮起來，直到牢牢束縛住裡面的東西。終結告訴她，創造這種魔法陷阱是書寫最簡單的用途之一。

不管簡不簡單，都花了她好長時間才走到這裡。終結頂多只能給她口頭建議，永遠無法直接幫她——迷魂怪是魔法生物，不是讀者，所以儘管終結知識淵博，也沒辦法像愛麗絲那樣看到書本裡的魔法片段跟有意義的字句。終結只能解釋事情的梗概，愛麗絲必須自行多方辛苦嘗試，才能摸索出確切的方法。

如果傑瑞恩可以教我，就會輕鬆得多。當然了，如果傑瑞恩願意教她書寫，情況就會非常不同。

終結說過，創造新書是老讀者守得最緊的秘密之一，也是他們法力的來源，學習這種事會幫愛麗絲削弱她主人的力量。可是愛麗絲的耐性快要磨光了，她胸口裡熱燙的憤怒火花想要行動，越快越好。

現在，終結想要測試這些防護網。這個魔咒肯定要經過一連串漫長的測試，而且還要經過修正，然後反覆測試、反覆修正。

「妳應該要覺得自豪，」終結說，彷彿察覺到她的心情，「妳在沒有讀者的引導下，在很短的時間就有了這麼大的進展。」

「還是沒用啊，」愛麗絲不屑一顧地對防護網揮揮手，「傑瑞恩不會掉進這樣的陷阱裡吧？做這個東西要怎樣讓我們更接近目標？」

「要循序漸進啊，」終結說，「傑瑞恩是不會教妳書寫的，因為他知道妳要是有了那份知識，就會威脅到他，學習他不想讓妳懂得的東西，妳就會明白他力量的限制，總有一天——」

「『總有一天』？」愛麗絲說著便發出哀鳴，「妳不知道這種感覺，他把我叫進書房的時候，我必須表現得好像什麼都不知道，完成他交辦的事情。可是我滿腦子都是——等我逮住他，我要怎麼對付他……」

「我懂，」終結說，她的語氣低沉危險，「相信我，愛麗絲，我懂。可是我比妳年長多了，我學到了耐心的好處，我們遲早會有機會的。」

這些話愛麗絲老早就聽過了。她暗想，像傑瑞恩那樣神經質的人，不可能給她們什麼佔他便宜的完美機會。要是她們想要機會，得自己製造。無所事事沒好處，父親這句口頭禪讓她胸膛微微刺痛起來，她咬緊牙關。

「好吧，」她說，「要怎麼測試防護網？」

「恐怕要晚點才能進行了，」終結說，「現在妳最好先回工作崗位，我可以感應到，蟲先生因為不見妳人影，已經煩躁起來了，明天再來測試妳創造的東西。」

愛麗絲站起來，長時間維持同一姿勢之後，腿都發麻了。她用心念打了短促的手勢——現在成了第二天性——拉動內心深處的線，簇仔們齊聲發出微小啾聲，憑空紛紛滾進了現實世界。這些小生物亂竄一陣之後，聽從她的心念指令整好隊伍，每三到四隻合力扛起書堆裡的一本書。從愛麗絲的高度看來，就像書本冒出了迷你的黑腿，就像書本小鴨一樣在她背後排成一列齊步走。

她循原路穿過狹窄的走道時，灰燼蹲踞在書架上等她，用傲慢的黃眸俯瞰著她。他是隻小灰貓——他會堅持，身為迷陣怪終結的兒子，自己有半隻貓的血統——愛麗絲當初第一次溜進圖書館時，就是由他擔任嚮導。他沿著書架上跟她並肩而行，輕著腳步在架子之間遊走，揮動不停的尾巴在身後攪起了陣陣飛塵。

「順利嗎？」他說。

「我弄出魔咒了，」愛麗絲說，「終結說需要測試。」

「太棒了，」貓咪平順地越過書架之間的窄縫，「再過個兩百年，妳可能就會出人頭地了。」

愛麗絲早已學會把灰燼的酸言酸語當耳邊風，通常這只是表示他心情不錯。「我想你受訓夠久也夠努力，做你平……不管你平常都在這裡負責幹嘛。」她對他拋出一抹冷笑。

「沒天分的人，才需要受訓，所有的半貓顯然都具備天分。妳應該要知道，我跟我的兄弟姊妹可是防禦圖書館的主力。」

「你的意思是，防老鼠嗎？」

「妳看過傑瑞恩親自來這裡追那些恐怖的小東西嗎？」

愛麗絲輕笑，灰燼跳到她身邊的地上，繞著她腳踝打轉。

「怎樣？」貓說，「我們要一路用走的過去嗎？」

「要是你一直都這麼懶，會變胖喔。」

「被妳說得好像『胖』是件壞事似的，對貓來說啊，胖只是表示你是人生勝利組。」

愛麗絲咧嘴一笑，向那張怪異滑溜的迷宮織布探出觸角。自從上次歷劫歸來，傑瑞恩沒再指派她去處理更重大的任務時，來圖書館，在大批藏書裡搜尋已經熟成的魔法片段，還是她主要的職務之一。不過，從伊掃的堡壘回來以後，事情變得輕鬆許多，因為她自己的法力擴張了，從遠處感應魔法的能力也隨之增強，除此之外，龍的迷陣怪能力讓她可以在頃刻之間跨越圖書館。終結對自己迷宮的掌控力顯然更優越，但只要這個迷陣怪不出手阻止，愛麗絲就可以隨興扭曲空間。藉由這個手段，她在上書寫課之餘，還能找到足夠分量的魔法書來滿足蟲先生。

這份力量也是傑瑞恩並不知情的。她從伊掃那裡回來以後，儘管主人探問了幾個問題，想查明她到底如何打敗折磨，但她依然秘而不宣。她推斷，有越多事情他不知道，就越容易騙過他。

她在心裡抓住織布，折往下個角落，轉眼間這裡就變成那裡。灰燼早她一步穿過縫隙，他似乎也能感應到織布，可能因為他擁有半個迷陣怪的血緣。愛麗絲繞過轉角，踏進了熟悉的領域：書滿為患的兩座架子之間有條走道，通往蟲先生的書桌。

他們發現他照例坐在書桌前，外表像個身穿西裝的長者，額頭高聳發亮，戴著厚重的眼鏡，可是愛麗絲現在知道，他其實不是人類。就像性情暴躁、虎背熊腰的管理員黑先生，蟲先生也是受雇於傑瑞恩的魔法生物——是同意提供服務的智慧生物，而不是讀者從囚禁書拉來的，不同於愛麗絲能夠召喚的簇群或史百克。

她走近的時候，蟲先生抬起頭，動作雖然微小，依然有灰塵從他的衣服揚起。他大多時間都忙著用細小精確的字跡，填滿厚重的皮革冊子，全身上下只有手指動個不停。他一見到愛麗絲，努力想以笑容相迎，露出了滿口爛牙。

愛麗絲第一次來圖書館的時候，很怕蟲先生。他散發著某種飢餓的感覺，鏡片後方的眼睛巨大模糊，直勾勾望著她的樣子，讓她好不自在。不過，此刻，愛麗絲意識到他刻意避開她的目光，細長的手指正緊張地抽動著。

他在害怕，她心想，他怕我。

「克雷頓小姐，」蟲先生用德國腔的粗啞聲音說，「今天找得順利嗎？」

「還不錯。」愛麗絲說。簇仔們衝過她身邊，把書本堆在書桌旁邊。控制這麼多小生物，向來都是個挑戰，尤其在進行複雜任務的時候。當牠們堆好書，一本也沒掉下來的時候，愛麗絲感到一陣得意。

「好，好。」蟲先生放下筆，砰地合上他的日誌。愛麗絲猛吃一驚，不確定是否曾經看過他停筆寫字。「主人要我們今天下午到大宅去，他有話要跟大家說。」他仰頭望向書架頂端的灰燼。「包括你，捕鼠的。」

「我倒想瞧瞧你抓老鼠的樣子，寫字員先生，」灰燼說，「告訴你，要是我的兄弟姊妹罷工，不再控制那些害蟲，看你這些寶貴的書本撐得了多久。」

「他有沒有講他要說什麼？」愛麗絲說，不理貓咪。

「沒有，」蟲先生說，「很不尋常。」

他把椅子從桌邊往後推開，站起來，關節喀啦劈啪響，彷彿有人嚼著滿口的爆米花。他比愛麗絲原本猜測的要高出許多，長長的雙腿細如竹竿。更多塵埃從他的西裝外套飄起來，空氣變得朦朧不清。

「唔，」他邊說邊往下瞅著愛麗絲，又露出一抹刺眼的笑容，「咱們走吧？」

第四章 看家

愛麗絲擁有一些迷陣怪的法力，除了終結跟灰燼之外，沒人知道這個秘密。所以她必須跟蟲先生結伴步行，一路走到圖書館門口。她拉開銅門，踏進外頭冰冷亮白的世界。

新年來了又走了，就跟耶誕節一樣無人留意。在外頭的世界裡，一九三二這個新年度剛剛展開，但愛麗絲覺得自己離那個世界無比遙遠，彷彿住在月球上。現在，這裡是她的家了，就在書本跟出入口之間，只有在它們之間穿梭的那些短暫時刻裡，她才會想到在圖書館綿延不盡的書架之外，還有另一個世界。不管怎樣，在這裡慶祝節日感覺起來就是不對，只會讓她比以往更加想念父親。

從十一月開始下雪，到現在都不曾中斷。莊園四周的森林被大雪覆蓋，只剩禿枝的樹木上積滿了厚雪。大宅跟圖書館之間的草坪埋在至少兩英尺深的積雪下方，乾雪細如粉末，風一吹就捲起白燦燦的雪旋風。經過黑先生的一番努力，在圖書館跟大宅廚房門口之間，才得以維持一條通行無阻的小徑。

灰燼往上跳到愛麗絲肩上的老位置，盯著積雪，誇張地打了個寒顫。「那種討厭的東西，」他喃喃，「會卡進皮毛，一融化，就會害得你慘兮兮。」

「我就不介意。」愛麗絲說。幸運的是，今日無風，天際是一片清澈如水晶的藍。

「那是因為妳沒有一身好皮毛啊，」灰燼低吼，「應該把所有的雪清光光。」

「我們可以請傑瑞恩送你一件保暖的好外套。」

灰燼輕蔑瞟了愛麗絲一眼，愛麗絲促狹地笑笑。廚房門開著，她一手搭在灰燼的背部穩住他，拔腿衝刺，搶在蟲先生前面，滿懷感激地進入了溫暖的室內。

黑先生正在等她，這個虎背熊腰的大塊頭正穿著連身工作服、頭戴骯髒的扁帽。深色鬈髮、鬍鬚跟八字鬍連成一氣，形成一整片烏黑濃密的毛髮，一雙小眼睛從裡面往外窺看，神色猜疑。他悶哼了一聲，可能是打招呼的意思，然後轉過身去。

愛麗絲現在明白，黑先生為什麼向來對她沒好感。她來到這裡以前，他是傑瑞恩僕人裡最有分量的一位，可是身為魔法生物，他的地位永遠比不過讀者，不管讀者有多年輕。在過去，黑先生完全不遮掩對愛麗絲的厭惡，但因為她隻字不提他出賣訊息給伊掃的事，從此這位巨大的管理員對她就多了一絲敬意。大多數時候這就表示，只要情況允許，他會盡量遠遠避開她；要是避不開，就用單音節說話。

此刻看到愛麗絲，黑先生也不肯跟她有目光交會，愛麗絲不禁納悶，他是不是也在怕她。有那些線盤蜷在內心深處，她當然再也不怕他了；他或許壯碩又兇悍，但沒有史百克強壯，也不如簇群那樣堅不可摧。

「愛麗絲，」他喃喃地說（他也不再叫她「小妞」了），「還有毛球，我以為在拖鞋事件過後，主人就嚴禁你進大宅了。」

「我會過來，」灰燼一本正經說，「是因為主人發出邀請，而且我是代表母親出席的。」

黑先生再次悶哼，瞥瞥房門，蟲先生正要進去。「那就來吧，他在等。」

傑瑞恩書房裡的兩張扶手椅已經推到一旁，好讓愛麗絲跟其他人在他面前一字排開，就像將軍準備閱兵。

艾瑪已經到了，挺背立正，看起來像是願意維持這種姿勢，直到自己累到癱倒為止。這女孩骨瘦如柴、長著雀斑，比愛麗絲還高，臉上表情卻極度茫然，不像蟲先生跟黑先生，她是人類，原本還是個擁有讀者天分的平凡女孩，跟愛麗絲狀況相同。不知道艾瑪是拒絕擔任傑瑞恩的學徒，還是怎樣辜負了這個老讀者——愛麗絲一直沒查出是哪種——傑瑞恩把艾瑪身上的天賦撤除了。這個程序讓艾瑪變得少了人性，而更像機器人。只知道沒頭沒腦地遵照指令辦事，不剩一絲個人意志。愛麗絲總是想到自己原本可能會有這樣的遭遇，日有所思的結果，就是老夢見自己落得同樣下場。

愛麗絲走到艾瑪身旁站好，傑瑞恩久久望著她。世紀果事件以來，才過幾天時間，他說好要執行的懲罰還沒實現。這次難道是為了那件事？不過，如果是，何必叫其他人過來？

「愛麗絲，」他說，「以及各位先生，我請你們過來，是為了通知各位，我要離開圖書館大宅一段時間。」

愛麗絲眨眨眼，把身子站得更正一些。傑瑞恩幾乎從不踏出莊園一步，要離開也從不超過幾個鐘頭。這是他的堡壘，他的權力中心。老讀者們向來玩著燒殺擄掠、扭曲是非的遊戲，時時懼怕著對方，用防禦工事層層包圍自己，簡直就像自我囚禁。

「我明天早上就要出門，整整一星期不在家。我留下足夠的法力可以支撐大宅的防護網，直到我回來為止。我不希望這期間發生什麼麻煩，要是遇到困難，你們都應該去圖書館避難。」他的視線從黑先生移往蟲先生，再望向愛麗絲，一時扣住她的目光。「我確定終結有足夠的能力可以保護大家。」

蟲先生點點頭，接著黑先生說：「是的，主人。」

「愛麗絲，莊園在我回來以前就交給妳負責。」傑瑞恩的目光先閃向兩個非人類，然後再投向灰燼。「你們要把我的學徒當成我本人，好好服從她，懂嗎？」

愛麗絲確定自己聽到黑先生在磨牙，但黑先生再次點了頭。

灰燼清清喉嚨。「你說的『服從』，」他才開口，「意思是——」

「就是服從的意思，」傑瑞恩說，語氣裡浮現一絲怒意，「請你也通知你母親。」

「是的，先生。」貓說，身子平貼在愛麗絲肩上，尾巴來回甩動。

「應該不會有太多事情要處理，」傑瑞恩說，將注意力轉回愛麗絲，「我一回來，妳就要提出完整的報告，懂嗎？」

「是的，先生，」愛麗絲說，拚命控制自己的語氣，「祝旅途順利，先生。」

「謝謝，」他閃現毫無笑意的笑容，「沒事了。」

黑先生腳步沉重走回地下室，蟲先生返回圖書館。艾瑪靜靜站在大廳裡，一臉茫然

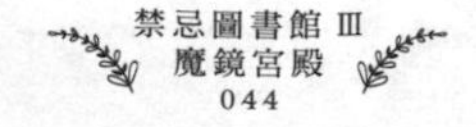

等人發下指令。愛麗絲跟灰燼到飯廳去，大宅裡的隱形僕人已經替愛麗絲備好在肉汁裡浮動的臘腸，旁邊有堆高如山的馬鈴薯泥，也替灰燼準備了可能是鮪魚肉的片狀東西。灰燼心滿意足吃著，但愛麗絲卻陷入沉思，吃得索然無味。

是要開艾薩克提過的那場會議嗎？是為了調查伊掃堡壘裡發生什麼事嗎？如果是，我可能會有大麻煩。要是傑瑞恩明白我可以運用龍的法力，或者是終結一直在幫我，誰曉得他會做出什麼事？她替迷陣怪擔心，但更替自己憂慮。要是沒有她，我永遠也找不到對付傑瑞恩的辦法。

「我要上床睡覺了。」她宣佈，鏗鏘丟下叉子。

「不用在意我，」她走出飯廳時，灰燼對著她的背影喊道，「我會自己回家，掙扎著穿過比我腦袋還高的雪堆，這種事對半貓來說，很稀鬆平常啦！」

愛麗絲的雙手沾滿鮮血，又滑又黏。鮮血在她的指間啪啦響，從前臂頻頻低落，滴滴答答落在地板上，像是帶有鹹味的暖雨。

她在森林裡，四周一片靜寂，樹木全都籠罩於白雪之下。林子旁邊有條湍急冰冷的溪流，兩側是冰凍的河岸。她父親就在那裡，一身瀟灑西裝、頭戴旅行帽，瞪大眼睛俯視她血淋淋的雙手。愛麗絲仰頭望著他，感覺自己的心一沉。

沒關係的，她想說，這不是我的血，馬上就可以洗掉。但她沒開口，彷彿冬天的寒氣凍住了她嘴裡的舌頭。

反之，她跪在溪流旁邊，雙手猛地插進溪水。溪水比表面看來還深，她的手觸不到底。一時之間，她覺得自己彷彿站在不可知的深淵邊緣搖搖晃晃。溪水冰冷刺骨，她的皮膚幾乎馬上就凍麻了，可是她忍受著那種寒冽跟痛楚，望著鮮血從她手上漫渙開來。

最後，她轉過身，舉起雙手讓父親檢查。看吧，她想說，都沖乾淨了。

可是她的雙手並未沖洗乾淨，發亮的緋紅血滴依然從指頭紛紛滾落，悄無聲息地濺入雪地。

她氣壞了，又有些害怕，趕緊把手再泡進溪水裡。手指開始發疼，陣陣刺痛沿著手臂竄向肩頭。她一直把雙手浸在溪水裡，直到感覺變成了毫無作用的短棍，直到感覺只要一動，皮膚就會裂成冰凍碎片。她不在乎，血繼續從手上沖散開來，打旋著朝下游漂去。

最後，她痛到無法多忍耐片刻，於是舉起雙手。手指動彈不得，胳膊幾乎抬不起來，皮膚依然包覆在滑溜的鮮血中，在冷空氣裡冒著熱氣。

她望著父親，發現他已經不再看她。她隨著他的視線望去，看到這條溪流已經變了。原本冰冷清澈的溪水濃稠起來，由粉紅轉成了殷紅，整條溪都流著從她手上沖刷下來的鮮血，在純白的地景裡流動，好似一道蜿蜒遠去的刀傷。

愛麗絲的目光從溪流移向自己的雙手，然後絕望地再次仰望父親。

這不是我的錯！不是的！

他沒露出生氣的模樣。他從來不曾在她面前展露怒意，只是微蹙眉頭，表示對她有更高期許，而單是皺眉就足以教她心碎。他緩緩搖著頭，輕碰一下帽簷之後就別過身去。

等等！愛麗絲掙扎著起身，朝父親追了過去，鮮血在身邊答答滴落，熱氣冉冉升起。等等，等等，請等一等！她跨出更大步伐，但雙腳深深陷入積雪，有什麼在她正下方扭動，忽地她往下墜落——

——摔進了硬邦邦的窄床裡，月光在她房間牆壁上灑下熟悉的圖案，房間的位置接近傑瑞恩大宅的頂樓。

她吃力地呼吸著，心臟猛撞肋骨。好冷，原來她把被單跟毯子都踢到地下去了，還把枕頭擠到一邊，身上的長睡衣因為汗水而潮濕。

又作了同樣的夢。她以前就作過這種夢，或類似的夢，她從伊掃的堡壘回來之後，每隔幾晚就會作這種夢，讓她挫折到想放聲尖叫。

我知道，好嗎？她很清楚，父親不希望她為了他尋仇，但她內心那頭咆哮的暴怒野獸就是不肯放過她。不然我還能怎樣？難道要乖乖當他的小學徒，直到……怎樣？直到我長大，可以離開這裡為止嗎？

她沒辦法那樣過下去。父親會體諒的，她想對著那個夢境大吼，他會體諒的。

或者，要是他不願意體諒——唔，他死了，所以再也無所謂了。

愛麗絲站起來，悄悄越過房間，穿過了窗邊那對絨毛兔所投下的長耳影子——父親的房子最後只有這丁點東西遺留下來。怒氣在她內心沸騰翻攪，一時片刻，她覺得要是不放聲吶喊，整個人可能就會炸開。她停下腳步，吃力呼吸，硬是嚥下了那種感覺。我還不能表現出真正的感受，時候還沒到。

不過，總有那麼一天的。

愛麗絲呼吸逐漸平緩，心跳跟著放慢。她撿起被單跟毯子，重新鋪好床鋪，調正枕頭。她爬回窄床上，盯著兔子的陰影片刻，最後合上了雙眼。

總有一天，傑瑞恩會明白他傷她多深。

翌晨，灰燼就在她門外等候。

「傑瑞恩踏上旅程了，」貓說，悄悄溜進房裡，繞著愛麗絲的腳踝打轉，「母親說有重要的事情要跟妳談談。」

「什麼事？」

「誰曉得？」灰燼打哈欠，露出迷你白牙，「大家什麼也不告訴我，可是她交代說要妳帶外套過去。」

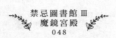

第五章 主動製造機會

難得這麼一次，愛麗絲不用偷偷跑去跟終結會面，只是向蟲先生宣佈要去處理傑瑞恩交辦的事，學者就毫無怨言地接受了。

主人不在，整座莊園感覺都不同了，彷彿她從未注意過的聲響驟然停止。一切依然運作如常──僕人會帶早餐給她，趁她不在的時候清掃房間──但感覺有點像是活在勉強借來的時間裡。傑瑞恩的法力充塞了整間圖書館大宅，讓魔法日日夜夜持續運作。那個能量的泉源不在場，一切逐漸放慢轉速，遲早會整個停擺。

愛麗絲按照終結的提議，穿上保暖衣物，是有皮草襯裡的皮夾克，還有皮手套，加上厚厚的長褲。她離開父親家已經超過八個月了，當初帶來的衣物，到現在有很多不是磨舊了，不然就是穿不下。幸運的是，她房間外頭走廊上的衣櫃裡，總會定期增添新衣物。她推想，應該跟隱形僕人有關──她就是無法想像傑瑞恩會替十三歲女孩挑衣服──不過，不管這件事是怎麼運作的，衣櫃都隨著氣溫降低而貼心準備了更保暖的衣裝。

一穿過圖書館的銅門，空氣就溫暖起來，微微滯悶，她把外套披在手臂上，隨意挑了個方向，才繞過第一個轉角，就跟終結面對面了。

「希望妳睡得不錯。」終結發出低沉的隆隆聲。

「還不錯。」愛麗絲煩躁地說。那場夢的殘影還揮之不去，就像撥不清的蜘蛛網。

「我想，傑瑞恩的事情妳已經聽說了？」

「當然，我昨天晚上就感覺他離開了。」終結露出牙齒。「他透過心電感應要我服從妳這個代理人。」

愛麗絲虛弱地一笑，然後搖搖頭。「聽著，我、艾薩克在跟黃蜂怪打鬥的時候，他跟我說過一件事。他偷聽到艾納克索曼德計畫跟老讀者們舉行一場會議，想調查伊掃堡壘裡發生了什麼事，萬一傑瑞恩查出真相呢？」

「原來是要開會啊，」終結瞇起眼睛，「老讀者們平日沾沾自喜，只有同僚喪命，才驚動得了他們。」

「他們可以找出那面魔鏡吧？」

「沒有法力支撐的話，魔鏡裡的記憶到現在應該已經消逝殆盡了，可是要是他們拷問折磨……」終結甩動尾巴，「他原本就在半瘋狂的狀態，加上受到驅散跟束縛，等於雪上加霜，難保他會向他們披露什麼。」

「我們要怎麼辦？」

終結露出長長的象牙色利齒，發出閃光。「先發制人。」

愛麗絲眨眨眼。「先發制人？」

「傑瑞恩不在，我們有了難得的機會。我不知道妳準備好沒有，可是我想我們一定要把握這個機會，這個機會可能不會再有。」

愛麗絲感覺自己脈搏加快。「什麼機會？」

「妳問過我，妳的防護網能不能用來對付傑瑞恩，我那時說不行。這種程度粗淺的陷阱，會被他早早識破、用法力輕易破解。不過，是有一種相當精妙的陷阱，連傑瑞恩都逮得到，而且強大到可以一直制住他。那是一種武器，是某個讀者當初精心製作來對付另一個讀者的，當初製作的人現在已經死了，我相信其他人都已經忘了它的存在，可是我還記得。」終結使勁揮動尾巴。「它放在我到不了的地方，可是如果妳能把它拿回來……」

「我們可以困住傑瑞恩？」

終結點點頭。「而且一直把他留在裡面，直到他同意我們提出的條件。可是妳一定要馬上出發，七天可能都還不夠用，萬一傑瑞恩比妳早一步回來，他肯定會起疑心。」

「我準備好了，」愛麗絲說，「只要告訴我該做什麼。」

愛麗絲多考慮一下之後，判定自己其實還不算準備好。她在伊掃堡壘的經歷還記憶猶新，決定這次要準備得更周全。她沒有恰當的背袋，不過，花點工夫將兩張床單打幾個結，三兩下就變出一個還過得去的背囊。她在裡頭塞滿了她認為適合上路的糧食、幾壺水、備用襯衫跟一套內衣褲。

除了補給品之外，她也帶了露營刀、三枚注滿生命能量的魔法橡實，之前在伊掃的堡壘裡就證明這種東西很實用，還有三張厚厚的羊皮紙，上頭書寫了她的第一套防護網。林林總總加起來還不少東西，她扛在背上，試驗性地挪了挪位置，然後再次踏出廚房門口，回到了圖書館，雖然空氣涼爽，但裹在皮革外套裡的身體卻冒著汗。

終結在門內跟她會合，旁邊聚集一群身形較小的貓，是終結的孩子跟孫輩，迷陣怪打量了愛麗絲一番。

「好，」她說，「妳也會需要這個。」

一隻愛麗絲沒見過的黑白雙色貓，啣著東西輕步踱到她面前。是個懷錶，懸在細緻的銀鍊上。貓咪將錶放下來，打個哈欠走了開來。

「這是什麼？」愛麗絲邊說邊撿起來。這東西雕工精緻，錶蓋上刻有沙漏，四周淨是迷你齒輪跟槓桿。

「看起來像什麼，基本上就是什麼，」終結說，「在別的世界裡不容易追蹤時間，這東西會告訴妳，在圖書館這邊已經過了多少時間。」

愛麗絲找到錶冠，喀答打開了錶蓋。除了時針、分針跟秒針，數字七下面另外有根又長又細的指針。**是天數**，她領悟到，**七天之後傑瑞恩就會回來**。

「妳一定要在指針走到零以前趕回來，」終結說，「不然到時傑瑞恩一發怒，我保護不了妳的。」

「我會的。」愛麗絲說，啪地合上錶蓋，放進最內層口袋。

「我們走吧。」終結說。

愛麗絲跟終結並肩而行，終結貼著書架行進，從頭到尾都留在陰影裡。短暫掃掠而過的光線，在她黝暗的皮毛上灑出的銀色亮點。

片刻之後，終結說：「我不會假裝這趟旅行不危險，我警告過妳，我們選擇的道路會很艱辛。」

「我知道。」愛麗絲說。

「我要帶妳到入口書去，那本書會通往火精靈的村莊，火精靈也許是兇狠的生物，不過他們跟傑瑞恩之間有個協議，應該會幫妳的忙。」

「好的。」

「在他們的世界裡有個野地的入口，那裡是介於不同世界之間的裂隙，讀者們還沒接觸過那些世界，也尚未加以束縛。火精靈可以帶妳到那裡去，我們需要的東西就在另一邊。」

「我要找的東西到底是什麼？」

「當然是本書，」終結說，「陷阱就在一本叫做《無盡牢獄》的書裡，書放在一個名叫『鏡之宮』的地方，就在野地入口之外的某個地方。」

愛麗絲開始希望自己當初隨身帶了筆記本。「我必須找到這本書，然後帶回來？」

終結點點頭，然後仰頭看她。愛麗絲越來越懂得怎麼在迷陣怪的巨眼裡，讀出對方的心情。此時，她覺得貓一臉沒把握的樣子。

「鏡之宮是個危險的地方，」終結說，「據說只要去那裡的人都會被逼到發瘋，如果最後有幸活著回來的話。」

「我不會有事的，」愛麗絲說，勉強露出笑容，「灰燼總是說，我早就半瘋了。」

「妳一定要小心。」

她們來到圖書館深處，圍聚成群的書架分別藏住了入口書跟囚禁書。愛麗絲經過這些書架群時，聞到了草地修剪、金屬燒熱、麵包烘烤的氣味，也聽見了群眾的咆哮跟奇特的異地音樂。

終結停下腳步。「妳會在這裡找到帶妳到火精靈那裡的書，最好先把鞋襪脫掉。」

她們眼前就是空書架圍成的八邊形空間。書架之間的縫隙透出紅光，即使在外頭，愛麗絲就能感覺一波波強勁的熱流撲了上來，攪亂了髮絲。她放下背囊、褪掉外套，披在一邊胳膊上，然後跪下來解開鞋帶。

「妳確定我需要帶外套去嗎？」她說。可是等她站直身子，迷陣怪的黃眼早已消失無蹤，老樣子。

愛麗絲再次拿起背囊，往前一推，小心鑽進兩個架子夾出的縫隙。看起來窄到她擠不過去，實際上卻沒窄到可以擋住她，彷彿她自己正在縮小，或是書架縫隙正在擴大。擠過去之後就置身於一片寬闊平坦的空間，那裡佈滿崎嶇不平的黑岩。

她吸進第一口氣時，彷彿胸口遭到重擊——空氣熱燙，瀰漫著硫磺味。她往後踉蹌一步，赤腳一陣刺痛。她的腳被黑玻璃碎片割傷了，地上散落著成千上萬這樣的碎塊。她望著拿在手裡的鞋子，翻了翻白眼。這是終結所謂的玩笑嗎？

愛麗絲在內心深處扯動簇群的銀線，緊緊裹住自己。她的皮膚堅韌起來，變得厚實又有韌性；當她再次跨步往前，感覺玻璃碎塊在腳底嘎吱粉碎。傷口還會痛，但沒流太多血，愛麗絲咬牙忍耐，繼續往前。

起初她不確定自己看到的是什麼。書架的背面龐大無比，各個成了黝暗的獨立巨石，竄往頭頂上方的高處。前方有座黑岩堆成的小丘，山丘另一側有東西發出灼熱紅光。

直到發亮東西的表面移動了，愛麗絲這才明白，原來亮光來自岩漿湖——石堆的另一半注滿了岩漿。黑岩山丘在岩漿湖上方往外延伸，好似伸向海洋的岬角。愛麗絲每向前走一步，溫度就隨之增高，彷彿自己正要爬進烤箱似的。到了丘頂，可以看到黑玻璃形成的大石——她的腦海裡自動浮現了**黑曜石**的字眼——她有把握，大石頂端會有一本書。

腳下的土地越來越熱，愛麗絲突然明白終結的警告；要是當初穿著鞋子，橡膠鞋底到現在肯定早已熔化。呼吸變得越來越困難，煙霧從岩漿裊裊升起，那種藍灰色的邪惡東西聞起來好像有毒。

抵達小丘底部時，愛麗絲深吸一口氣憋住，然後跑完最後幾碼路到大石那裡。不出她所料，那裡有本書；這本厚書裝幀在皸裂的黑皮革裡。即使有簇群的韌性，灼燙的地面也讓人痛苦，她輪流換腳跳著，直到把封面掀開來。一時片刻，魔法文字在愛麗絲眼前爬行，接著她讀道：

她發現自己在黝暗的空間裡，還好相當涼爽……

她發現自己在黝暗的空間裡，還好相當涼爽，相較起來，剛剛離開的場景簡直跟煉獄似的。她鬆了口氣——她原本以為會更糟糕——她花了幾分鐘理順呼吸，讓雙腳貼在感覺佈滿砂礫的岩石上散熱。空氣依然帶有微微的硫磺味，可是沒有剛剛那種嗆人的討厭煙霧了。過了一會兒，愛麗絲開始意識到，雖然一開始覺得舒適，其實這裡冷颼颼的，她連忙套回了鞋襪。

她放開簇群線，喚來惡魔魚，在雙手四周喚起了幽幽綠光。她在一個大致算是圓形的隧道裡，隧道朝著單一方向往黑暗延伸，混亂的落石在她背後封住了去路。坍塌的岩石之間放著一本入口書，就跟她剛剛打開的那本一模一樣。

那麼只有一條路可以走了，愛麗絲花了點時間穿上外套，**無所事事沒好處。**

她以輕快的步伐沿著隧道出發，舉起一隻手照亮去路。雖然隧道幾乎是圓形的，感覺卻不像是人造空間。整條通道曲曲折折，顯然是隨機的，不過整體地勢似乎往下傾斜。不見岔路或側道。愛麗絲用新近獲得的知覺去感應這個空間，但找不到那種怪異滑溜的織布，這表示她所在之處並不是迷宮。

當然了，不是迷宮，並不代表就沒有危險。終結說過，火精靈跟傑瑞恩有過某種協議，但是除此之外，並沒給她多少資訊。**我必須先找到火精靈，才能找他們幫忙——**

這時響起碾磨嘎吱的聲音，彷彿有人嚼著滿口的冰，愛麗絲瞬間提高警覺。有東西移到了她的左方，她及時轉頭，看到石牆有一大片都解體了，石塵像一蓬雲朵似地噴湧過來，刺痛她的雙眼。她往後退開，舉起一手護臉，同時憑著本能用簇群線裹住自己，然後有個巨大沉重的東西竄過依然旋飛不停的沙塵，以大石的力量狠狠撞上了她。

愛麗絲被撞得飛離地面，猛力砸上對面的石牆，這種碰撞的力道可是會讓正常女孩粉身碎骨的。在這次的狀況裡，倒塌的卻是牆壁，岩石在她背後轟隆隆裂開。她陡然往下摔落，頃刻之間，她跟襲擊者一同重重落地，在石地上滑行。

愛麗絲心想，**真是夠了**。

石塵依然漫天飛舞，她看不清攻擊者，但感覺得到那個東西以石堆的重量壓在她身上。簇群讓她免於被壓垮，但呼吸還是很困難，她開始昏頭脹腦。她猛扯史百克的線，團團繞住自己，感覺四肢湧生那頭恐龍的力量。她在那個東西下方收攏四肢，接著雙腿同時往外猛蹬，讓那個東西在空中翻滾，撞上另一堵牆，爆出一堆碎岩。

愛麗絲氣喘吁吁起身。她在混亂之中，弄掉了惡魔魚線，但是這個空間被黯淡的紅光照亮，紅光似乎是對手身上發出來的。在陣陣飛塵之中，她瞥見一個像狗的壯碩形體，肩膀跟她的胸膛同高。那個東西身上長的不是皮毛，而是突起如球莖的黑色東西，模樣像岩石而不是肌膚。牠有兩顆腦袋，在粗短的頸子上並排。紅光發自兩顆腦袋上的嘴巴跟兩雙眼睛，彷彿整個生物是由體內火焰點亮的。

等她站好的時候，牠也站正了。牠發出低沉威脅的吼叫，聽起來就像兩枚石頭互相刮磨。愛麗絲堅守陣地，雙腳稍微張得更開，然後等待著。

她以為牠會再度發動攻擊，像她在折磨宮殿裡對戰的狼匹那樣，直攻她的喉頭。但牠卻一次次快速往前衝，然後每一次都臨時打住，再次發出一陣低吼。牠體內的火光越

來越亮，愛麗絲及時想通了原因，在其中一個發亮嘴巴大大張開、迸放一波火焰時，往旁邊撲身閃躲。火焰掃過了她剛剛站立的地面。

第二顆腦袋追蹤愛麗絲的去向，準備如法炮製。她明白保持距離也無濟於事，於是把簇群線拉得更用力，啟動了變身行動，翻滾到一半就四散成為一大群滾動跳躍的簇仔們。那個生物困惑地往後退一步，然後又朝她的方向噴出一大片烈火。簇仔們全力進攻，從火焰下方溜過去，一面發出呱嘓聲，散落的火花紛紛掉在牠們的厚皮毛上。牠們先衝過那個火怪身邊，轉過來到了火怪背後，然後再次匯聚成惱怒的愛麗絲。

她這次高聲說：「鬧夠了吧！」

愛麗絲揪住那個生物的後腿，往上一提。雖然那個生物很笨重，但史百克力大無窮。她以赤裸的單腳為定點，像擲鉛球的人那樣轉身，將那個岩石般的生物舉向空中。她轉了半圈，累積動能，然後放手拋開。那那個東西飛過室內，撞向牆壁，發出撞球相碰的喀答響，然後在一陣新起的塵雲裡，無力地滑向地面。

愛麗絲喘著氣等候，想看看牠會不會再次起身。紅光時亮時暗，接著再次增加亮度。她看到那隻狗怪再次爬起身的模糊輪廓時，皺起了眉頭。

「你就是不懂什麼時候該放棄嗎？」愛麗絲昂首往前走去，赤腳踩在岩石上冷颼颼的——變身再次讓她把鞋子拋在後頭了——然後舉起雙手。「來吧，越早解決越好。」

「不要！」

愛麗絲訝異地停住腳步。另一個形影憑空跑了出來，擋在她跟那隻狗怪之間，這次是人的形狀，體型與她相近。這個人形握著一把長長黑矛，矛尖是看來相當危險的玻璃碎塊，直直對準愛麗絲的咽喉。

「不要！」那個東西再次說，「離他遠一點，讀者！」

第六章 爍兒

愛麗絲突然打住動作，召來惡魔魚提供更多光線。飛塵逐漸散去，讓她把站在眼前的人看得更清楚。

他很苗條，膚色蒼白，身上只穿破爛的短褲，雖然蓄著長髮，細緻的五官卻讓他雌雄難辨，但愛麗絲判定是個男孩。如果他是人類，她猜他的年齡跟自己相仿。他的眼眸從內在發出深紅光芒，可是更挑起她注意的是一頭亮燦燦的頭髮。

說那頭髮絲發亮，還不夠準確，應該說是像液態火焰一樣放光。不是純紅色的，而是一團變換不停的色彩，有深紅、橙橘跟黃色，繞著彼此閃爍不停，好似一場永不歇止的舞蹈，如同真正的火焰一樣照亮了隧道，光線反覆亮起暗下，跟惡魔魚冰冷的綠光彼此相剋。

他吃力地呼吸著，頻頻呼出小團熱氣，緊緊握住長矛桿子的雙手抖個不停。

「我不會傷害你的。」她說。他應該聽得懂她的話，傑瑞恩解釋過，讀者因為擁有魔法，不管對象是什麼，幾乎都能夠溝通無礙。

「妳剛剛傷到伊席了。」矛尖微微晃動。

「伊席？是你的……寵物嗎？」愛麗絲說。這男孩（肯定是火精靈）點了點頭。「是牠先攻擊我的，我沒有傷害牠的意思。」

「他……不知道是妳。」矛稍微放低了，「妳不應該來上頭這裡的，沒人應該來這裡。我們聽到有東西在動，還以為是……」

火精靈嚼著下唇，試著同時俯瞰那隻狗怪跟仰頭看愛麗絲，愛麗絲放下雙手。

「我不會傷害你的，」她重申，「你把矛放下來，去看看伊席是不是還好。」

男孩對愛麗絲投出最後懷疑的一瞥，然後轉過身去，跪在狗怪身邊。那隻岩石般的強悍生物已經站起來了，火精靈輕拍牠的兩個腦袋。愛麗絲去撿自己的靴子，靴子正躺在她變身成為簇群的地方。火焰在靴子表面留下了微微的焦痕，但她很高興看到靴子大多完好無缺。背囊的話就沒這麼幸運了，背囊在落地的時候扯了開來，糧食撒得到處都是。她多打幾個結，好不容易才重新纏好了背囊，把沒毀壞的東西蒐集起來。

等愛麗絲再轉頭回去面對火精靈時，男孩已經再次站起身，盯著她，但長矛並未對準她。她想，這樣就算是有進步了吧。

「伊席沒事，」他說，「算妳運氣好。」

「很高興沒傷到他，」愛麗絲說，「我叫愛麗絲，你叫什麼名字？」

「爍兒，」男孩細細瞅著她，「妳不是平常會來的那個讀者傑瑞恩吧？」

愛麗絲無法理解，怎麼會有人以為她跟傑瑞恩有任何相似之處，可是她不打算追究下去。「不是，我是他的學徒。」

「噢，」爍兒的表情一沉，「妳應該先發個訊息過來的，再也沒人上來這邊了，妳可能會迷路的。」

「抱歉，」愛麗絲說，「很高興剛好碰到你。」

「我可不高興，」爍兒說完便嘆口氣，「剛剛弄出那麼多噪音，現在也不可能逮得到藍寒了，最好先帶妳回去見派洛斯，來吧。」

爍兒快步帶領她往前走，赤著腳輕輕穿過冰冷崎嶇的隧道。不管爍兒的髮絲跟火焰多麼雷同，卻不會散放絲毫暖意。伊席貼在他身邊，盡可能跟愛麗絲拉開距離，這點感覺有點不公平。**明明是他先攻擊我的**。他們進入一個區域，這裡的通道明顯為了居住便利而改造過——起伏的地面推平了，拱形門口可以通往兩側的小室。不過，看起來早已閒置不用，一層厚厚的黑塵鋪蓋在一切東西之上。放眼望去，四處都有天花板掉落的岩石，鋪散在地上。每條通道都往下傾斜，彷彿正要朝地心下降。

她的導遊似乎打定主意拒絕溝通，只以悶哼跟手勢來引導她，彷彿惜字如金。愛麗絲判定，如果想得到火精靈的協助，自己得主動打開話匣子才行。

「伊席是你的寵物嗎？」她又問。

爍兒回頭，露出困擾的神情。打從判定她不打算攻擊他，他的恐懼就被傲慢的輕蔑所取代，彷彿根本懶得開口跟她講話。如果對方是有些惱火，愛麗絲還能體諒——畢竟她擅闖此地，可是輕蔑這種反應來得有點莫名其妙，他至少可以禮貌一點吧。

火精靈停頓半天，久到令人覺得受辱，然後才說：「他是我朋友，我不期待妳能體會。」

愛麗絲想爭辯，但決定不去計較，反倒說：「如果這個區域已經廢棄，那你們兩個在這裡幹嘛？」

「為了追蹤藍寒，」他煩躁地把長矛末端往地上猛敲，「要不是妳半路殺出來，我們老早就找到了。」

「抱歉，」愛麗絲說，「我想你們還會有機會抓到牠。」

爍兒突然頓住腳步，轉過來面對她，雙眼散放熊熊的亮紅。他那頭具有催眠效果、變幻不停的髮絲裡，有一絲絲黃光在閃躍跳動，彷彿呼應著他的情緒。他的語調裡有種奇特的潛音，劈啪作響的，彷彿是遠處火堆的吼聲。

「藍寒是個怪物，」他說，「昨天晚上才殺掉三個族人，還傷了更多。沒錯，我會有機會逮到牠，不過要等下次牠又餓了的時候。而且前提是牠沒挑中我，把我當晚餐吃了。」

伊席感染到爍兒的情緒，放聲低吼。

「抱歉，」愛麗絲說，「我不知道——」

「妳又怎麼會知道？」爍兒忿忿地說，「妳是讀者，只是來這裡收取珍貴的貢品。」

「我不——」

可是火精靈已經別開身子，重步繞過轉角，狗怪亦步亦趨跟著他。愛麗絲連忙跟上去，一行人進入一條向下傾斜的長廊。隨著他們往前行進，空氣也更形溫暖，到了遠端，岩石上嵌了一扇金屬門。有個高大寬肩的火精靈就站在門邊，握著一根黑色長矛。

「我追丟藍寒了，」爍兒說，當作介紹，「可是我找到讀者，派洛斯會想見見她的。」

「他正想找你。」守衛說，大剌剌瞅著愛麗絲。

爍兒壓低嗓子喃喃說了點話，音質尖銳得好似壁爐裡嗶剝響的乾柴，「來吧，讀者，往這邊走。」

「我叫愛麗絲，」愛麗絲說，「不叫讀者。」

爍兒沒有回應，守衛拉開門，老舊鉸鏈嘎吱作響。愛麗絲跟著男孩穿過門口，踏進火精靈的村落。

愛麗絲過去在圖書館跟書本之間遊走的時候，一路上遇過不少野獸跟怪物，可是很少遇見有智慧的魔法生物，也沒什麼機會觀察他們的生活方式。以前碰過差點把她跟艾薩克吞下肚的針妖精，可是當時她一心只想逃命，無暇多留意他們的生活景況。

在這裡，她覺得自己像個觀光客，在奇特的國家裡遊蕩，對當地的風俗習慣大感意外。這裡的拱形通道由布匹或珠簾掩住，石製工具跟玻璃工具整齊堆放在各個角落。牆上掛著黑玻璃製成的精品，有的做成細薄的線狀，經過繁複的交錯編織，看起來美輪美奐，尤其在爍兒髮絲投出閃動光線的照耀之下。愛麗絲不確定這些玻璃製品純粹做為裝飾用，還是有更實用的功能。

放眼望去到處是火精靈，或在長廊上或在門口附近。大多都比爍兒高大，身形相當於人類成人。雖說他們都有一頭液態火焰的長髮，但愛麗絲在他們當中看不到任何女性，男女是不是分開住？她聽過在地球上某些地方，男性女性是分開生活的這裡也有孩童，奔跑嬉戲的模樣跟人類小孩沒有太大差異，不過有一、兩次，愛麗絲看到他們把迷你火球踢來踢去，就像人們丟沙包玩一樣。他們一看到愛麗絲，就暫停遊戲，驚奇地盯著她瞧。成人也看著她，不過在他們發光的雙眼裡，怒氣多於敬畏。她可以理解那種好奇——畢竟，她身穿皮革外套，一頭沒火焰的黯淡頭髮，在他們眼裡看起來可能很古怪，就跟她覺得他們模樣怪異一樣。可是她想不通他們的怒氣從何而來。她想問問爍兒，但還找不到機會，就有個小火精靈從門口冒出來，一把摟住了爍兒。

「爍兒！你還好嗎？」

爍兒回抱了新來的人，深情地搓搓對方的頭髮。「我沒事啦。」

「我好擔心喔。」另一個火精靈微微抽開身子。他比爍兒更矮更瘦，髮絲邊緣略微泛青。「派洛斯很氣你喔。」

「我會應付派洛斯的。」

「你找到藍寒了嗎？」較小的精靈興奮地說，「你殺掉牠了嗎？」

爍兒搖搖頭。「我碰到的是這個。」他用拇指朝愛麗絲點一點。「我必須帶她去見派洛斯。」

火精靈望著愛麗絲，困惑地眨眨眼。「讀者？」

「不是同一個啦，」爍兒說，「老讀者比較高，臉上有毛，記得吧？」

「那麼，這個一定是最幼小的。」較小的火精靈湊了過來，瞪大眼睛，彷彿正在細看水族箱。

「艾提尼亞！」爍兒吼道，「別擋她的路啦。」

「沒關係，」愛麗絲說，「我叫愛麗絲，很高興認識你。」她主動要握手。

艾提尼亞發出茶壺般的小小尖鳴，往後跳開，接著猶豫地模仿她的手勢。爍兒連忙伸出手，趕在兩人碰觸以前揪住他的手腕。

「你家熠熠跟你講過讀者的事，要記好，」他說，語氣低沉而危險，「派洛斯在哪裡？」

「在宴會廳，」艾提尼亞說，勉強把目光從愛麗絲身上移開，「陪今天早上受傷的那些人。」

「那我們最好不要讓他一直等，」爍兒用力一偏腦袋，要愛麗絲跟上來，「來吧。」

「我又不會傷害他。」她說，兩人一同穿過珠簾，將艾提尼亞留在後頭。

「他太好奇，總有一天會吃苦頭，」爍兒喃喃，「就在裡面。」

短短的廊道穿過另一片珠簾之後，迎面就是挑高的拱形洞窟，比他們之前經過的隧道都要高聳。大片拋光的岩石一排接一排擺放，有如設宴用的餐桌，更小的圓石可能是座椅。一百位火精靈可以在這裡舒適地用餐，現在卻只有區區六位，聚集在最靠近門口的幾張桌子附近。

愛麗絲看到，有幾位火精靈躺在那些桌子上，身上頻頻冒煙，細細的煙從嘴巴升起，更大蓬的煙從身體其他部位湧出。最接近的那一位，手肘之前的手臂不見了，原本該有手臂的地方竄出煙來。

他們在流血，愛麗絲意識到，突然一陣反胃，喉嚨也堵堵的。

「派洛斯！」爍兒說。

幾位火精靈圍著一塊石板站立，背對著愛麗絲。跟其他人比起來既削瘦又孱弱的一位精靈，伸出手指說：「再試一次！」

另一個做了點什麼，結果引發一陣橙光。煙霧先是暫止片刻，然後加倍湧現，伴隨激烈的嘶聲，有如一桶水淋在燙熱的煤炭上。

「停，」那位瘦精靈說，「沒用的，他現在已經回到心火身邊了。」

所有的精靈喃喃說了點話，包括爍兒，但愛麗絲聽不清楚。她看到他在赤裸的胸膛前比了個複雜手勢，最後以拳頭抵住心口。

「派洛斯。」爍兒說，現在更低調，但態度依然堅持。

削瘦的精靈抬起頭。他的頭髮甚至比其他人還要長，髮色介於雪白跟煙灰之間，只有一小圈頭冠似的燦亮火焰往下延伸到耳邊。臉上沒有人類一般會有的皺紋，但他黯淡的紅眼給愛麗絲年事已高的印象。

「爍兒，」老精靈說，吁了口氣，聲音好似鍛爐風箱的嘎吱聲，「你沒事就好，那個——」他瞥見愛麗絲，微微欠身，泛白的長髮有如簾子般圍著他落下，「讀者，抱歉，剛剛沒看到妳。」

聞此，其他精靈轉身面向她，臉上不掩敵意。他們一個接一個像派洛斯那樣欠身，但愛麗絲覺得自己在那些紅眼睛的怒瞪下越縮越小。

「沒關係的，」她說，「你們不用這樣。」

「她不是上次來的那個，」爍兒說，「她是他的『燃兒』，還是什麼的——」

「人類叫『學徒』，」派洛斯說，挺直身子，細細打量愛麗絲，「瀝青，你可不可以去看看強光的手臂？我一定要私下跟讀者談談，而且我恐怕就快累垮了。」

派洛斯望著這群火精靈裡最壯碩的一個，後者近身站在他背後。片刻之後，這個壯漢悶哼一聲，派洛斯指向跟這個大房間相連的另一條珠簾通道。

「可以跟我來嗎？讀者？」派洛斯的目光找到爍兒，爍兒原本正悄悄溜往後頭，「還有爍兒，如果你可以跟我們一起來，我會很感謝的。」

老人沒等回答就轉過身去。爍兒縮著肩膀悄悄尾隨，愛麗絲也跟了上去。她忍不住瞟向眾人之前圍繞的那張桌子，先給自己心理建設，因為可能會看到陰森的景象，但是那裡除了一堆成片的灰燼，空無一物。

第七章 提議幫忙

派洛斯帶領他們來到一個房間，裡頭有幾張石椅，還有兩座精緻的玻璃雕塑。那裡還有很多長長的圓石柱，跟愛麗絲的手臂一般粗，一捆捆斜倚在牆壁上，或是堆在角落裡。圓柱上蓋滿複雜的刻文，愛麗絲忖度，火精靈是不是把它們當成書本。打從來到這裡，她就沒看過任何紙張，或是任何可能來自植物的東西。火精靈用來充作衣料或佈置的東西都是皮革、玻璃或石頭製成的。

珠簾在他們背後一合上，派洛斯就忽地旋過身來，滿臉怒氣。愛麗絲立刻抓住簇群線，準備防衛自己，可是老人往爍兒逼近，舉起嶙峋的一手，猛甩了男孩一掌，爍兒的頭髮一時搏動著狂亂的白藍色。

「平日大家就愛打你小報告，」派洛斯說，「可是從來沒人說你是個**大蠢蛋**，直到現在為止。你到底在想什麼？」

「主動出擊，找到藍寒的機會才比較大，」爍兒反駁，派洛斯在他臉上留下了青灰色掌印，「我寧可採取行動，也不要像懦夫那樣躲起來。」

「找到藍寒的時候，你又打算怎麼辦？」

「我有伊席陪著，」爍兒說，語氣慍怒不服，「手邊還有長矛。」

「獵犬跟男孩，加上長矛，就想用來對付傳說中的怪獸，」派洛斯說，「這場戰鬥肯定讓人永難忘懷。」

「即使我戰死了，」爍兒說，「那又怎樣？反正照這種情況看來，我們遲早都會死到一個也不剩，總比在這裡傻等好。」他的眼睛亮著火光，轉向愛麗絲，「總比跑去找讀者幫忙好。」

派洛斯用手劃過空中。「夠了，安靜。」他轉向愛麗絲。「剛剛的事情很抱歉，爍兒年紀還小，就像所有的青少年，都愛做傻事。」

「沒關係，」愛麗絲說，「要是他剛剛不在那邊，我可能很難找到過來的路。」她沒提到伊席攻擊她。爍兒瞇眼望著她，試著搞清楚她到底在耍什麼花招。

「那就是幸運的意外嘍，」派洛斯說，「對你們兩個來說都是。」

他轉身走向一把石椅，腳微跛，揮手請愛麗絲坐另一張石椅。她坐下來，在堅硬冰冷的岩石上，不自在地挪挪身子。

「這裡恐怕沒什麼好款待妳的，」派洛斯說，「在過去，讀者就跟我說過，我們的食物跟飲品並不符合他們的生理需求，但我還是希望能讓妳覺得賓至如歸。能夠接待傑瑞恩大法師的學徒，是我們的榮幸。」

「謝謝。」愛麗絲說。

「他願意在我們急難的時候出手相助，我們深深感激，」派洛斯再次點頭致意，「請轉達妳的主人，他這麼快就回應我們的請求，我們著實銘感五內。」

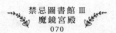

急難？愛麗絲腦筋快速轉動。終結沒說到什麼請求的事啊，可是最好讓大家以為我是來處理傑瑞恩交託我的任務。

「是，」她說，隨機應變，「主人感謝你們的……你們的忠誠。只要能力所及，我都會盡量幫忙。」她遲疑一下然後補充：「事後，也許有些小事你們也可以幫我。」

「當然，」派洛斯說，「我們會盡力而為。」

「什麼？」爍兒說，打破了沉默，「你不是說真的吧，你明明知道她想要什麼，那份協議——」

「我說夠了，」派洛斯怒斥，再次向愛麗絲鞠躬，「抱歉，我向妳保證，我們真心感激。」

「到底有什麼問題？」愛麗絲說，「爍兒提到什麼怪物的事。」

「是藍寒，」派洛斯說，「我們族人最初來到這個世界時，以為早已擺脫那個恐怖東西。牠一定是穿過野地大門進來的。」

「牠攻擊了你們的村莊？」

「好幾次了，我們試著殺掉牠，可是——」

「牠會竄進岩石裡，」爍兒打岔，「衝破這條隧道，溜到下一條隧道，速度快到我們趕不上。牠撞破一道牆，把兩個男生抓走，根本沒人追得上。」

派洛斯怒瞪爍兒，但點了點頭。「很不幸，他說得沒錯。藍寒仰賴熱氣跟火焰為生，這座村莊就像信號燈一樣明顯，牠會大吃特吃，直到一無所剩。現在牠的膽子越來越大，起初牠攻擊完就逃逸，但現在天不怕地不怕，直接跟我們對峙。最近一次，十幾個男人企圖阻擋牠，但妳也看到下場了。」派洛斯嘆口氣，聲音好似燒透的乾柴在壁爐裡崩塌，「要是狀況一般，我們絕不會輕易打攪傑瑞恩法師，可是，就我研判，要是撐到我們下一次進貢的時間，到時候這裡可能就一個人也不剩了。」

「好，」愛麗絲說，「所以你希望我能除掉這個東西。」

「憑著讀者的法力，藍寒肯定也不是妳的敵手。」派洛斯說。

「她只是燃兒讀者，」爍兒輕蔑地說，「不好吧，派洛斯，要是藍寒殺了她，傑瑞恩會氣炸——」

「就叫你安靜，要我說多少次？」派洛斯揮揮手，「去跟艾提尼亞、維里德通知你還活著，他們滿擔心的。」

「剛剛就碰到艾提尼亞了。」爍兒說，可是再怒瞪愛麗絲一眼之後，就連忙溜出珠簾外頭了。

「我一定要再向妳道一次歉，」派洛斯說，「他年紀輕輕，滿肚子怒氣，卻沒有熠熠給他指引。」

「熠熠？」愛麗絲說。

「就是當初點燃他的人，我想就是你們人類所謂的……父親？還是母親？我知道在讀者的世界裡狀況不同。」派洛斯聳聳肩。「我恐怕從沒去過你們的世界。」

「噢，」愛麗絲對那男孩浮現同病相憐的感覺，「我希望你不要給他太重的懲罰。」

派洛斯搖搖頭。「他一定要學會別再這麼莽撞，可是妳不用操心那種事。」

她點點頭。「你們能預測藍寒什麼時候會發動攻擊嗎？」

「完全無法確定。就怪獸來說，牠算是很聰明的，可是這陣子牠來得更頻繁了。過不了幾天，牠又會回來。等牠入侵村莊的時候，妳就可以正面跟牠對峙了。」

愛麗絲感覺口袋裡的錶滴答走著。我沒辦法在這裡等個幾天。可是有怪獸逍遙法外，他們不可能分神幫我的忙。她想到冒著煙、痛苦不堪的火精靈，還有佈滿灰燼的桌子。

「在沒人會受傷的地方跟牠交戰，會不會比較好？」愛麗絲臨機應變，「我們可以把牠引誘到什麼地方去嗎？如果牠喜歡火焰，也許我們可以生個大火堆。」

「那樣可能有用，」派洛斯若有所思說，「牠從很遠的地方就可以感應到熱氣，可是如果妳傷了牠，牠可能會竄過岩石逃走，妳必須用某種東西困住牠。」

「我想我辦得到，」愛麗絲說，「我們應該盡快開始，趕在牠回來以前。」

「我同意，我會派人把生火的材料拿來，」派洛斯站起來，「妳需要嚮導，如果妳不反對，我就指派爍兒。」

「他嗎？」愛麗絲皺眉，「他好像很討厭我。」

「不管個人感受如何，他都必須學會跟讀者共事，」派洛斯說，「他還欠我一個不服從的懲罰。這小子如果想好好表現的話，妳會發現他其實還挺聰明的，而且他探索過的地方比任何族人都遠。」老人遲疑片刻。「只是……要盯著他，要他當心點。」

「我會盡量。」愛麗絲說。

跟愛麗絲結伴穿越無止無盡的蜿蜒隧道時，爍兒不情不願告訴她關於這世界的事。男孩一方面厭惡她，一方面又對自己所知甚多感到自豪，似乎在這兩種情緒之間擺盪，最後終於忍不住炫耀起來。

「這個世界的底部就是心火，那裡的岩石燙得不得了，不只會發光，還像水一樣奔流。這些隧道啊——」他對著兩人穿越的迂迴隧道揮揮手——「是好久以前由心火塑造出來的，這些隧道上下左右交錯，就像桶子裡的蟲子，一路延伸到地表。」

「地表上有什麼？」愛麗絲說，她聽得很入迷，雖然以往替傑瑞恩跑腿辦事的時候，探索過好些入口書，但這還是頭一遭真正覺得自己置身其他世界。

「沒什麼，」爍兒說，「只是又冷又暗，我去過上頭喔。」然後帶著一絲得意補充：「村子裡的人都沒去過。」

「藍寒就是從那裡來的嗎？」

爍兒點點頭。「野地大門就在上頭的某個地方，藍寒是從另一邊過來的，我們以前就住那裡，直到——」他瞥瞥愛麗絲，停住，然後使勁搖搖頭。

「直到什麼？」

「算了。」爍兒突兀地說，「我們就是在找這個。」他指向前方，那條廊道往外擴張成更高更廣的空間。

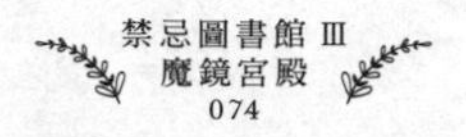

愛麗絲舉高發光的手，以便補強爍兒髮絲的亮度。當初形成這些隧道的岩漿，也創造出天然的圓形劇場；這個大房間接近圓形，底部往內凹陷。不過，這裡或許並不是百分百天然形成的——因為至少有三個門口連向其他通道，似乎是智慧生物憑雙手打造出來的。

「你們族人以前住這裡嗎？」愛麗絲說。

「對，那時候心火溫度較高，我們的人口較多，」爍兒拉長了臉說，「那是很久以前的事了。」

他闊步走到房間中央，放下綁在背上的大陶罐。愛麗絲身上也扛了一個，她把自己那只罐子往下擱在爍兒旁邊。他忙著把罐口皮塞拔掉，將稀薄的半透明液體倒入地面的圓形凹槽。

「要我幫忙嗎？」愛麗絲說。

「殺生就由妳負責，讀者，那是你們很拿手的事，不是嗎？生火的事交給我就行。」

他專注地盯著油油的物質。愛麗絲不確定那是什麼做成的，不過從派洛斯跟爍兒激烈的爭論看來，她推斷這種東西對火精靈來說相當珍貴。兩個人扛過來的量，代表村民長達好幾星期的勞動成果。爍兒反對把這種東西浪費在讀者的計策上。

愛麗絲環顧四周，想找合適的地方來佈置防護網。三張羊皮紙方塊全都折得好好的，免得在她準備好以前就讀到內容；不管她想捕捉什麼東西，都要把羊皮紙擺在三個點上，圍成一個三角空間。她把一張放在房間遠端的一顆落石上，第二張塞進對面牆壁一道長長的垂直裂痕裡，最後一張帶回兩人當初進來的地方，擱在一顆大石上。

爍兒將第二罐火油全部倒進凹池。那個東西的表面升起細微的白色煙霧，彷彿等不及要爆出火焰。罐子倒空之後，爍兒站起來，朝她看來。

「現在怎樣？」

「把火點燃，然後盡快過來這邊。」他們猜想藍寒至少要花幾分鐘時間，才能感應到熱氣並且抵達這裡，可是愛麗絲不希望自己啟動防護網的時候，不小心把爍兒困在裡面。

爍兒舉高一手，手的上方爆出小小火焰，在半空中勃勃燃燒。他把火焰往外舉到那池油的上方，然後猶豫起來。

「要是不成功，」他說，「我們就死定了，妳知道吧？我們在這上面絕對躲不過藍寒的攻擊。」

「會成功的。」愛麗絲說，接著自己也猶豫了，防護網畢竟沒先測試過。「不過要是出了差錯，你就別靠近，我自己會處理。」

「相信我，我也是這麼打算的。」爍兒翻過手來，讓小小火苗落下。火油馬上轟轟點燃，爆出的火焰迅速竄過整個油池表面。火舌頻頻往上竄，高高穩定的烈火在爍兒附近蔓延。火焰帶來的氣流吹得火精靈頭髮亂飛，像光環一般在他四周散開，色彩變換不停地舞動著。

「快！」愛麗絲說，抵著大石伏低身子。爍兒渴望地朝篝火投出最後一瞥，快跑越過房間，在她身邊蹲下，熱氣一波波從他身上散放出來。

兩人等候一會兒，聽著篝火穩定的劈啪聲。不管火油是什麼，都燒得極度均勻，火焰又高又旺，沒滋生多少煙霧，愛麗絲在房間對面都能感受到暖意。

「藍寒有多大？」愛麗絲低語。

「我從來沒看過，」爍兒緩緩說，「可是村裡的男人說牠高得跟走廊一樣。」

又一陣停頓，盯著晃動不定的火焰，很有催眠效果。

「派洛斯跟我……講過你家熠熠的事，」愛麗絲小心地說，「真遺憾。」

爍兒嗤之以鼻。「別假裝瞭解我，讀者，也不要假裝妳在乎。」

愛麗絲正準備開口抗議說她可以體會，男孩便舉手要她安靜。片刻之後，她聽到了碾磨的聲響，起初滿小聲的，後來迅速變大。爍兒把腦袋轉了半圈，然後指向一個圓拱門口。

「喏，」他說，「牠快來了。」

第八章 藍寒

愛麗絲瞇眼望去，房間另一側的隧道裡有東西在動。看起來像是一群螢火蟲，光線詭異地扭曲滑動，她花了片刻才意識到自己看到什麼。

是冰。藍寒彷彿整個都是用冰製成的，狀似幾塊有弧度的巨冰拼組而成，像哈哈鏡一般，扭曲並反射了篝火光線。牠移動的時候，反射回來的光點也跟著在滑溜的體表上挪移滑動，讓她對牠的形狀稍微有點概念。牠讓愛麗絲聯想到蠍子，體型呈三角，兩側各有三條多關節的腳。雖然牠沒腳爪，但有條彎曲的尾巴拱在身體上方，尾端有三根像矛一樣的發亮尖刺。前方原本該有腦袋的地方，由多種形狀的結晶體混亂地擠成一團，有的是尖刺形、有的是羽狀葉片形，就像上百片雪花放大之後湊在一塊。

牠的身體是一整塊磨光的冰，光線滑過有弧度的地方；四肢由多塊大冰組合而成，有如線上的串珠，一個連向一個。尾巴上的尖刺是冰柱尖端，銳利如匕首。牠動作流暢到令人忐忑，牠的腳步調一致地起起落落，彷彿靠發條裝置來發動。只要一移動身體，就會發出碾磨的尖響。

牠龐大到足以擦過走廊天花板，大小接近一輛車子，每隻腳的長度都跟愛麗絲一般高。她的心跳開始加快，要是防護網沒成功……

「怎麼樣，讀者？」爍兒低語，「妳還在等什麼？」

藍寒把參差不齊的混亂吻部探進火焰裡。愛麗絲原本以為比較細緻的冰會立刻融化在熱氣裡，可是熄滅的卻是火，火焰在藍寒突出的水晶體四周旋繞，彷彿受到強風吹拂。火只要碰到那個生物，就會消失不見，被吸進玻璃般的肌膚裡。

牠真的會吃火焰，藍寒又往前跨出一步，更深入篝火，**太完美了**。

愛麗絲轉向之前留在大石上的防護網，掀開那張羊皮紙，然後閱讀自己事先寫在上頭的文字。

感覺不大像是穿過入口書——沒有那種移位的感受，只在內心某處有種扭動的感覺，表示魔法穩住了。乳白色能量線條各自從三張羊皮紙噴射出來，跟彼此交會之後往上延伸，形成了一面三角光牆。接著，這道屏障依循她寫進魔咒的指示，開始往內收縮，朝著篝火跟篝火中心的藍寒縮小，同時變得越來越亮。

頭幾分鐘，這個生物沒注意到發生什麼事，只是沐浴在那池油裡，火堆搖晃不穩，越來越弱。接著，藍寒抬起頭，似乎注意到事有蹊蹺。牠邁出油池，對身形這麼大的怪獸來說，獸腳的動作細膩到令人吃驚，然後接近這道光牆的其中一面。牠抬起一腳，掃過那道屏障，發出刀子拉過玻璃的聲響。

愛麗絲在內心深處感覺到那種刮磨的力道，不是痛楚，而是凜冽的感覺。創造跟維持這個屏障的能量來自於她，就跟她平日召喚生物的情形一樣。藍寒越是用力去推擠防護網，防護網就必須更使勁往後推，好將牠拘留在網內。生物衝撞光牆，衝撞生猛的魔法，頻頻爆出光線跟劈啪火光，她只能咬緊牙關。屏障逐漸收縮，乳白色牆也跟著增厚，現在只剩十幾碼的寬度，將那個冰怪趕進殘餘的篝火裡。

「有用嗎？」爍兒大聲問道，扯著嗓門好蓋過另一陣火光四射的衝擊。

「我想有用！」愛麗絲說，可是她沒把握。她開始覺得頭重腳輕，力量不停流失，好似傷口失血。不應該是這樣的。她應該要能維持防護網，同時行有餘力才對。可是她的心卻怦怦狂跳，彷彿剛剛才短跑完畢。她的耳鳴逐漸加大，爍兒的聲音聽起來很遙遠。

屏障現在只比藍寒大一點點，陷阱幾乎快要完成了。只要再一點點就行，愛麗絲握緊拳頭。

冰怪放聲尖叫，高亢的哀號好似水晶在顫抖。牠靠著後腳站起來，然後重重撲向屏障，同時用頂著三根尖刺的尾巴往前猛劈。這份衝擊害得愛麗絲跪倒在地，視線暫時一片灰暗。她嘴裡嚐到血味，明白自己咬到了舌頭，再一點點……

她背後有東西發出奇怪的撕扯聲，彷彿是鐵絲在高張的情況下震顫著，接著斷裂了，聲音有如槍響。再來是一連串快速噴散的火花，照亮了陰暗的室內，好似迷你煙火般紛紛撒落愛麗絲四周。她轉身看看放在大石上的防護網，但只有一下下。魔法文字發出的光比正午太陽更亮，愛麗絲不得不用雙手遮眼。她可以看到自己手指的骨骼，襯在橙紅色的肌膚上，視線裡淨是紫色跟綠色的殘影。

接著，再次發出震顫聲，又一陣快速的火花，這場光線秀開始得很突然，也結束得很突然。力量不再從身上流逝，讓愛麗絲鬆了口氣。不過她依然氣喘吁吁，因為疲憊而哆嗦不已。她垂下雙手，望著濃密的黑煙從毀壞的防護網湧出來，聚集在天花板下方。

「讀者！」爍兒說。

愛麗絲轉過身去。屏障正要消失，最後幾塊白光就在她看著的時候漸漸隱去。在他倆背後，藍寒將身體伸展開來，腳在早已熄滅的油池裡踢蹬，接著緩緩轉身，最後面朝他們的方向。

冰怪正發出尖銳清澈的怒喊時，愛麗絲心想，難得這麼一次，要是事情可以按照原定計畫進行該有多好……

愛麗絲用簇群線裹住自己，以熟練的心念動作扯動史百克的線，一次就到位。

「找地方躲起來！」愛麗絲對爍兒大叫，「我會把牠引開。」

她沒辦法判斷火精靈聽見她的話沒有，藍寒朝著他們轟隆隆奔來，起伏的腳衝刺起來，化成一團模糊；冰跟冰互磨的聲音，逐漸拔高成教人痛苦的尖響。愛麗絲身體緊繃，然後用史百克全部的力量往旁邊撲去，縮成一顆緊實的球體，像簇仔一樣滾動著，最後從牆上反彈，然後站起身來。

她以為那個生物會追蹤她的動向，可是牠卻朝著她放防護網的大石衝去，用頭部那團羽狀冰柱，推擠依然在冒煙的羊皮紙。

是熱氣的關係，愛麗絲遲了一步才明白。防護網破裂的時候，文字一時發出了藍白色的光芒。對藍寒來說，熱氣就是糧食。不過，比起篝火，這個持續不了多久——噢，糟糕。這個生物從大石退開，緩緩移動，背離愛麗絲，爍兒。

她嚴重錯估情勢，在伊掃的堡壘裡，她藉由轉移折磨的注意力，救朋友脫險。可是，那只是因為如龍所說的，折磨有一半的血統是狼，擁有完整的狼性，所以這種做法才有用。可是，藍寒是冰形成的異種生物，對事情孰輕孰重的判斷，完全不合常態。比起炙熱的火精靈，愛麗絲根本無法確定冰怪能不能看到她的血肉之身。

爍兒在岩石之間穿梭，繞著房間走到一半，她可以看到他頭髮發出的光。藍寒把目標完全對準了他，對愛麗絲根本視而不見。牠的腳再次快得模糊成團，如此龐大的生物移動速度竟然如此驚人。

「爍兒！」

她拔腿狂奔，腿裡灌注恐龍的力量，使得每一步都像跳躍似的，可是怎麼快也趕不上。爍兒準備應戰，雙手緊握長矛，但矛尖卻從藍寒的冰凍外殼上滑開。火精靈連忙轉身，此時怪獸的尾尖往下襲來，尖刺掃過他原本站立的空間。他溜進大石跟牆壁之間的窄縫裡，躲過另一次螫擊。這個空間太過窄仄，藍寒塞不進來，但牠還是可以用尾巴劈擊，爍兒絕對逃不出牠的圍攻。

愛麗絲放開簇群線，用更甚以往的力氣猛扯史百克的線。她跨步跨到一半就開始變身，令人作嘔的不確定感一時湧上，她的身軀逐漸變厚，擴張成恐龍那種粗短的四腿體型。她一時踉蹌，但勉強保住了動能，加快速度奔騰起來。

愛麗絲想像，身為史百克就像駕駛汽車。這頭恐龍可以很快累積前進的能量，可是動作並不靈活，要轉身會是大問題。可是藍寒就在正前方，一心放在爍兒身上，完全沒注意到她。史百克實際的重量超過外表，擁有炮彈般的動能，頭冠上長了四隻張牙舞爪的角。她把頭角對準藍寒身體的中央，然後任由恐龍的直覺接手。

愛麗絲變成的史百克狠狠撞上藍寒，將牠抬離地面，然後砸向室內的牆面，發出了震天價響，夾雜了冰的碾磨壓碎，還有恐龍的噴鼻聲跟喉音吐息。這個衝擊沒有愛麗絲原本想像得痛——史百克擁有厚實的頭蓋骨跟肌肉發達的頸項，牠的身軀天生就是用來應付這種情況。她有根頭角撞上冰怪的體表，打滑之後便啪擦斷裂，另外三根刺進了藍寒的身軀，網狀裂痕在冰上蔓延。冰怪再次放聲尖叫，牠的腳胡亂揮擺。

當愛麗絲試著後退時，卻發現頭角卡住了。她還來不及甩動掙脫，藍寒就已經恢復平靜，伸過來要抓她。冰腳戳進史百克佈滿圓石般的堅韌外皮，摸索著想抓得更牢，弄得史百克鮮血直流。冰怪彎拱的尾巴往下猛螫，刺進了愛麗絲背上的厚殼。好痛，但痛感只持續了一會兒，接著她的肉體便麻木了，彷彿藍寒將冰的精髓注入了她的血脈。愛麗絲使勁仰頭、企圖掙脫，但螫刺一次次襲來。

她意識到，如果她不採取行動，自己必死無疑。自從打敗迷陣怪以來，她在爍兒的世界表現得過度自信。藍寒嚇壞了火精靈，可是她卻以為自己想當然耳應付得了牠。現在她感覺到毒液正在體內擴散，凍住了史百克堅韌的肉體，一路朝著她的心臟蔓延，快行動啊！

愛麗絲放開史百克的線，讓變化後的形體散去。她恢復原本的身體，比史百克小又輕，攤開四肢、巴在敵手身上，藍寒跟著一踉蹌。毒液還在她體內，在只是女孩的小小身軀裡，擴散得更快。愛麗絲覺得自己好像在冬季過半的時候，被拋進了池塘，她的牙齒開始打顫。

她把手探進口袋找橡實，手指冷到發僵，顫抖著，總算勉強取出了一枚橡實，用盡僅存的氣力，使勁塞進史百克頭角在藍寒外皮上刺出的孔洞之一。片刻之後，藍寒直起身子，愛麗絲癱軟在岩石上，蜷起身子抵禦寒意。冰怪從她那裡轉開身子，往爍兒躲藏的地方走去。

快長，愛麗絲催促橡實，用盡全力快長啊。

冰怪頓住腳步。愛麗絲可以看到有東西在藍寒半透明的硬殼裡擴散，一個黑暗的網絡竄過史百克留下的裂隙，逐漸往外蔓延，以樹木竄出水泥的那種力氣，在冰裡鑽竄著。

藍寒發出尖喊，身體時縮時放，試圖抑制入侵的植栽。接著，牠一口氣爆開來，發出山崩地裂的巨響，碎冰飛濺過房間，從牆上乒乒反彈回來，紛紛撒在愛麗絲身上，彷佛一場怪異濃密的落雪。

愛麗絲合上雙眼，膝蓋抵在胸前，全身因為寒冷而哆嗦不止，但她再也感覺不到身體的存在，彷彿那是跟她沒什麼關係的遙遠東西。她之前已經用簇群線裹住自己，希望牠們的韌度可以抵擋毒液，可是似乎效果不彰，每吸進一口氣都感覺要在喉嚨裡凍結。

她的心跳在耳畔咆哮，她幾乎聽不清爍兒的聲音。「讀者，出了什麼事？」

愛麗絲怎麼勉強都擠不出話，下顎繃太緊，牙齒彷彿就要裂開。

「妳還好嗎？」爍兒說，「讀者？愛麗絲？」

接著火精靈的聲音完全消失在冰冷黑暗的虛空裡。

第九章

派洛斯

「你確定？」

「我確定，人類跟我們不一樣。」

「我的祖熠向來都信誓旦旦地說要化解藍寒的毒，就是要泡在油裡，把毒性全部燒光。他說，要把寒意驅走才行。」

「我跟你說過，對人類來講那樣行不通。」

「我們至少可以試著讓她吃點東西。」

「我要給她水喝。」

「那樣怎麼會有用？她需要火焰，越熱越好！」

「我說最後一次，艾提尼亞，你不能放火燒人類！絕對沒用的。」

「我想她快醒來了！」

愛麗絲睜開眼，她躺在石凳上，下頭墊著凹凸不平的皮革。派洛斯站在一側，頭頂上的灼亮色彩順著那頭灰燼色的長髮，只往下延伸了幾英寸。艾提尼亞等在她腳畔，髮絲的火焰微微泛青。她身邊有個石缽，裡頭有團燒得很旺的火，烘得她眉梢出汗，皮膚紅通通。可是一想到之前那種深入骨髓的寒冷，她只想往火焰湊得更近。

「聽得到我說話嗎？」派洛斯說，「妳還好嗎？」

「放火燒妳，妳想會不會有用？」艾提尼亞說。

老火精靈眼神冒火。愛麗絲深吸一口氣，咳了咳，找回自己的聲音

「我……想我沒事。」她驚奇地發現自己身上沒什麼痛感，只有掌心隱隱刺痛。她舉起雙手便發現之前握拳握太緊，指甲在皮膚上掐出了半月形血痕。「放火燒我恐怕沒用喔。」

艾提尼亞嘆了口氣，派洛斯對他拉長了臉。

「我想吃點東西。」愛麗絲說。想起火精靈這裡可能沒有適合她吃的東西，於是補了一句：「我的背囊裡應該有。」

「去拿讀者的東西過來，」派洛斯交代男孩，「另外再盛一壺水過來。」

艾提尼亞擺了鬼臉，但還是乖乖轉身走出房間，珠簾在他背後喀啦合上。派洛斯坐在愛麗絲身旁的石頭上，動作帶著老人慣有的謹慎。

「爍兒還好嗎？」她說。

火精靈派洛斯點點頭。「就是他把妳帶回這裡的，伊席也幫了點忙。」他頓了頓。「他說妳除掉藍寒了。」

「牠差點把我們兩個都殺了，」愛麗絲說，「我的防護網制不住牠，我只好……隨機應變。」

愛麗絲謹慎地坐直身子，摸摸身上看有沒有傷口。還是不怎麼痛，可是內心深處有

種奇怪的搔癢感，伸出觸角抓線的時候，得費好些力氣才抓得住。

是力量的問題，她暗想。她耗盡了力量，不是肢體的而是魔法的力量——防護網一定出了嚴重差錯，反倒從她身上吸走了力量，遠遠超過正常程度。她上次有相同感受是在伊掃的堡壘，當時歷經幾小時不間歇的戰鬥，魔法耗盡，伴隨而來的是肌肉疼痛。她必須先休養生息，才能再次信手拈來地操控法力。

「儘管如此，」派洛斯說，仔細端詳著她，「我的族人都欠妳一份大人情，老實說，我根本沒料到傑瑞恩會提供奧援，更不要說來得這麼快，妳的主人……令我意外。」

「我主人不在，」愛麗絲承認，「是我自己過來的。」這也不算是謊言——她確實是自己決定過來的，只是並非回應火精靈的請求。可是，如果他想這麼相信，那更好。

「啊，我也這麼想，」派洛斯把頭一偏，「在過去，傑瑞恩似乎只對我們的貢品有興趣，對其他事一概不怎麼在意。」

愛麗絲一語不發。她覺得這個精靈好像在探她口風，測試她對傑瑞恩的忠誠度，她不確定能信任他到什麼程度。片刻的停頓之後，他往後一靠，白髮隨之起伏。

「唔，」他說，「我們得救了，那才是最重要的。族人已經在宴飲慶祝，向妳跟年輕爍兒舉杯致意，就在大廳那邊。」

「很高興你們安全了。」愛麗絲說。

「妳說過妳有事相求，」派洛斯說，「可以讓我知道是什麼嗎？」

他一臉憂心。愛麗絲蹙眉。「出了什麼事嗎？」

「如果妳想要的是額外的貢品，我的族人可能會……有不小的反彈。」派洛斯硬是抹除了臉上的表情，「當然了，我們對妳、傑瑞恩法師都有義務，我會盡可能安排，但是——」

「我不懂，」愛麗絲說，「什麼樣的貢品？」

打從派洛斯頭一次提過以來，她就一直在納悶。她無法想像傑瑞恩會想跟火精靈拿什麼——黃金、珠寶，甚至是雕工精緻的玻璃，對老讀者來說都不具吸引力。

派洛斯劈啪清清喉嚨。「我們跟傑瑞恩法師訂定了協議，他准許我們在此地定居，不受其他讀者的威脅。為了回報，我們每兩年都必須提供自己當中的一員，送給他當貢品。」

「你們當中的一員？」愛麗絲眨眨眼，「你是說你們族人裡的一個？」

派洛斯點點頭。「交給他寫進囚禁書裡，我明白他會跟其他讀者交換這樣的書，我們的……服務……相當有價值。」

愛麗絲愣住了。

終結好幾個月以前就警告過她——傑瑞恩是讀者，他的魔法奠基在殘酷跟死亡上。她知道囚禁書裡的生物一定來自某個地方，雖然他只派她去跟不具智慧的野獸戰鬥，但她知道他的藏書裡也有智慧生物。不過，從伊掃那裡回來以後，她就滿腦子沉浸在復仇裡，無暇替牠們操心。

他把他們留在這裡……為了當作商品。就像父親經商的時候，倉儲裡會存放磚塊或五花肉那樣。比一般商品還更好，因為精靈會有後代，只要妥善照料，永遠會繁衍下去，就像維護良好的菜園。

「這樣的協議也不算差，」派洛斯說，「有些讀者還要求更多，或者只會單純把我們囚禁起來。傑瑞恩讓我們自己選擇誰要當貢品，這樣我們就可以讓年幼的族人逃過一劫。」

「你們為什麼不離開？」愛麗絲說，一時忘我，「一定有什麼地方可以去。」

「再也沒有了，」派洛斯面露哀戚笑容說，「過去我們曾經在十幾個世界裡自由來往，隨興穿梭在野地大門之間，溜進你們的世界走走逛逛，再回來找我們需要的糧食。那種情況當然是在我出生以前的事了，是我曾曾祖熠的時代。我年紀沒那麼大，可是現在我們別無選擇，只能盡量貼近心火。」

「出了什麼事？」

「是人類，是讀者的關係。」派洛斯聳聳肩。「有些野地大門關閉了，被束縛進書籍。那些還存在的野地大門，距離你們的世界更加遙遠，通向我們無法生存的領地。曾經可以自由流動的力量，現在受到拘禁，鎖在了書皮之間跟圖書館裡。我們為了存活，非這樣做不可。」

愛麗絲搖搖頭，試著把那些話聽進心裡。片刻之後，她想起最初的問題。「我要的不是貢品，」她說，「完全不是，我需要你們幫的忙就在這裡，在你們的世界裡。」

「讀者妳都能打敗藍寒了，我們又能幫上什麼忙？」

「我需要找到鏡之宮，」愛麗絲說，「在野地大門之外。」

派洛斯僵住不動，黯淡的紅眼扣住她的視線。愛麗絲回盯著他，直到他發亮的目光在她視線上留下閃爍的光點。

「我想傑瑞恩魔法師並不知道鏡之宮的事。」他說。

「我不曉得他知不知道，」愛麗絲壓低嗓門，彷彿她主人可能在聽，「這件事不是為他做的，是我要替自己找的。」

「那個地方滿危險的。」派洛斯說。

「我可以照顧自己。」愛麗絲說。

「對妳本人來說並不危險。應該說，那座宮殿是個監牢，埋藏了絕對不能釋放出來的東西，即使以前住在野地大門之外的時代，我族人就知道最好別到宮殿那裡去。」

儘管生了火，愛麗絲還是覺得冷。「我不會釋放什麼出來的。」

「妳希望在那樣的地方完成什麼事呢？」

「那是我個人的事。」她說著怒氣便稍微燃起。為了打敗傑瑞恩，我必須這樣做，我沒必要證明自己有正當理由。「我只希望你們當中有人可以帶我過去。」

「即使如此，那也是一番大工程，過去遠離村莊的族人很少回得來，不過……」派洛斯搖頭嘆氣，「我想讀者一定知道自己在做什麼。」

艾提尼亞回來了，拿著愛麗絲破爛的臨時背囊。愛麗絲在裡頭撈找，最後拿出了硬硬的脆餅，沾著一壺水泡軟了吃。她咀嚼吞嚥的時候，火精靈看得出神。

「妳喜歡水啊？」艾提尼亞說，「喝了不會痛嗎？」

愛麗絲心想，喝水對火焰組成的生物來說可能滿奇怪的。她滿嘴脆餅，點頭表示喜歡。她之前沒意識到自己這麼餓。

「艾提尼亞，」派洛斯靜靜說，「請到大廳那裡，叫爍兒來跟我們會合。然後你就可以退下，去享受盛宴。」

「我不能留在這邊嗎？」艾提尼亞說，「我一直想跟讀者聊天。」

「去吧，馬上。」

精靈少年再次離開，派洛斯戀戀地望著他的背影。

「感覺他沒有爍兒那麼討厭我。」愛麗絲邊說邊打開火腿罐頭。

「他是……」派洛斯頓住，隱約揮了揮手，「這很難對人類解釋，妳有兩個熠熠，對吧？就是『母親』跟『父親』？」

愛麗絲點點頭，把肉扯成絲，吸了吸手指上沾到的肉汁。

「可是，當初妳被點燃的時候，妳是……一片空白的。」

「空白？」

「妳沒有記憶，沒有思緒，」派洛斯搖搖頭，「解釋起來真難，我對人類沒什麼瞭解。」

「你是說，我們還是嬰兒的時候嗎？」愛麗絲說，「也是，我想嬰兒記不住什麼。」

「對我們來說不是這樣的，每個熠熠都會把記憶傳給自己的燃兒，就是一小部分的

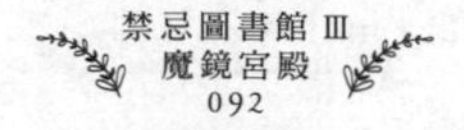

自己，他選擇保存下來的東西。新生燃兒從一開始就會知道這些事情，做為自己存在的一部分。有些記憶遠從有讀者開始，就一路傳到現在。」

愛麗絲心頭浮現一排蠟燭的影像，每一根點燃下一根，將火焰不停傳下去，她遲疑地點了點頭。

「關於要傳什麼下去，每條血脈、每個家族各有想法，」派洛斯說，「比方說實用的東西，像技藝跟知識，或是寶貴的記憶跟喜樂，或是恩怨。有些家族會讓最古老的記憶淡去，有些則會保持那些記憶的鮮明。爍兒的熠熠把我們族人最古老的部分記憶傳給他了，來自我們的族人還可以自由活動的時代，就是因為這樣，他……很容易發脾氣。」

「艾提尼亞呢？」愛麗絲入迷地說。

「他是我的孫燃兒，」派洛斯說，「我跟他的熠熠事先就說好，要放掉過去的年代，接受事情的現狀。他什麼都不記得，只記得這個世界，就是介於地表跟心火之間的這些隧道，他的肩上並未扛著來自祖先的恨意。」派洛斯嘆氣。「不過，我怕再過不久他就會有樣學樣了。」

愛麗絲試著想像這會是什麼情形，一出生就懷著來自幾百年或幾千年前的回憶，可是她的腦袋抗拒著這種想像。她搖搖頭。雖然火精靈可能具有人形，可是，他們有些層面對她來說是完全陌生的，就像藍寒或簇群。

珠簾喀啦響起，爍兒出現了。蒼白的皮膚略帶潮紅，頭髮比往常更明亮，燦亮的白光陣陣飄過髮絡。他原本面帶笑意，但一看到愛麗絲就斂起了笑容。

「你找我？」他說。

「是啊。」派洛斯推著自己站起身，甩鬆一頭白色長髮。「我們應該讓讀者好好休息。」

爍兒瞥了瞥愛麗絲，然後把臉別開。「妳不會有事吧？」

「我想不會，」愛麗絲說，「他們告訴我，是你帶我回來的，謝謝你。」

「我不能讓妳就這樣死掉，」爍兒拉長了臉說，「要是傑瑞恩知道了，會發很大脾氣。不過，不要以為這有什麼含義——」

「爍兒。」站在門邊的派洛斯說。

男孩對著愛麗絲點點頭，然後跟著耆老穿過掛簾。愛麗絲往後躺在凹凸不平的皮製毯子上，合上了雙眼。

也許我們沒有那麼不同。畢竟，人類父母會把自己相信的事情教給孩子——哪些事是對的，哪些是錯的，過去發生過什麼事，都一樣，不是嗎？對與錯。她閉上眼睛，三兩下就睡著了，但父親悲傷失望的臉龐正在夢裡等著她。

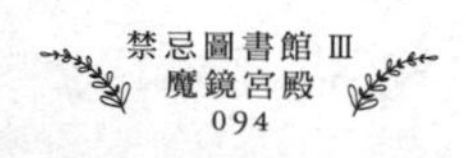

第十章

到地表上

翌晨，艾提尼亞過來叫愛麗絲起床的時候，隨身帶著一壺水。他戰戰兢兢地端著水，彷彿工廠工人在處理一桶有毒廢料。愛麗絲感激地喝水——這個過程讓火精靈少年看得入迷——然後吃自己帶來的補給品當早餐。她喀答打開銀製懷錶，目光追著平順繞行的分針，剩下六天又幾個小時。

她正在破爛的背囊裡撈撈找找，就是當初用床單打結做成的袋子，艾提尼亞猶豫地開口說話了。

「我也帶了這個要給妳，」男孩遞出一個皮製包袱，「我看到妳的背囊破了，我們有個舊的。」

愛麗絲接過包袱，展了開來。這是個正式的皮革背包，以耐用的粗線縫製而成，扣環用黑玻璃做成了迷你火焰的形狀。

「謝謝你。」她說，反正她的床單背囊也撐不了多久。

「聽說妳要長途旅行，」艾提尼亞說，眼睛牢牢盯著雙腳，「妳把我們從藍寒的魔掌裡救出來，所以我想……我家熠熠說可以送妳。」

「也請幫我謝謝他。」愛麗絲邊說邊重新打包自己的物品。她從石板上下來，伸伸懶腰，覺得身體舒暢得出奇。她的靴子就在床尾旁邊——一定是爍兒帶回來的——另外還有那三張模樣微微燒焦的羊皮紙方塊，是防護網。愛麗絲撿起來，皺著眉頭去感覺裡面的魔法。魔法還在，只是破損而不完整，就像斷裂的線繩。

艾提尼亞護送她穿過短短的走道，抵達了大廳。她上次看到這裡臨時充作手術室，現在則一片靜寂，雖然桌子跟有點混亂的場景，證明一場派對才剛結束不久，空氣裡瀰漫著濃濃煙味。

派洛斯正在等候，爍兒就在他身邊。老人神情凝重，男孩照樣滿臉怒容。愛麗絲跟艾提尼亞走進來的時候，他們都站了起來。

「讀者。」爍兒生硬地說。

派洛斯皺著眉，用手扒過自己的頭髮，一臉沒把握。

「承蒙妳出手相救，我們族人或許因此能夠免於滅絕，」他說，「我已經決定，由爍兒陪妳一路走到鏡之宮，這是我們起碼能做的。」

「爍兒？」愛麗絲的視線在他們之間遊走，「他要跟我一起去？」

爍兒拉長了臉。「讀者，對妳來說，我不夠好嗎？」

「對於地表跟大門另一邊的情形，爍兒擁有最完整的記憶，」派洛斯說，「他也許不是我們當中戰力最強的，可是他知道妳該往哪裡走，還有妳在途中會遇到什麼困難。」

「我……」愛麗絲頓了頓。她真正想說的是，我以為爍兒痛恨讀者。男孩察覺她的猶豫，於是又起手臂。

「這又不是我出的主意，」爍兒目露怒意說，「可是派洛斯是這裡的耆老，除非妳寧可找別人一起去？」

「不是的，」愛麗絲說，「我很高興有你陪同，我只是……很意外。我知道會滿危險的，我會盡一切力量，保護我們兩人的安全。」

「妳還要另外做什麼準備嗎？」派洛斯說，爍兒又拉長了臉，愛麗絲搖搖頭。老人繼續說：「那麼我建議你們盡快出發。」

「無所事事沒好處。」愛麗絲帶著一絲愁緒，表示同意。

爍兒隨身帶了玻璃尖端的長矛，還有自己的背囊，然後緊緊擁抱了艾提尼亞好久。派洛斯在男孩耳邊低聲交代最後幾句話時，愛麗絲在一旁等著。在耆老後方，還有幾位火精靈在一旁看著，臉色都不大和悅。

貢品。她並不是要把爍兒帶走，然後鎖進囚禁書，但就火精靈們的觀點來看，可說殊途同歸。她想向他們拍胸脯保證，一定會帶爍兒安全歸來，但她又如何能夠保證？難怪派洛斯要我們動作快。

爍兒跟眾人一一道別之後，打開可以回到村外那些隧道的單扇門，愛麗絲跟了上去，任由門在背後大聲關上。

他們繞過第一個轉彎時，空氣裡淨是碾磨劈啪響。爍兒停住腳步等候，片刻之後，伊席蹦蹦跳跳闖進視線範圍，粗短的岩尾搖擺不停，兩顆腦袋都流出火涎。火精靈彎下腰，深情地搓搓狗怪。

「他要跟我們一起去嗎？」愛麗絲說，評估著那個生物。

「伊席嗎？」爍兒搖搖頭，「他在地表是活不下去的。只要燃燒的東西，我多少都能吃，可是他只能吃熔岩。」他望著狗怪並補了一句：「所以他們殘存下來的數量比我們族人還少。」

「噢。」

「伊席，好好照顧大家喔。」爍兒搓搓狗怪的吻部，然後指著兩人的來時路。伊席的雙頭齊聲一吠，聽起來就像兩顆石子互擊，然後快步離去。爍兒打了個手勢並說：「來吧，往這邊走。」

他們默不作聲地走了一會，在一條條隧道之間迂迴前進，坡度一直微微向上斜。有時候，隧道就像河流的支流會合一樣，彼此相連，不過隧道之間的門口往往是由火精靈在久遠以前開鑿出來的。到處都有落石擋住了通道，他們不得不循原路後退，另覓可以通行的路線，但爍兒的信心從來不曾動搖。

「全都在你的記憶裡嗎？」愛麗絲說，「就是你家……熠熠傳下來的？」

爍兒回頭看她，發光的眼睛讀不出表情。「是派洛斯跟妳說的嗎？」

「他只說了一點點。」

男孩聳聳肩。「有些是熠熠傳下來的，不過我自己也做過不少探索，我跟妳說過，我是村裡唯一到過地表的人。」

「上頭像什麼樣子？」

「沒什麼特別的，又冷又暗。」

他們往前走了一陣子。爍兒頭髮散放的光線亮到可以發揮照明功能，所以愛麗絲沒召喚惡魔魚出來，只不過，髮絲上緩緩攪動的色彩，讓陰影詭異地歪來扭去。

「我記得妳的世界，」爍兒突然說，「村裡幾乎沒人記得了，可是我記得，那裡好……亮。」

「有時候啦。」愛麗絲說。

「而且很怪，到處都有東西吃，可是濕答答的，我記得有雨。」他打了哆嗦。「我不知道我祖先以前怎麼受得了。」

「水真的會傷到你嗎？」愛麗絲說。

爍兒再次回頭看她。「也不算傷到啦，只是……呃，很噁心，你們那裡常常下雨嗎？」

「要看你在哪裡，」愛麗絲說，「在我住的那邊，夏天老是下雨，然後一到冬天就下雪。」

「什麼是雪？」

爍兒傳承下來的回憶裡，顯然沒這個東西，想到灰燼跟爍兒對雨啊雪啊會有什麼想法，愛麗絲就不禁咧嘴一笑。「我想有點像是……鬆軟的冰吧？會像雨那樣從天空落下來，然後積成一堆堆，我想你會很討厭。」

「我想妳說得沒錯。」爍兒微笑片刻，但一意識到自己露出笑容，馬上變回平日的臭臉，他比了比前方較大的門口。「這就是我們要找的東西，可以最快通往地表，可是需要稍微爬點坡。」他挑起眉毛。「我想讀者應付得來吧？」

「我應付得來。」愛麗絲說，清楚意識到口袋裡的滴答聲。她測試內心的那些線，發現可以信手拈來。她認為自己的力量還沒百分百恢復，但覺得已經回復到可以做點費勁的事。

爍兒帶她走進一條大隧道，這裡跟別的隧道都不同，更粗糙、更寬廣，往上傾斜了將近四十五度角，有如房子的屋簷。斜坡上遍佈著碎石跟玻璃碎片。爍兒小心往前走，在大石之間穿梭，手腳並用爬過平坦的地帶。愛麗絲深吸一口氣，召喚史百克的線之後跟了上去。

這條隧道比她原先預期得長，但這麼一來也才意識到，他們原本在地底下有多深的地方。他們越來越靠近頂端的頭一個徵兆，就是空氣的改變。隧道裡一直有股淡淡硫磺味，但愛麗絲已經習以為常，不過新吹來的微風裡夾帶著不同的氣味：寒冷乾燥，聞起來像冰。

不過，沒多少光線就是了。愛麗絲猜想現在是夜晚，接著忖度這裡是否有晝夜的分別。**假設，我不能做太多假設。**

「快到了。」爍兒說，在一塊大石的下風處歇歇腳。他氣喘吁吁，頭髮裡的火時弱時強搏動著，他看愛麗絲的眼神多了一分敬意，有了借自恐龍的氣力，她攀爬陡峭斜坡時，就跟在花園步道上漫步一般輕鬆。「再走一下下就到出口了。」

「然後呢？」

「然後就要想辦法找到大門。」

「想辦法？」愛麗絲挑眉，「我以為你記得門在哪裡。」

「我記得門在幾百年前的位置，門不可能移動，我從觀察山脈的分佈就可以猜出門的方位，可是並不準確。」他聳聳肩。「我們會找到的，重點是抵達那裡的時候，會發生什麼事。」

「為什麼？大門那裡有什麼？」

「我不知道，我剛剛不是說，幾百年來都沒人過去？可是現在一定有什麼在用那道門。」爍兒嘆口氣。「但不管是什麼，我確定妳都殺得死，來吧。」

爍兒推著石頭借力起身，又開始攀爬。爬了一下狹窄的岩架之後，斜坡稍微平緩起來，可以更自在地行走。他們往前面那方窄小的黑暗走去，愛麗絲看到前方的黑暗迅速擴大。

噢，她暗想，所以他們這邊真的有白天跟黑夜啊……

才跨一步，就離開懸突的洞穴屋頂，踏進了寬闊的空間。她的視線飄向天空之後，定住不動，張著嘴，驚奇得無法思考。

傑瑞恩的莊園距離匹茲堡的市區燈火有好幾英里遠，相當黑暗，但這裡比莊園那邊更黑，是徹徹底底的黑夜。沒有月亮，一排接一排的星辰灼灼發亮，遍佈在穹蒼上閃閃爍爍，好似撒在黑絲絨上的鑽塵。可是讓愛麗絲戛然止步的，並不是星辰的鮮明或數量，而是星辰在動。

地球上的星辰轉動起來是連續整夜、慢條斯理的，起起落落令人難以察覺。但在這裡卻不是，燦爛星點的動態顯而易見，星辰在天際上爬行，繞著介於頭頂跟地平線的點，威風凜凜畫著大圓。看著它們，就像望著巨型漩渦，一個轉動不停的巨大渦漩。愛麗絲一時覺得暈眩欲吐，彷彿就要往上跌去，在虛空裡溺斃。

接著她的觀點轉移了。正如她以前上課學到的，動的不是星辰，而是世界繞著軸心旋轉。她以往不曾感覺到世界在旋轉，但此刻望著穹蒼穩定的前進時卻感覺到了。她的肚子上下翻攪，於是強迫自己盯著地面，免得忍不住吐出來。

「我以前也會有這種反應，有時候啦，」爍兒走到她身邊來，仰望星辰，一副無動於衷的樣子。「我還以為你們人類生活在開闊的空間裡，早就適應了。」

「問題不是開闊的空間，」愛麗絲說，盡量保持緩慢規律的呼吸，「而是這裡的星辰……不對勁。」

「真的嗎？」爍兒再次仰望天空，「不然應該怎樣才對？」

爍兒對地球的記憶顯然沒那麼周全。愛麗絲搖搖頭，鼓起勇氣之後才環顧四周。雖然眼角餘光還是看得到旋轉不停的星辰，但只要不抬頭凝望，腳掌前半部就不會有那種令人想吐的墜落感，她嚥嚥口水。

「很……難解釋耶，」她說，「距離黎明還有多久？」

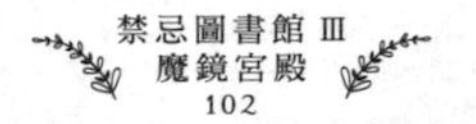

爍兒搖搖頭。「我記得什麼是黎明，就是太陽升起的時候，對吧？我們這裡沒有黎明。我跟妳說過，這裡又冷又暗。」他用長矛指了指。「妳需要休息一下嗎？不然我們應該繼續走了。」

第十一章 冰凍堡壘

既沒太陽，也沒月亮。難怪火精靈永遠都不會到地表來。

風景一片蕭瑟，令人卻步。他們從地裡的縫隙裡出來之後，就置身於丘底，連綿的山丘朝兩個方向延伸。朝另一個方向望去，就會看到一排高低不等的參差山峰，襯在灼灼的星辰前，成了斑痕似的存在，讓愛麗絲不自在地想起伊掃堡壘四周繞成碗狀的山脈。山丘當中有一片沙子滿佈的平原，上頭散落著一些岩石，偶爾有冰凍溪流發出閃光。

他們開始行進的時候，她才意識到那不是沙子，而是灰燼。那個東西是淡灰色的，輕如粉末，在他們走動的時候會蓬蓬揚起，腳步行經之處都會留下清晰足跡。風在到處將這種粉末吹成了小小的塵捲風，這些灰色旋風在兩人四周舞動，彷彿是愛玩耍的精靈。

爍兒自信滿滿地帶路，用長矛對著遠山輪廓，以便辨識自己的方位。他那頭發光的長髮有如信號燈，在兩人四周投射出紅光與黃光，在這片灰暗死寂的虛空裡，有如一池生命之水。

一會兒之後她開口了，主要為了打破沉默。「要是沒東西可看，你為什麼還要上來這邊？」

「妳可能覺得這樣很傻，」爍兒說，「妳只要穿越書本，就可以走到任何一個世界，我可是費勁千辛萬苦才上到這裡來。」他揮手指指這片淒涼的地景。「這裡不是一直都這樣的。」

「你……記得？」

爍兒扭著嘴唇。「對，我家熠熠可以證實這件事。我眺望這片景色的時候，就會憶起過去心火很強大的年代，當時有一條條熔岩河流過這片土地，我的族人那時就住在星辰底下。」

「後來怎麼了？」

「每年，心火變得更弱、更涼。每年，我們就往下搬遷一點。族人人數隨著一年年逐漸減少，最後，這裡除了灰燼以外什麼也不剩。我以前總是在想，要是我們往上找而不要往下找，也許可以發現別的東西。」

「派洛斯知道這件事嗎？」愛麗絲說。

「當然知道，大家都知道，可是他們寧可不要多想，派洛斯說我們可以相信讀者，讀者會幫忙。」

「讀者確實可以幫忙你們，」愛麗絲謹慎地說，「如果你能用入口書，就可以找到新家。」

「那我們又要付出什麼代價？」爍兒再次揮手指指死寂的世界，「我家熠熠告訴我，會變成這樣，讀者就是始作俑者！都是因為讀者把入口鎖進書本跟圖書館裡，心火才開始減弱。」

「你相信這個說法？」

「我不確定，可是我知道我家熠熠發生了什麼事，你那位了不起的主人把他寫進囚禁書，然後像顆漂亮寶石似的，拿去跟別的讀者交換。」

噢……愛麗絲陷入沉默，派洛斯說過，爍兒的熠熠走了，當時她還納悶，是不是被藍寒或是別的怪物殺了，原來是被傑瑞恩帶走了。儘管爍兒的語氣兇狠，但她頓時對這個精靈同病相憐起來，傑瑞恩也在他的夢魘裡糾纏不去嗎？

爍兒滿臉怒意，髮色比平日還亮，參雜了一道道黃光跟白光。愛麗絲等了幾分鐘，在一成不變的地景上小心前進，然後才又開口。

「不是每個讀者都像傑瑞恩。」

「噢……不是嗎？」爍兒忽地轉身，兩眼像雙星一樣熊熊發光，「我想妳就打算告訴我，妳就是好讀者之一？」

「我……」父親哀傷失望的臉，再次閃過腦海，她用意志力將那個影像推開，「我盡量，我從來沒把人困進囚禁書過。」

「不過，妳用過囚禁書，妳束縛過生物。」

「我只束縛過動物、野獸，沒束縛過人。」除了樹精之外，可是當初我拒絕殺死牠！還有龍，可是那個狀況不同！

「妳這樣就比較好了嗎？只是為了增加自己的法力，抓走伊席那類的生物，永遠困進囚禁書。只是因為他沒辦法理解，就比較好了嗎？」爍兒直接跟她對嗆，彷彿就要揮拳攻擊；他的雙眼如此燦亮，愛麗絲簡直無法直視。「讀者，我之前幫過妳，是因為我們比你們更好，我現在會幫妳，是因為派洛斯說我非幫不可。可是，那都不表示我必須喜歡妳，或是忘記妳的身分，妳是選擇犧牲別人生命、追求自己法力的那種人，所以別再找藉口了。」

爍兒搖搖頭，一陣藍白光滑過他的髮絲。「我講這些只是白費時間吧？」他說著便轉過身去，「來吧，我們還有一段距離要走。」

愛麗絲動也不動，怒意擠掐肺部，包圍心臟。有那麼一瞬間，扯線的衝動急湧而上，她得強行壓下，免得將怪物們召進這個世界，消滅這個魯莽的精靈。她想像，傑瑞恩一定有這樣的感受，是老讀者們一定都有的感受：就是安安穩穩知道，只是因為他們容忍，只是因為他們選擇不去運用無邊力量，他們周遭的每個人跟一切事物，才得以繼續存在。老讀者們的殘酷，是大象對昆蟲的殘酷——一種隨意的無感，直到蟲咬的地方開始發癢，然後一甩象鼻，瞬間摧毀對方。

怒氣背後的暗影裡，藏著某種更黑暗的感受，是她不願承認的，**罪惡感**。

愛麗絲勉強自己深呼吸，我跟老讀者不一樣，就是不一樣。

「這不是我選擇的，」她說，「我沒有找藉口的意思，真的。傑瑞恩殺了我父親，帶我來住他家，他一知道我有成為讀者的天賦，才說我可以當他的學徒，不然就要清除我的腦袋。」

爍兒把頭一偏。「那妳幹嘛服侍他？妳可以用入口書，到妳喜歡的世界去啊。」

「他可能會跟蹤我。」愛麗絲說，但聽起來說服力不足，因為爍兒這樣說也沒錯。也許她可以把自己放逐到圖書館那些無垠的世界裡，尤其如果終結願意替她守密，可是那還不夠好。「而且……」

他熊熊燃燒的眼睛穩穩地跟她對望。「而且怎樣？」

「他必須為自己做過的事付出代價，除了我之外，沒有人能夠確定這一點。」

爍兒愣住了。愛麗絲用袖子搓搓臉，吸一大口冷空氣進肺裡。

「所以我才來這裡，」她說，「所以我才要去鏡之宮。」

「所以妳根本沒接到派洛斯的求救訊息？」

她搖搖頭。

「那妳幹嘛為了我們冒險？」

「我想只要藍寒還在，你們就不會願意幫忙。」愛麗絲說。

「要是妳以傑瑞恩的名義開口，我們也別無選擇。」

「我……」愛麗絲遲疑半晌，最後終於聳聳肩。「我不知道，感覺這樣才公平。」

爍兒又瞅著她半晌，然後再次轉開身子。「來吧，」他重複，「還有一段距離要走。」

最後他們來到一座山丘，有條湍急的河圍住山丘一側。爍兒領著愛麗絲爬到丘頂，從那裡她可以眺望頗遠的距離。那條河流向一堵高達十五英尺左右的石牆，透過低矮的

拱道穿牆而過。石牆後方有好幾座更高的塔樓，塔頂的角樓襯在星辰前一片闃黑。窗戶後面透著光，散放藍中帶綠的光輝，比較接近惡魔魚而不是正常爐火的光線。

牆壁中央有個鐵欄杆柵門。旁邊站著高頭大馬的女人，少說也有九或十英尺高，膚色是陳年的冰那種藍中帶白，霜白色髮絲紮成長辮。戴著一頂圓椎頭盔，手執長柄斧，斧頭在光線裡閃著光，彷彿也是冰製成的。

「我想你的記憶裡沒有這個景象吧？」愛麗絲說。

爍兒搖搖頭。「我跟妳說過，大門會有人佔用。」

「他們是誰？」

「我不曉得，」爍兒說，「派洛斯可能知道，我們已經很久沒跟其他民族接觸了，這有關係嗎？我想他們對妳產生的威脅，不會比我們火族人大吧。」

「我不打算硬闖過去，」愛麗絲說，當她發現開始自己不由自主地思索該怎麼迎戰那個冰女人時，不禁有點懊惱。「我不想隨便攻擊別人。」

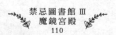

「那我們要怎麼辦？」

「先跟他們談談再說。」

第十二章 無名艾卓德

冰女人稍微舉高斧頭，測試一下平衡感。

「喂，那邊的！」她說，嗓音雖然低沉但出奇悅耳，「你們是旅人吧？」

愛麗絲點點頭。「我叫愛麗絲，」她說，「這位是爍兒。」

「我是鋭眼百沃妲，我們很久沒見到人類了，更久沒見到火族人來到我們的國土，你們來冰花荷爾加的領土想找什麼？」

「我想你們的堡壘裡有個野地入口，」愛麗絲客氣地說，「我們想穿過那個入口，晚點再循原路回來。」

百沃妲皺眉。「欸，那面簾子是在裡頭沒錯，你們要到化外之境有什麼事？」

「我要去鏡之宮一趟。」愛麗絲說。

「宮殿？」冰巨人用一手比出好奇的手勢，接著朝腳邊的塵土呸吐了一口。唾沫散成冰珠，叮叮作響。「傻孩子，那妳就回不來了，可是無所謂，冰花荷爾加下達詔令，在她回來以前，不准讓外人進城堡。」

「她什麼時候會回來？」愛麗絲說。

百沃妲聳聳肩。「誰說得準？荷爾加到入口之外的土地去打獵了，她隨著興致想走多遠就走多遠。她一回來，我們就會舉行慶功宴。」

「我們只是要穿過門口，」愛麗絲說，「不會在你們的城堡多作停留，我保證。」

「荷爾加的詔令是絕對要遵守的，人類，」冰巨人說，「老實說，即使她回來了，我覺得你們如願以償的機會也不大。她不喜歡妳這個族類，不過我敢說她會想養隻火族人當寵物，他們在這些土地上越來越罕見了。」

「爍兒不是寵物。」愛麗絲說。

「她也不是普通的人類，」爍兒說，手順著長矛往下滑，「她是讀者，妳知不知道這是什麼意思？」

巨人再次聳聳肩。「我是聽過讀者的傳說啦，據說是很可怕的生物，不過我必須說她看來並不像。」她腦袋一歪，手回到斧頭上，「那麼意思是要開戰了嗎？讀者？妳想跟我比誰力氣大嗎？」

「我是好心想幫妳耶——」爍兒才開口。

愛麗絲打斷了他。「別這樣，爍兒。」

「就人類來說，妳算是聰明的。妳應該聰明到放棄這趟旅程才對，那座宮殿受到了詛咒。」

「荷爾加回來的時候，可以跟我們說一聲嗎？」愛麗絲說。

「你們自然會知道，」冰巨人說，「到時會有慶功宴跟歌聲，城堡整個就像活過來似的。如果狩獵很成功，也許她會對你們很大方。」

「也許吧，」愛麗絲說，「謝謝。」

她轉開身子，循著之前在軟灰裡留下的腳印，走回山丘。爍兒驚愕地沉默片刻之後，連忙追了上去。

火精靈低嘶：「派洛斯給我的感覺是妳在趕時間。」

「沒錯，」愛麗絲在走下山丘以前查過懷錶，只剩五天半又多一點點。即使順利找到宮殿，到時還得循原路回來。

「那妳到底在幹嘛？」

「在思考。」愛麗絲說。

「藍寒都被妳解決掉了耶，」爍兒說，「別告訴我妳怕那個冰怪。」

「欸，」愛麗絲說，「我知道你對我有什麼成見，可是非不得已我不想傷人，可以嗎？」

爍兒愣住片刻，然後搖搖頭。「我們就是要等荷爾加回來再說？」

「我要先吃點東西，然後想辦法補點眠。」愛麗絲說，即使時間滴答流逝，她總得找時間休息吧。「爬了那麼久的隧道，我沒力氣了。」

「萬一荷爾加不讓我們過去呢？」

「那我們再找別的辦法，」愛麗絲說，「比撞爛前門更好的辦法。」

他們在丘頂大石的遮蔭裡紮了營，居高臨下，堡壘跟後方的平原都能盡收眼底。爍兒在一個小金屬缽裡生了火，稍稍緩解了刺冷的寒風。愛麗絲食不知味地吃了冷肉乾，出神地看著爍兒徒手挖起小火焰，像糖果一樣拋進嘴裡。

她吃飽了以後，以背囊為枕，伸展了四肢躺平。地上鋪滿了灰，柔軟得出奇，經過整天艱苦的跋涉，她疲憊不堪，幾乎馬上就睡著了。對父親的種種回憶難得沒來打擾她，讓她得以一夜安眠。

爍兒搖著她的肩膀，吵醒了她。他的手暖烘烘的，隔著皮革外套也感覺得到，就像一杯剛剛沖好的熱茶。

「讀者。」他低語。

愛麗絲眨眨眼，坐起身，灰燼從身上紛紛飄落，是之前風吹到她身上的。「怎麼了？」

「有人從堡壘走出來了。」

「只有一個人嗎？」

爍兒點點頭。愛麗絲舔舔嘴唇，然後旋開水壺蓋子，灌了一口冰涼清澈的水。細灰無孔不入——連她嘴裡似乎都蒙著一層灰，嚥下的一切都給她某種燒灼感。她收好水壺，小心爬到大石頂端，從那裡可以俯瞰堡壘跟平原。

那個守衛還在大門邊，可是有另一個冰女人出現了。這一個體型小些，身穿白色長袍，而不是毛皮加盔甲。手上沒拿武器，只挽著一只籃子。她跟大門守衛交談幾句之後，開始越過灰燼荒原，朝山丘走來。

「要是對方是來戰的，在上面總比在下面好，」爍兒說，「誰曉得堡壘裡有多少那樣的人馬？」

「不會是來戰的，」愛麗絲評估冰女人走的路線片刻，「我們先待在大石頭後面，免得嚇到她。」

「她看起來不危險。」愛麗絲說。

「只是比我們大兩倍。」爍兒說。

這點很難否認。這個冰巨人的體型雖然沒有壯得像百沃姮那樣嚇人，但還是足足有七英尺高，比黑先生還高大。不過她滿瘦的，那種瘦高的體格讓愛麗絲聯想到十五、六歲的少女。及肩的藍白頭髮鬆鬆地披著，身上的白色薄袍似乎不足以抵禦寒冷。

巨人往丘頂爬來，距離愛麗絲跟爍兒躲藏的大石頭不遠，然後把籃子放在塵灰當中，接著回頭望向堡壘。她把雙手圍在嘴邊，用大到荒謬的嗓門低聲說：「人類！人類，妳在嗎？」

爍兒對上愛麗絲的目光。愛麗絲聳聳肩，用手勢要他先按兵不動，獨自站起身來，巨人瞥見她的身影，往後退了半步，瞪大了雙眼。

愛麗絲舉起雙手。「我不會傷害妳的。」她說。

「我……」巨人稍微平靜下來之後，咳了咳，「抱歉，我從來沒見過人類，百沃姮說妳沒比嬰兒大多少，可是我沒想到……我的意思是……」

巨人的臉從白色轉成微藍，愛麗絲猜想那就是臉紅。

「沒關係，」她說，「我叫愛麗絲，妳叫什麼？」

不知怎地，這個問題讓巨人畏縮一下。「艾卓德，」巨人說，「無名艾卓德。」

「妳為什麼來找我？」愛麗絲說。

「百沃妲在晚餐的時候跟大家說，她在城牆那裡遇到了一個人類跟一個火族人，她說是讀者。」艾卓德把愛麗絲瞧得更仔細，「妳是讀者嗎？看起來跟故事裡講的不像啊。」

「我是啊，」愛麗絲說，決定不提她只是學徒的事，「百沃妲說我們要等到荷爾加回來才可以進大門。她回來了嗎？」

「噢，沒有。」艾卓德使勁搖頭，「即使我母親回來，也絕對不會讓你們過去的，那面簾子她守得可緊了。」

「妳母親？妳是荷爾加的女兒？」

艾卓德點點頭，一臉悲傷。

「妳可以幫我們向她說情嗎？」愛麗絲說，「如果有什麼我可以幫忙的——」

「母親才不可能聽我的話呢，更不會聽妳的。不過我可以幫妳，如果妳能幫我的話，我可以帶妳進城堡，可是……」她猶豫一下，接著劈哩啪啦說出口，「妳一定要給我一個保證。」

愛麗絲眨眨眼。「什麼樣的保證？」

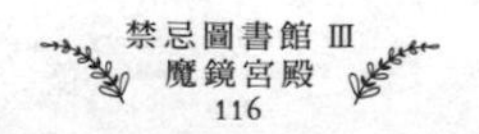

「我一定要跟妳去，到簾子的另一邊去，不管怎樣，妳一定要讓我去。」

一陣長長的停頓。

「妳最好稍微解釋一下，」愛麗絲說，「妳介意讓爍兒一起來談談嗎？他有一根長矛，可是我保證他不會威脅到妳。」

「當然好，」艾卓德用腳在灰燼裡刮出一塊空地，「我們應該坐下來，守衛可能會往這邊看，我跟他們說我要來這裡畫素描。」

「好，」愛麗絲揮揮手，爍兒從大石後方起身。冰巨人艾卓德不在意把白袍弄髒，剛剛才在地上坐定，結果一看到爍兒，連忙又跳站起身，速度快到讓他猛吃一驚，舉起長矛對準冰巨人。

「噢！」艾卓德瞪著對方說。

「怎樣？」爍兒邊說邊舉高長矛，「怎麼回事？」

愛麗絲連忙走進他倆之間。「出了什麼事？」

「沒有啦！」艾卓德眨眼搖頭，「我從來沒看過火族人，沒想到……他這麼美麗，那些色彩……」

爍兒的髮色一時綠中帶白。愛麗絲忖度，這是不是尷尬的表示。

「不要緊，」愛麗絲對他說，「我想她只是驚訝。」

爍兒猶豫不決地放低長矛，走了過來。艾卓德往籃子裡摸摸找找，轉眼就取出一塊木板跟磨短的木炭。當她再度打直身子，爍兒又畏縮一下。

「我可以畫你嗎？拜託。」冰巨人像隻熱切的小狗一樣盯著爍兒，「不用多久的，我發誓。」

「我……」爍兒的頭髮又爆出一陣綠，「我的意思是，我不在意，可是……」

冰巨人早已充耳不聞，再次席地坐下，揚起一蓬塵灰，開始用木炭熱烈地刮擦板子。愛麗絲挪到她背後，觀看畫作的進展，看得瞠目結舌。用撚線固定在板子上的那疊紙粗糙不平，木炭在艾卓德粗壯的手指底下碎解，但這些困難對她都不成阻礙。爍兒的肖像以細膩的黑灰色塊逐漸成形，從他鼻子的斜度，到他頭髮光線讓腳邊石頭投下陰影的方式，無一遺漏。不久，艾卓德眉頭緊蹙，舉起手來。

「真神奇！」愛麗絲用力地說。

「就是不對，」冰巨人嘀咕，「顏色變個不停，我捕捉不到……算了。」她從那疊紙上撕下那一頁，丟到一邊去。「我畫得還不夠好，還不夠。」她吐出一口長長的氣，回頭看著爍兒。「抱歉，我熱愛畫畫，其他人都覺得很傻，可是……」她伸展一下雙手，然後緊握成拳。「我就是忍不住。」

爍兒拿起被丟掉的紙張，好奇地瞅了片刻，然後搖搖頭。愛麗絲在巨人對面的岩石上坐下，縮短兩人身高上的差距，爍兒在她附近坐下。

「其實，畫畫就是問題的核心，」艾卓德說，「母親說戰士不適合鑽研這樣的東西，更不要說是第一家庭的女兒了。只要我堅持下去，她就不會讓我得到名號或正式地位。」

「那跟我們又有什麼關係？」爍兒說。

愛麗絲瞪了他一眼，但艾卓德並未露出不悅的神色。

「她不准我跟大家一起到簾子外的土地上狩獵，」巨人說，「我只能待在這裡憔悴下去，除了岩石跟灰燼之外，沒東西可以畫，跟我同齡的人都已經去爭取自己的名號了。真是……不公平，母親這個人……」她頓了頓。「謹慎過頭。」

「所以你希望我們幫妳穿過那扇大門？」愛麗絲說。

「為什麼？」爍兒說。

「如果我到另一邊去，然後活著回來，母親就別無選擇，必須把我的名號跟地位給我。」艾卓德彎身向前，雙眼閃亮。「拜託嘛。」

愛麗絲思索片刻。「妳為什麼需要我們幫忙？妳都在堡壘裡面了，為什麼不能直接過去？」

「母親在另一邊的時候，有那扇大門的房間就會封起來。」巨人往後一坐，臉又紅起來。「我試過要偷那把鑰匙，可是看守員娜札一直不讓我拿到。可是我確定一扇鎖上的房門，對讀者來說只會是個小障礙！」

愛麗絲必須承認，這點可能是真的。她看著爍兒，爍兒跟她四目相接，聳了聳肩，彷彿說：**讀者是妳，妳才是主角**。

「好吧，」愛麗絲說，「如果妳可以把我們弄進堡壘，我就會幫妳穿過那扇門，到入口那裡去。」

「妳保證會帶我過去？」艾卓德說，「不會把我丟下來？」

「我保證，」愛麗絲說，「好了，妳要怎麼把我們偷渡進去？」

冰巨人咧嘴一笑，再次往籃子裡摸摸找找。

第十三章 巧妙的進場

「你不是非來不可，你知道吧。」愛麗絲說。

爍兒愁眉苦臉盯著河流，就愛麗絲看來，水面平靜無波，如果得用游的，她也不擔心，只要水不會太冷就好。可是就火精靈望著河流的表情，這裡簡直就像滔滔奔流的尼加拉瓜瀑布。

「派洛斯要我一路帶妳到宮殿那裡，」爍兒說，「我對另一邊的記憶也許可以派上用場。」

「你已經帶我到大門這裡了，我確定這樣就夠了。」

他搖搖頭。「不，繼續走吧。」

他們在山丘底部那裡，在冰巨人堡壘的視線範圍之外。艾卓德要他們先等一個鐘頭，愛麗絲靠著銀錶指針精確地估量時間。艾卓德回到了堡壘，做她那邊的準備。

現在，愛麗絲手上拿著冰巨人的禮物，是顆跟她腦袋差不多大小的冰球，就跟巨型彈珠一樣涼爽滑溜，重得她必須用雙手才捧得住。愛麗絲用殘餘的床單蓋住，免得凍傷她的指尖。一個鐘頭到了，她照著艾卓德的指示，嘩啦啦把冰球倒進河裡。河水冷歸冷，但還不到結冰的程度，所以冰球應該會開始融化。

但是卻恰恰發生了相反的情形。冰霜好似羽狀觸鬚，迅速在河水表面擴散，從球體往外延伸，在水面上急速結出一層固體表面。往外擴張的冰把球稍微推離岸邊，而球依然在水流裡浮浮沉沉。浮冰逐漸增大時，也改變了形狀，在隱形力量的影響之下，冰頻頻發出尖聲裂響，頂端逐漸往內挖空。幾分鐘之內，愛麗絲就看出那個東西長成了什麼形狀。

是一艘船，完全由冰形成，那顆球體就嵌在甲板中央，好似愛麗絲跟父親以前在中央公園湖泊裡划的小木船，只是做為巨人專用的載具，船體大得多。愛麗絲借用爍兒的長矛，先把那艘船拉到岸邊。斜坡淺短，可以直接從河岸上船，完全不會把腳弄濕，但火精靈還是一臉悶悶不樂。

「最後一次機會，你還來得及退出。」愛麗絲說。

爍兒搖搖頭，然後咬牙憑著意志力，謹慎地跨過了船舷。船在他的體重下搖搖晃晃，他連忙坐下來，摟住膝蓋。

他跟灰燼一定處得來，他們兩個都討厭弄濕身子。愛麗絲把背囊放進船底，拿著長矛爬了進來。艾卓德向她保證過，水流會帶著他們往下游走，進入堡壘，直抵更小的柵門，冰巨人女孩會在那裡等待。

重點是，他們進來的時候，千萬不能被看見。愛麗絲把原本充作背囊的殘餘被單，拋向爍兒，當成罩子似地蓋住他。看不到河流，似乎讓火精靈的情緒平穩下來，他用被單把自己裹得更緊。織品完全遮住了他頭髮的光芒，讓愛麗絲陷入幾近全然的黑暗。她等待片刻，讓雙眼習慣一下這片幽暗，山丘輪廓在星光之中幾乎隱沒不見，接著她動手將船推離岸邊。她把長矛當成撐篙，推著小船進入深水，最後長矛再也碰不到河底。接著她無事可做，於是在爍兒身邊蹲低等待。

水流平緩，幾乎沒有移動的感覺，但是他們不久就繞過山丘側面，堡壘隨著分秒過去逐漸聳立在眼前。愛麗絲可以看到百沃妲還守著城門，但河流跟她隔著一點距離，而且這艘船在黑暗中幾乎是隱形的。

水流加快，船身搖晃起來，愛麗絲把爍兒往下壓低，自己跟著縮起腦袋。兩人穿過一道低矮的拱道時，堡壘的砌石掃過他們上方，船舷擦過隧道牆面，教人心驚。接著，傳來鏗鏘聲，他們停住了。愛麗絲緩緩抬起頭，發現有足夠的空間可以站立，但船在她腳下晃來晃去。這裡暗得伸手不見五指，連一絲星辰微光都沒有。

響起鉸鏈的嘎吱聲，藍綠夾雜的光線出現了。愛麗絲看到艾卓德就站在狹窄的通道裡，一手拿著提燈。船已經停靠在一個方形空間，有一條黏滑的石砌步道充作碼頭。河流滔滔往前奔向堡壘深處，但密匝匝的鐵欄杆擋住了船，使得急流無法將船掃向前去。空氣瀰漫著潮濕與發霉的氣味。

「沒人發出警報，」艾卓德說，「可是我們動作要快。」

艾卓德伸出手來，愛麗絲一把抓住，她的手指抵在巨人手上顯得纖細無比。船身挪晃不止，但她還是跨步踏上了碼頭。爍兒已經把床單拋開，抬起頭來、雙眼緊閉，一臉暈眩作嘔的模樣，再次縮回船艙底部。

「不要緊的，」愛麗絲說，「只要走一小步。」

「我沒辦法，」火精靈用微弱的聲音說，「船會翻過去，我會掉進水裡。」

「你不能待在這裡啦。」艾卓德說，頻頻回頭檢查背後。

「爍兒……」

「別管我，」他說，「我……我會想出辦法的，妳們先走一步。」

「別傻了。」愛麗絲從船上抽出長矛，將杆底伸向他。「喏，抓好，你連眼睛都不用張開。」

「我沒辦法，」爍兒重複，「這樣太──」

艾卓德發出氣惱的聲音，朝船傾身，探進爍兒的腋下揪住他。她可能比百沃妲矮小，但依然壯得足以把火精靈當孩子似地一把抬起來，他的雙腳懸在空中，直到她把他往下放在碼頭上。他一時沒站穩，險些摔進河裡，愛麗絲連忙揪住他的胳膊。

「我一定要把船拿回來，」冰巨人說，彎腰將冰球從船身中央拔離，「我們在另一邊還需要用到。」

「什麼？」爍兒睜大眼睛，「她剛才說什麼？」

「別在意，」愛麗絲說，「你還好嗎？」

「我……」他望著水面的粼粼波光，用力嚥嚥口水，然後挪開視線，「我沒事，抱歉，我不……我一直想到掉進去、被那個東西包圍的感覺，所以就……噁。」

「你不會有事的。」愛麗絲輕拍他的肩膀，把長矛還給他。他的皮膚摸起來好燙，幾縷細微的蒸汽從他腳下的潮濕岩石冉冉升起。

「好了。」艾卓德站起來，將冰球塞進身上過大的外套裡。剩下的船身往下塌陷，快速融回河裡。「好了，跟我來，盡量保持安靜。」

冰巨人領著他們穿過一連串走廊，登上一段階梯，置身於有遮蓋的步道，俯瞰堡壘中央的庭院。有好幾棟建築面對一處地面崎嶇的廣場，看到那裡種滿了樹木，愛麗絲驚訝極了。每棵高瘦的植物，根部都在放滿岩石跟水的圓盆裡，樹幹跟葉子都是用半透明的冰做成的，吸收著幽微的星光。冰花四處綻放，花瓣泛著淡微的色彩。

艾卓德一定注意到了愛麗絲的表情，因為她做了個鬼臉。「那些東西就是我母親的驕傲。沒人培植得出這麼大朵、這麼鮮豔的花，所以她年紀比我還輕，就得到了自己的名號——冰花荷爾加。」她搖搖頭。「可是沒人因為這樣，就說她不夠格當戰士。」

「好美喔。」愛麗絲說。

「我想她在乎這些花的程度，勝過在乎我。」冰巨人扭著嘴唇。「來，往這邊走。」

走道盡頭另外有扇門帶他們進入堡壘。再一段階梯，這次往下行，連向一條長長的通道，然後就是一扇巨大古老的木門，上頭用金屬條跟鉚釘加以強化。高於愛麗絲腦袋的地方有塊鐵片，上頭有個大鑰匙孔。

「就是這扇門，」艾卓德說，「只有娜札有鑰匙，她在守衛塔裡睡覺。」

「附近還有人嗎？」愛麗絲說。

「大部分的戰士都跟母親去狩獵了，留下來的只有幾位守衛跟孩子。」

「那麼我想我們就不用很低調了，」愛麗絲說，「退後。」

她把觸角伸向內心深處，抓住史百克的線，將恐龍拉進這個世界，移位的空氣發出啵響。艾卓德嚇得跳起來，猛地用手摀住嘴，免得驚叫出聲。連看過史百克的爍兒也一臉驚嚇。愛麗絲微微竊笑，一面對恐龍發出心念指示，恐龍發出悶哼，對準那扇門，然後沉重地動了起來。

當初進入史百克的囚禁書，她發現他的力氣跟碩大身軀能夠讓他累積恍如運貨列車的動能。等他撞上門的時候，木頭跟金屬絕對只有屈服的份。木頭崩解斷裂，鉸鏈發出鐵扭彎的尖聲，讓了位，接著整扇門脫離原地，掛在史百克的頭角上，他在門後那個房間裡打滑停下。

「這是，」響起震天的隆隆人聲，「怎麼回事？」

「噢，糟了，」艾卓德說，「噢，糟了，不要現在，她還不該回來的啊！」

灰塵散去之後，愛麗絲看到一群巨大的冰女人，身穿皮毛跟皮革，扛著巨大的斧頭跟弓箭，就在毀壞房門後面那間無窗的偌大石室裡。少說也有二十幾位，站在中間那位，肩膀上方突著斧柄，長相跟艾卓德有明顯的相似度。她的長髮編成三辮，垂過腰際，重重掛著金環與銀環。她那張闊臉因為唇上的傷疤而破了相，疤痕扯著一邊嘴角，讓她一臉壞脾氣的模樣。她比艾卓德高一個頭，聳立在史百克的上方幾英尺。

在這群狩獵回來的人後面，是愛麗絲不曾見過的景象，那是一道顫抖並移動不停的光簾，懸在半空中，好似風大的日子裡起伏飄蕩的旗幟。虹光從光簾表面四散開來，彷

彿簾子是面三稜鏡，可是在它攤平的地方，她可以瞥見簾後的東西，她看到藍天、白雲跟綠葉的浮光掠影。是另一個世界，光簾就是野地入口。

就在那裡，距離不到三十英尺，我可以到得了。要是她讓自己分解成簇群，就可以流過那些冰霜巨人的腳邊，在他們還來不及反應以前就跳過入口，他們攔不住我的。或者可以要史百克負責開路——史百克可能打不過他們全部，可是反正也不用撐多久，我可以到得了，而且——

但這樣她就會把爍兒跟艾卓德拋在後頭了，愛麗絲不知道冰巨人要是逮到偷偷溜進他們城堡的火精靈，會對他怎樣，可是從艾卓德對她母親的形容聽來，她想他們不可能只是訓斥爍兒一頓就放過他。艾卓德自己可能不會受到傷害，可是愛麗絲承諾過會帶她一起走的。艾卓德實現了她那方的協議；我們湊巧撞見她母親，也不是她的錯……

爍兒朝著冰巨人的方向放低了長矛，但比起那些女人正要抽出來的巨斧，火精靈這把武器看起來小不隆咚。

愛麗絲長長吁了口氣，放開史百克的線，恐龍啵地一聲消失，撞壞的門也跟著砸在地上。她對上了荷爾加的視線，雙手高舉過頭，以示投降。

她聽到爍兒在身邊嘆了口氣。

第十四章 冰花荷爾加

只剩下五天又十一個小時了。愛麗絲啪地闔起懷錶。

「讀者應該幾乎像神才對啊，」爍兒抱怨，「哪種神會讓自己被丟進牢房啊？」

「就是不願意讓任何人受傷的那種，」愛麗絲說，「尤其是她朋友。」

「難得我跟讀者同一陣線，結果遇到的卻是妳這種。」

愛麗絲不得不承認，她無法想像傑瑞恩會溫順地任由自己被逮捕，或是跟冰巨人商談，除非是征服或被征服。他可能會把整座堡壘夷為平地，這就是我跟他不同的地方，她用力想著。我這個報仇計畫是衝著他來的，是他自己活該。

總的來說，冰巨人對他們並不差。冰巨人沒收了兩人的背囊跟爍兒的長矛，然後溫柔但堅定地押著他倆走向堡壘深處的牢房。牢房對巨人族來說可能小得不舒服，卻比愛麗絲在圖書館大宅的臥房還大。她最後一次看到艾卓德的時候，冰巨人女孩正氣急敗壞跟她母親說著話。

「我們不會有事的，」愛麗絲說，「他們不可能永遠把我們關在這裡。」

「噢？」爍兒說，「為什麼不會？」

他說得有理。「我認為他們不會，」她修正自己的說法，「如果他們想永遠關住我們，我會——」

「『想辦法』，」爍兒替她把句子說完，「是啦是啦到目前為止，妳想的辦法都很有用啦。」

愛麗絲正想講點刺人的話回擊，外頭便響起沉重的腳步聲。鑰匙在鎖孔裡鏗鐺轉動，有個肥壯的女人打開牢門，她背上綁了把斧頭。

「荷爾加要見你們，」冰女人說，「跟我來。」

「艾卓德呢？」愛麗絲邊說邊站起身，「她還好嗎？」

冰女人並未應答。

愛麗絲跟爍兒必須跑步才跟得上巨人的大步伐。愛麗絲第一百次納悶，是不是應該乾脆抓住那些線，然後把巨人狠狠撞開。不過，這裡的巨人太多了，況且我也不知道怎麼到入口去。最好還是把暴力當成最後非不得已的手段，等時間快不夠用的時候再說。

他們穿過更多石廊，然後岔出去走到星光底下，接著跨越中庭，有幾位冰巨人正在那兒照顧冰花。

面對廣場的最大一棟建築，金屬巨門半開。裡頭原木搭成的寬闊廳堂放了一雙長桌，看來百沃妲提過的盛宴才辦完不久。某種大型動物的帶骨大肉塊，以及體型較小、形狀似鳥的殘骸正散落桌面，吃得只剩一堆軟骨跟骨頭。

那裡只剩六、七個冰巨人，圍聚在一張桌子尾端。冰花荷爾加就坐在他們後方一張大椅子裡，依然一身皮毛跟皮革，斧頭靠在寶座扶手上，一隻巨手正握住金屬大酒杯的把手。艾卓德就低頭跪在她面前，愛麗絲很高興看到艾卓德似乎毫髮未傷。

他們走進來的時候，荷爾加抬起頭，俯望愛麗絲跟爍兒。守衛領著他們穿過大廳，最後站在艾卓德身邊。愛麗絲想要對上巨人女孩的目光，但對方遲遲不抬頭。

「人犯到。」守衛宣佈。

「是人類，」荷爾加轟隆隆說，「還有火族人，這可怪了。我女兒還告訴我，這個人類還是讀者，這點又更奇怪了，我們已經有很多年都沒碰上那個黑暗的族類。」她在寶座上煩躁地挪了挪身子。「看來是真的嘍？」

「是的。」愛麗絲說，強忍敬稱對方「陛下」的衝動——這裡很像中世紀的寶座室，只是比一般大了兩倍。

「妳來這裡是為了奴役我的族人，把他們關進書裡嗎？」荷爾加帶疤的嘴唇往上抽動。

「不是，」愛麗絲說，「我只是想用入口。」

「我女兒就是這麼跟我說的，」荷爾加說，「不過，她年紀還小，而且比實際年紀還天真。」她的視線找到百沃妲，百沃妲就在圍站桌子四周的那群巨人之間。「我的銳眼告訴我，妳想到鏡之宮去，力量強大的讀者難道想把自己的生命當兒戲？」

愛麗絲搖搖頭，不確定該說什麼，荷爾加打了哈欠。

「無所謂。告訴我，讀者，妳到底對我女兒許了什麼承諾，讓她同意背叛自己的家族？」

「是她主動來找我的，」愛麗絲說，「她說，如果我們同意帶她到另一邊去，可以帶我們到野地入口。」

「就跟妳說了嘛，」艾卓德說，「他們——」

「安靜！」荷爾加斥道，「小妞，要妳開口的時候，我自然會說。讀者，妳難道不覺得這樣做是錯的？」

「我只是想穿過那個入口，」愛麗絲說，「艾卓德告訴我——」

「她肯定編了個悲慘的故事給妳聽吧。說我有多殘忍，不懷好意，無來由把她禁閉起來。」荷爾加的嘴唇再次抽動。「她有沒有告訴妳，上次准她加入狩獵，結果出了什麼亂子？她忙著替什麼漂亮小蟲素描，結果差點被長角野獸給殺了？艾卓德，妳有沒有把傷疤給讀者看？」

「那都兩年前的事了，」艾卓德說，「我長大了，母親。」

「那是妳自己說的，我眼裡看到的還是個沉迷在畫畫裡的傻小妞。等妳甩掉稚氣，我才會把妳當大人看。」

愛麗絲就站在艾卓德旁邊，可以感覺到巨人女孩全身緊繃，但是後者垂著腦袋、閉嘴不語。

「唔，」荷爾加鬆了鬆肩膀，「我女兒口若懸河，替妳求了情，讀者。她說，你們闖進堡壘完全是她出的主意。她會有這種愚蠢的念頭，說實在也不出我所料，既然你們造成的破壞只是一扇毀損的門，我想我會表現得寬宏大量些。妳跟同伴可以穿過簾子，我們越早擺脫你們越好，要是你們想害自己在鏡之宮丟掉小命，我也不在乎。」她揮揮手。「把他們的東西拿過來，帶他們離開。」

「謝謝，」燦兒深深鞠躬說，「我們非常——」

「那艾卓德呢？」愛麗絲說，「她會怎麼樣？」

荷爾加的臉色一冷。「我想那不干妳的事。」

「我保證過，說會帶她穿過入口，」愛麗絲說，不敢看她的兩個同伴，「我不知道在你們族人之間，『承諾』這種東西有沒有任何意義，可是對我來說有。」

「保證？」荷爾加的表情更嘲諷了，「各個世界都知道，讀者的話值幾兩重。你們最好馬上離開，我覺得自己的寬宏大量隨著分分秒秒，逐漸在削減當中。」

「去吧，」艾卓德低聲說，「沒關係的，愛麗絲，就——」

「她要跟我們走。」愛麗絲說。

「人家都要放行了，這會兒妳卻想爭到底。」燦兒咕噥。

荷爾加往下瞪著愛麗絲，藍眼閃現怒火。「小讀者，妳在對我下戰帖嗎？」

「我不想挑戰任何人，」愛麗絲說，心臟狂跳，但她逼自己迎上荷爾加的目光，「可是如果那樣我才能說到做到，那我願意。」

他們背後的冰巨人們竊竊私語，荷爾加的臉一時扭成了暴怒的表情，然而轉眼又變成優越的冷笑。

「是嗎？」荷爾加輕聲說，「那我們又要怎麼一較高下？繞著城堡賽跑？還是看誰搬得動最重的東西？還是要比誰可以爬到塔頂？」

愛麗絲不動聲色，但心思飛馳。她想，即使有史百克的力氣，可能還是抬不過、跑不過、爬不過荷爾加，那個巨人比她大上兩倍，四肢全是厚實的肌肉。也許我可以靠思考贏過她，但那雙冰藍眼睛閃爍著智慧之光，愛麗絲有種令人氣悶的懷疑——那就是冰巨人可能有圍棋或跳棋那類的遊戲，而荷爾加正是箇中高手。

接著愛麗絲突然冒出一個想法，發現自己不由自主地浮現笑容，當然了。

「花，」她說，「我們用花來比賽吧。」

大廳頓時鴉雀無聲。

「愛麗絲，不行啦，」艾卓德低噺，「妳不知道這個要求有多——」

一個低沉沙啞的聲音打斷了她，聲音越拔越高，最後充塞在整個大空間裡，紛紛從牆上反彈回來。原來是荷爾加在笑。

「這點我就非肯定一下妳這個讀者不可了，」荷爾加說，扯開嘴唇露出豺狼般的笑容，讓愛麗絲想起迷陣怪折磨，「你們就是不缺勇氣，或者說不缺傲慢。不過，除非妳打算一直在這裡作客，直到把植物好好種出來，要不然妳打算怎麼進行這場競賽？」

「給我幾分鐘時間還有妳的一棵樹，」愛麗絲說，「如果我做出來的花，比妳的花都更搶眼，那艾卓德就跟我們一起走。」

荷爾加依然面帶笑容。「要是妳沒辦到呢？」

「那妳就放爍兒走，」愛麗絲說，「妳要我做什麼，我都會照做。」

「讀者，」爍兒說，「妳有把握嗎？」

「完全沒有，」愛麗絲低聲回答，「不過，你不是叫我想想辦法嗎……」

「那也不用提這麼誇張的方法吧。」

「那就一言為定，」荷爾加說，「有個讀者當手下還滿有用的，妳需要先休息一下，準備準備嗎？」

「不用。」愛麗絲說。

「那我們就不要再浪費時間了。」

眾人齊聚中庭，路過的人一看到他們的首領跟小不隆咚的訪客，就停下了手邊的工作。荷爾加在她的樹木之間徘徊，檢視那些淺色花朵，一面用手拂過花瓣。她邊走邊喃喃自語，最後在一朵特別大的花前面停步，花瓣上有藍紅兩色斑點。冰巨人喀啦摘下那朵花，有如折斷了冰柱，然後用雙手捧著走回愛麗絲身邊。

「這是我花園裡最精緻的一朵花，」荷爾加放柔語氣說，「妳有沒有看過這樣的花啊？」

愛麗絲不得不承認，這花美極了。一層層細緻的冰花瓣，如此細薄，從中央的蓓蕾往外綻放，看起來彷彿會在她的呼吸下融化。有的花瓣微微透著淡紅，有的花瓣是深沉的冰藍，讓整朵花有種佈滿光點的模樣。愛麗絲詫異地發現，這朵花還散發著甜美冰冷的香氣，有點類似薄荷。

「如果妳想打退堂鼓，」荷爾加靜靜地說，音量小得只讓愛麗絲聽見，「我會批准的。」

愛麗絲四下張望。此刻，中庭邊緣站滿了冰女人，身披長袍、皮毛跟部分戰甲。她們的視線全放在她身上。爍兒滿臉緊張，有如灰燼繞著浴盆邊緣走動的模樣，艾卓德的臉色灰敗蒼白。

「這朵花滿美的，」愛麗絲說，「不過，如果妳不介意的話，我還是想試看看。」

荷爾加帶疤的嘴唇扭成了譏諷的表情。「那隨妳挑一棵樹，讀者，然後讓我們見識一下妳的魔法。」

愛麗絲點點頭，路過荷爾加身邊，到了排成棋盤式的盆栽邊緣。她停在一棵完全沒花的盆栽邊，把手貼在樹上，一面抓住樹精線。她感覺得到這棵樹古老又疲憊，僅有微弱的星光做為光源。

她把手探進口袋，取出一枚橡實。身上有了樹精的法力，橡實放在手心時，感覺得到灌注在果實裡的能量，裡頭那種生猛的生命力，有如一顆熾亮的星。她把橡實拋進那棵冰樹的盆子，噗通一聲落入水裡。盆裡沒有土壤，只有纏結的根部跟小石子，橡實在它們當中漂浮著。

她再次摸著樹，用念力叫它的根去找橡實，並將橡實破開，吸收這份意料之外的營養。力量猛地傳遍整棵樹。樹想要成長，想跟雜草一樣向上竄生，想讓根鑽破盆子側面，以便尋找更多水分。但愛麗絲抑制它的發展，將能量聚焦在一根長枝末端的單枚花苞。

她閉上雙眼，在心裡創造花朵。色彩必須鮮麗，有紅、藍、綠，而不是淺淡的色彩，而且要比她在這座花園裡看到的花都還大。花苞鼓脹起來，她聽到荷爾加的呼吸嘶嘶作響。愛麗絲暗自竊笑，手微微抽動，引導著這棵樹。花朵綻放的時候，院落一片寂靜，只剩風聲呼嘯。

愛麗絲感覺花開了，可是似乎有什麼不對勁。樹木抗拒著她硬逼它做的事。不，她暗想，要這樣才對。長吧。她更加使勁，迫使花苞展開，就是有什麼不對勁。

接著荷爾加又笑起來。

「就這樣？讀者，妳只有這丁點能耐？」

愛麗絲睜開眼睛。

這朵花有藍、有紅也有綠，但跟荷爾加給她看過的那種細緻繁複的花瓣組合，簡直天差地別。眼前這朵一團亂，厚片的冰葉中夾雜著半成形的花瓣，大多還是蜷成了緊緊的管狀。愛麗絲望著這朵花的同時，好幾片花瓣承受不住自身重量裂開掉落。她試探性地嗅聞一下，氣味有如腐爛的肉，害她差點乾嘔。

「我……」愛麗絲的目光從這朵醜惡的花，飄往荷爾加那朵優雅的花，然後再移回來。「我想再試一次。」

「請便，」荷爾加露出豺狼般的笑容，「我可不想落人口實，說沒給妳機會展現全部的實力。」

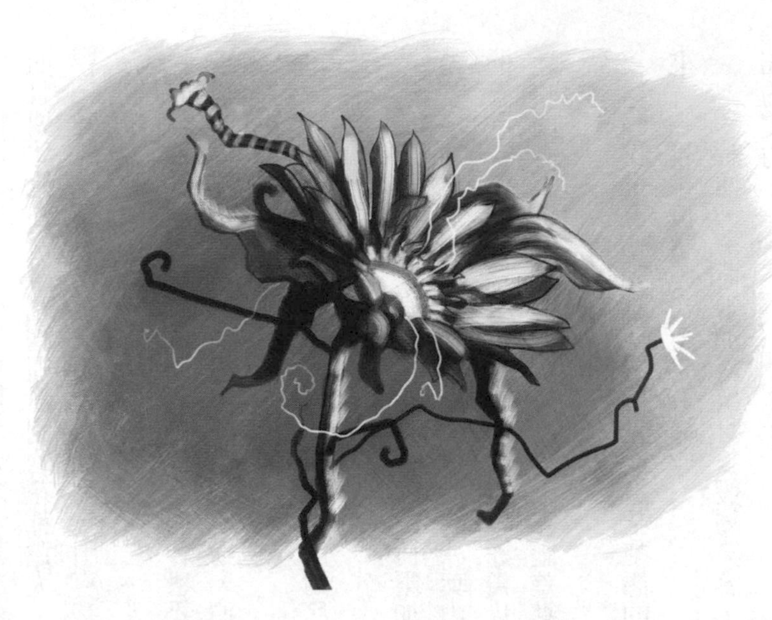

愛麗絲將毀掉的花朵折掉，讓它落入盆子、融在水裡。她再次閉上雙眼，又朝樹木探出手。橡實裡還有法力殘存，樹木隨著那股力量顫動著，但她突然沒把握該怎麼做。

發生什麼事了？那朵花原本在她的腦海裡如此清晰。為什麼長出來就不對了？她集中心力，試著在腦海裡想像那朵花——色彩、花瓣——

這麼一來她才意識到，原來自己想像的並不清晰，不算清晰。她在腦海裡喚起荷爾加那朵花。花瓣在基部彼此相扣，又與植物主體相連；每一排生長的時候，都為下一排預留了生長空間。色彩來自枝椏，進入花朵，朝著瓣尖逐漸淡去，化學物質經過精細的操作而形成了香氣。

愛麗絲最初束縛第一種生物——簇群時，發現很難同時控制一隻以上的小簇仔。最後，她才弄清楚訣竅在於信任牠們——她可以控制牠們，可是要同時追蹤一百隻腳注定會一敗塗地。可是簇仔已經知道該怎麼跑，幾經練習之後，她學會只要給簇仔一個大方向，接下來讓牠們自己行動即可。

這棵樹知道怎麼長花，經過荷爾加多年的培育跟照料，樹早就學會了，我只要對樹指出正確的方向，而不是告訴它怎麼做。應該請樹幫忙，而不是逼樹服從。

拜託，她對著樹抛出思緒，請像這樣長。

另一枚花苞開始成形。愛麗絲感覺它抽長鼓脹，一層接一層的細緻花瓣在裡面生長。色彩湧現，是它自主形成的微妙圖案，有如冰霜在窗玻璃上結出蕨葉狀的圖案。一股能量流過，花苞漸漸綻開，將花瓣大大往外開展，下方的枝椏也逐漸加粗，以便承受花的重量，甜美清新的香氣瀰漫在空氣裡。

愛麗絲再次睜開眼。這朵花大小幾乎跟她腦袋相當，模樣完全超乎她的想像，是這棵樹自行雕琢出來的東西。而且很美，折射出來的微妙色彩，構成了雅致的圖案，好似彩虹凍結在冰裡。愛麗絲吁出一口氣，她沒意識到自己本來在憋氣，然後仰頭望向荷爾加，小心不露出任何表情。

「我想，」愛麗絲說，「我頂多只能做到這樣。」

荷爾加眨眨眼，雙眼發亮，用力嘶嘶口水。

「下去，」她說，嗓音低啞，「大家全部下去。」當大家動也不動，她又恢復了喝令的語氣。「退下！」

其他巨人退了下去。荷爾加舉起一手。

「艾卓德。」

「是，母親？」巨人女孩用微小的聲音說。

「把客人的東西拿過來，」荷爾加噓噓口水，「還有妳自己……在旅程上需要帶的東西。」

艾卓德發出興奮的尖叫，快步離開。愛麗絲發現，突然淨空的中庭裡只剩荷爾加、爍兒跟自己。

「妳知道這些樹木是從哪來的嗎？」荷爾加說。

愛麗絲搖搖頭。

「種子是我祖母當初從我們老家帶過來的。穿過大門，越過世界，再穿過另一個入口，在世界之外的世界之外。她把種子交給我母親，我母親種在了這裡，種子才冒出嫩芽，我母親就把這些樹全都送給我。它們在這裡受到好些折磨，因為只有星辰可以充當光源，可是我細心呵護它們，最後培育出這個品種。」她搖搖頭。「母親還記得她小時候在家鄉、祖母膝邊看過的花卉，她把花的模樣形容給我聽，但是不管我怎麼努力，我的樹木都無法達到她告訴我的那種美，在這裡沒辦法，直到現在……」

「樹木知道怎麼長花，」愛麗絲說，「只是需要一點督促。」

荷爾加點點頭，受到催眠似地盯著那朵巨花。

「妳家鄉發生了什麼事？」愛麗絲說。

「結凍了，」荷爾加說，「那個地方原本就冷，可是變得更冷了，最後連我的族人都待不住。我們穿過入口，逃到另一邊的世界，然後又遷到這裡來，因為發現這裡更適合我們居住。」

愛麗絲瞥了爍兒一眼。跟他說過的是同一回事嗎？「他們把入口鎖進書籍跟圖書館裡，所以心火才開始減弱。」各個世界會有這些變化，是讀者們害的嗎？入口被鎖進書裡的時候，另一邊的世界就會弱化嗎？她想像地球、她的世界，位於一個遼闊大網的中心。各個世界都是透過入口彼此相連，像繁複的織毯一樣向外擴散，由真正核心所流洩出來的力量所滋養，然後這些門猛然關起，入口被困在文字跟魔法織成的陷阱之中，被讀者跟他們的迷陣怪僕人捕進圖書館裡，於是這面網子上的燈光一點一滴漸漸熄滅，火勢削弱下去。

這可能是巧合，只是因為有幾個世界發生這種事，不代表到處都有同樣的情形。她搖搖頭。也許終結知道些什麼，也許等我們逮到傑瑞恩的時候，就可以叫他把真相告訴我們。

「聽著，」荷爾加說，搖搖腦袋讓自己回神，「我是冰花荷爾加，絕對不能違背諾言。可是……艾卓德她……」她猶豫不決。「外頭的世界那麼危險，她這孩子傻乎乎的。在這裡她會很安全，妳難道不能想個辦法把她留在這邊？」

「她希望能有機會向妳證明自己，」愛麗絲說，「她認為自己必須去一趟，我不能叫她別去。」

「我想也是。」荷爾加嘆口氣。「妳真的打算到鏡之宮一趟？」

「我不會讓她跟我進宮殿的。」

荷爾加搖搖頭。「連艾卓德都知道不能進那種地方，沒有其他辦法嗎？其他地方找不到妳需要的東西嗎？我們的傳說故事裡都會提到囚禁在鏡之宮的怪物，那些恐怖東西就是從所有世界之外來的，我不知道我該擔心妳回不來，還是擔心妳會回來。」

「我非去那座宮殿不可。」愛麗絲說。只有無盡的牢獄能給我機會向傑瑞恩復仇，我現在不會收手的。「可是我會保護妳女兒的安全，也會盡量謹慎，我向妳保證。」

「謝謝妳，讀者。」荷爾加咧嘴一笑，傷疤讓笑容歪了一邊。「我現在很清楚妳的保證有多少價值。」

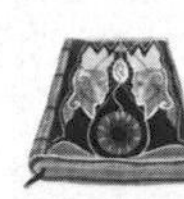

第十五章　後方的世界

愛麗絲、爍兒跟艾卓德站在地下室的房間裡，就是昨天晚上才差一步就能走到的地方，荷爾加跟百沃妲在空蕩蕩的門口那裡等候。愛麗絲看到毀壞的門，心中浮現一絲罪惡感。

「門的事情很抱歉。」她說。

荷爾加擺擺手。「不要緊，妳確定不要帶更多吃的上路？」

在火精靈領地度過的那幾天，愛麗絲幾乎耗盡背囊裡的糧食，現在補給品把背囊塞得鼓鼓的。冰巨人的食物——大多是燻肉跟硬麵包，比起火油，更符合人類的生理條件。爍兒拿到一堆火種跟枯葉，補給的儲備量也增加了。艾卓德另外帶了分量多很多的背囊，裝了自己專用的補給品、獸皮獸骨製成的折疊帳篷以及冰球船。

「我想我沒辦法再帶更多了。」愛麗絲說。

「我們不會有事的，母親。」艾卓德說，她在原地跳動不停，迫不及待要出發，畫板跟一袋木筆就掛在背囊側面。

「準備好了嗎？」愛麗絲對爍兒說，「你確定——」

「說最後一次，」爍兒厲聲說，「我不會回去的，派洛斯交代我要帶妳到鏡之宮，我要親自把妳送到正門口。」

「好吧，」愛麗絲面對大門，「那我們就出發吧。」

野地入口懸在空中，冰巨人管它叫簾子，愛麗絲能體會他們為何這樣稱呼。那扇門看起來就像一塊布，上頭畫了挪動不停的虹彩，在隱形的風中鼓動翻飛。按照荷爾加的說法，穿過這扇門不需要什麼特殊技巧，只要往前走……然後眨眼間就穿過去了。

唔，無所事事沒好事。愛麗絲抓緊背囊的背帶，往前跨出大步。才幾步就到了門檻，再走幾步就——

——跨了過去。

感覺滿奇怪的，跟她以往使用入口書的經驗，可以說像也不像。同樣有一種移位的感覺，彷彿在某個介於不同世界之間的空間裡，停留了無限短的時間，已經不在原本這邊，卻也還不到另一邊。可是入口書有種力量感，受到緊密控制，有如盤起的彈簧那樣蓄勢待發，準備服務瞥見它們的讀者。在這裡，一波力量卻擴散開來、強弱不均，就在她跨過去的時候，那股狂野的能量陡然升起，像海浪一樣向她撲來。等這股力量退去的時候，她發現自己在燦爛的光線中眨著眼。

她很高興看到這裡有正常的太陽，正要從地平線慢慢離開。在星光撫照的世界待了那麼久時間之後，現在有陽光曬暖皮膚，真教人慶幸。她站在草地上，青草高及她的大腿，前方有一道樹木生長線，即使移到賓州也不會顯得格格不入。她一時納悶，這道入口是不是把他們帶回地球了——也許在南半球的某個地方，因為圖書館大宅目前正好是冬季過半。

可是並不是，不遠處，有隻大型動物抬起頭，外型有點像駝鹿，但沒有腿，只有一個長長身軀，仗著背部成千上萬的小小蝶翅，懸浮在空中。蝶翅撲動不止，每一雙的色彩都不盡相同。

「噢！」艾卓德說，「太妙了！」眼睛緊盯那頭駝怪，伸出一手摸找畫板。駝怪警覺地回望著。「給我幾秒鐘——」

「我想我們最好快點出發，」愛麗絲說，「至少我自己應該快點出發。妳不用待在我們身邊，艾卓德。妳答應要做的事，全都做到了。」

「妳也是啊，」冰巨人說，讓畫板落下，「可是我想我還是多跟你們走一段路好了。我想我母親會希望這樣。」

「有妳作伴很好啊，」愛麗絲說，「爍兒，你知道該往哪個方向走嗎？」

「知道吧。」爍兒說著便直接仰望太陽，連舉手替眼睛遮陽都沒有，他盯著太陽的時間久到連愛麗絲都因為同情而開始泛淚。「太陽……在往上走。就是上升，對吧？」

愛麗絲點點頭，火精靈轉身朝反方向一指。「那我們就朝那邊走一陣子，最後會找到一條寬闊的河流，再來就順著河流往山區方向走。」

這種指示太過模糊，不合愛麗絲的口味，可是她也沒有其他資訊可供參考。要是路上恰好碰到什麼人，也可以問問他們；大家好像都聽過鏡之宮。她讓火精靈負責帶路，朝樹林走去。

「我還是想畫那隻生物，」艾卓德說，畫板早已拿出來，正快筆描繪著飛天駝怪的身影，木炭在她的指間崩解。「不過，你們先走，我會追上去的。」

結果發現，艾卓德毫不費力就能追上來，因為她的步伐比愛麗絲長兩倍，雖然到處都有東西讓她分神，但她在速度上的優勢就足以彌補。她什麼都想畫，只要願意暫停不動的每隻動物跟蟲子，還有一些較有趣味的植物。每次只要看到新事物，愛麗絲跟爍兒就會相視而笑，等著聽到吃驚的一聲「噢！」以及木炭刮磨紙張的聲響。

兩人大步走在冰巨人女孩前方，爍兒說：「她還真有……熱忱。」他們穿過樹木區，迎面又是一片草地，接著登上矮丘側面。抵達丘頂時，看到一條溪流的波光，溪流朝著不遠處蜿蜒，河岸長著雜亂不平的樹叢。「我只希望她不會碰上什麼危險的東西。」

「這裡會有什麼危險的東西嗎？」愛麗絲說。那頭駝怪、幾隻色彩鮮麗的鳥兒，還有幾隻瓢蟲，全都色彩斑斕。這裡除了植物之外，一切都彷彿是從某個瘋狂畫家色彩飽和的畫布裡蹦出來的。

「我……記得有一些，像是藍寒，不過牠們住山上。我想還有某種大貓？記憶有點模糊了。」他聳聳肩，嫌惡地往下瞥了瞥那條溪流。「我可以理解我的曾曾熠熠為什麼會離開這個地方。」

對愛麗絲來說，在幽暗中受寒受凍之後，這裡的溫和陽光跟柔軟草地，簡直可比天堂。可是如果這裡有溪流，表示一定會下雨，所以對火精靈這樣的生物來說，可能就不是理想的棲居地。

他們抵達丘頂，默默走下另一側山坡，爍兒用眼角餘光瞥瞥愛麗絲。

「怎樣？」愛麗絲說。

「我非問不可，」火精靈說，「如果情非得已，為了過來這邊，妳真的會跟荷爾加還有其他冰巨人對戰嗎？」

「我不知道，」愛麗絲說，「那就是我沒嘗試的部分原因。」

「部分原因？」

「我跟你說過，除非必要，我絕不傷人。」身為讀者的重點不是傷害人，她想起傑瑞恩，而是只要對付罪有應得的那些。

「妳真的不一樣。」爍兒沉默半晌之後說。他望向前方，並未迎上她的視線。「至少妳試著當個與眾不同的讀者。」

「我還在摸索自己到底想當什麼樣的讀者。」

「還有沒有跟妳一樣的？我是說其他讀者？」

愛麗絲遲疑了。她想說，還有黛克西、艾薩克、索拉娜，甚至是愛倫。大家在伊掃迷宮裡同生共死之後，她把他們都當成朋友，不過，他們固然對她相當友善，但他們畢竟都是讀者——他們都用過囚禁書，面對堡壘橋上蜂擁而來的兇狠生物時，就跟愛麗絲一樣，毫無顧忌地一路斬殺無赦。他們會願意跟爍兒坐下來談嗎？她沒把握。

艾薩克就會願意，她判定，即使我必須敲他的腦袋，直到他懂得這個道理也沒關係。

「也許吧，」她說，「我不確定。」

「可是傑瑞恩就不會願意。」

「沒錯。」

聽到他的名字，愛麗絲心頭重燃一絲怒火。這一路以來的憂慮跟試煉，讓她暫時埋藏怒氣，但依然還在，就像燒紅的碳火被滿滿一鏟土壤蓋住之後嘶嘶作響，遲早都會浮上檯面。

「妳打算……怎樣？跟他對打嗎？」

「如果可以的話。」她說。

「要是妳贏了，會發生什麼事？」爍兒說，「我的意思是，我們會怎樣？」

「就不用再給貢品，」愛麗絲說，「也不用再進囚禁書，我永遠不會對你們做出這種事。」

「可是妳會保護我們嗎？」

「傑瑞恩平常會嗎？」

「不是幫忙對抗藍寒那樣的東西，」爍兒說，「我問過派洛斯，為什麼我們不躲起來、別讓傑瑞恩找到或試著反抗他，而是要一直給他貢品？派洛斯說要是沒有傑瑞恩，也會有其他讀者。在傑瑞恩的保護之下，其他讀者就不敢過來索討貢品，也不敢對我們予取予求。」他看著愛麗絲。「所以如果妳贏了，妳能不能攔住他們？攔住其他讀者？」

「我……」愛麗絲搖搖頭，「我還沒想過。」

爍兒拋給她一個無法解讀的神情。「也許妳應該想一想。」

太陽開始下沉時，他們在另一座山丘丘頂的小樹林之間紮營。由艾卓德負責搭帳篷，結果發現棚裡空間真大，是給好幾個冰巨人共用的，對她跟兩個人類大小的同伴來說綽綽有餘。爍兒在帳篷前方生起火堆，愛麗絲跟冰巨人在火堆上熱晚餐，火精靈則用指頭沾起一撮撮小火舔掉。愛麗絲欣喜地看到這裡的星辰靜止不動，就像典型的天體。

到目前為止，他們還沒看到什麼危險的東西，這點還滿令人寬心的。不過，愛麗絲就是沒辦法把派洛斯跟荷爾加的警告趕出腦海，於是一直疑神疑鬼觀察營地四周的陰影。她配著水壺的水，把一些巨人的硬麵包沖下肚時，突然感到一股難以言喻的疲憊。只剩五天了，她盯著錶面，用念力想讓分針跑慢點。從這裡至少要花一、兩天才能回入口書那邊，我快沒時間了。她睏倦地搖搖頭。

「應該有人站崗，」愛麗絲說，「要是這邊有危險的生物，我不希望在我們打呼的時候，被其中一隻突襲。」

「我來看守好了，」爍兒說，「妳們休息一下。」

「你不用睡覺嗎？」

「我想我們睡覺的方式跟你們不一樣，」他說，「我們會休息，可是不會……嗯……」他皺起眉頭。「不會失去意識。」

這麼仔細一想，愛麗絲才發現她想不起何時看過爍兒閉上他那雙發光的紅眼。「你確定？」

「相信我。」他聳聳肩。「妳第一次睡著，然後又醒來的時候，我簡直嚇壞了。對我們來說，就有點像是死了又活過來。」

愛麗絲笑了。「那樣對我來說，已經夠好了。那妳呢？艾卓德？你們族人是倒立睡覺還是什麼的嗎？」

「什麼？」冰女孩原本一直盯著火看，「哪有，幹嘛那樣睡啊？那樣又不舒服。」

「沒事啦，」愛麗絲說，「我要睡了。」

她爬著穿過帳篷門片，身後拖著背囊。艾卓德當初帶了三捲睡墊——頂多只是表面粗硬的獸皮，可是愛麗絲往上頭一癱，彷彿是超級柔軟的羽毛床。她準備馬上入睡，正想要不要脫掉靴子，門片就窸窣作響。

「讀者？」艾卓德說。

愛麗絲猶豫地睜開眼，但還是看不到什麼。透過帳篷布料縫隙，外頭火堆只洩了幾絲微光進來。在更深沉的黑暗裡，艾卓德只是一抹陰影。

「什麼事？」愛麗絲說。

「我剛剛才意識到，妳幫了我的忙，我竟然還沒跟妳道謝。好不容易來到這裡，我高興到什麼都忘了——」

「不要緊，」愛麗絲說，「我們本來就說好了，不是嗎？」

「當初說好我要帶妳到簾子那裡，可是我沒做到，其實妳不用為了我花這麼多工夫。」

「也許不用，」愛麗絲搖搖頭，但在黑暗裡沒人看得見，「但這樣做感覺才對。」

「我一直好想來這裡畫東西，妳可能覺得這樣很傻。妳有正事要辦，我卻……」

「我懂的，」愛麗絲說，「很高興妳決定留在我們身邊。」

一陣停頓，愛麗絲再次閉上雙眼。

「妳向母親挑戰的時候，我以為妳要跟她對打，」艾卓德悄聲說，「故事裡的讀者都是這樣的，他們會掀起戰端。我以為整件事到最後會給我一個恐怖的教訓，我會實現願望，但只是因為妳殺了我母親。我會在失去以後才懂得珍惜，而且……嗯，就是故事裡會有的那種情節。」她吸吸鼻子。「謝謝妳沒傷害她，我知道我跟她不是一直處得很好，可是……」

「嗯，」愛麗絲想起躺在中央公園的那些溫煦午後，發現眼角被淚水刺痛。「我知道。」

第十六章 烏龜都是王八蛋

翌晨，他們早早出發，到了中午已經可以看到那條河流。是條大河，跟紐約市的哈德遜河一般寬闊，平靜無波地蜿蜒流過草地。愛麗絲、爍兒跟艾卓德往右轉，挨著河岸往上游走。不久，遠山籠罩大地，地平線陰暗下來。

愛麗絲很快就發現，河裡有生物棲息。小丘般的大大形體，以規律的間歇突破水面，快速往上游或下游行進。牠們部分是透明的，體內嵌著色彩漩渦跟螺旋，好似維也納吹玻璃。每隻色彩各有千秋，有深藍、柔綠，甚至是淡粉紅。

她原本以為牠們是小島，憑藉自己的力量移動，可是有一隻停了下來，稍微突出水面多些，露出佈滿節瘤的小腦袋，用眨也不眨的黑眼打量他們，四隻巨大鰭肢在水裡輕柔撥動，讓自己逆著水流停在原地。

「好美喔！」艾卓德說，伸手去拿素描板。

「這是當然的，」烏龜以低沉粗啞的聲音說，「妳呢，卻是醜八怪一個，還呆頭呆腦的，這點我並不意外。」

「什麼？」艾卓德說，困惑地眨著眼。

「你會講話？」愛麗絲說。

「腦袋正常的生物應該都看得出來，」烏龜說，「可是既然妳只是隻小猿猴，所以我對妳不抱更高期待。還有，妳鼻子長歪了。」

「才沒歪！」愛麗絲說。

「是歪的，」烏龜說，「而且妳的頭髮都打結了，看了就倒胃口。說真的，你們還真是一個比一個差。」

「你停下來只是為了侮辱我們嗎？」爍兒說。

「沒錯。」烏龜說，再次往下沉，然後游走了。

「那是怎麼回事？」愛麗絲邊說邊揉鼻子。

爍兒聳聳肩。

「妳鼻子沒那麼歪啦。」艾卓德說。

又有一隻烏龜游過，說他們打扮邋遢，沒搭飾品真不像話，接下來那隻烏龜批評他們的儀態跟教養。之後，大夥兒同意跟河流拉開距離，走在地勢稍高的地方。

當愛麗絲的錶顯示只剩四天又幾個小時，一行人停下來吃當晚的餐點。她的視線從眼前的山丘移向山脈——那些山就是她的目的地——然後再把視線收回來，我們這樣會來不及。

他們的背囊也越變越輕了，愛麗絲原本以為他們的補給品綽綽有餘，可是艾卓德體格壯碩，胃口自然也大。在這片蒼翠的土地上也許可以找到糧食，可是覓食勢必會拖慢他們的腳步。

反正總是可以來點烏龜湯。愛麗絲望著那些在夕陽餘暉中發亮的巨型生物，一面忿忿想著。隔著這樣的距離，看不見在水面下活動的龜腦跟鰭肢，整隻生物看起來就像小船。

船。她對著巨龜們皺眉，想起那艘冰船還在艾卓德的背囊裡。我有個點子，要是我能想出收買烏龜的辦法就好了。

反正算得上是計畫。愛麗絲嘆口氣，爍兒不會喜歡的。

翌晨，又有烏龜停下來侮辱他們，愛麗絲打斷了他的話。

「我在想，」她說，「我們能不能打個商量。是這樣的，我們必須到上流去。」

「即使就妳這種少數種族裡的倒楣蛋來說，」烏龜繼續說，「妳的智力顯然也是低人一等，我認為——」

「是，是，」愛麗絲打岔，「我們都糟糕透了，你跟你的朋友們都一直在提醒我們。」

「我們龜族擁有非凡的洞察力。」烏龜說。

「不過，如果你替我們拉船到上游去，」愛麗絲繼續說，「我們可以還你一個人情。」

「噢？」烏龜把腦袋轉向她，黑眼發亮，「我恰好需要有人幫個忙，即使像妳這樣低人一等的生物也該幫得上。我背上有個搔不到的癢處。妳也知道鰭肢有行動上的限制。如果妳可以爬上龜背來幫我搔搔，我會非常感激。不管你們想去哪裡，我都樂意帶你們去。」

比我想得還容易。愛麗絲放下背囊，往下走到岸邊。烏龜湊了過來，好讓愛麗絲涉過淺灘，攀上弧度陡峭的龜殼。玻璃般的彩色物質在腳下滑溜溜的，她移動的時候得手腳並用，雙手平貼在鋪石般的巨大表面。

「往左邊一點點，」烏龜說，「稍微往上，再往上一點。啊，對，這就對了。」很難想像龜殼會有發癢的時候，但愛麗絲也不曉得當烏龜是什麼感覺，她試探地搔抓那個玻璃般的物質。

「噢，對，」烏龜說，「就這地方沒錯，繼續。」

「愛麗絲？」艾卓德說，「妳還好嗎？」

愛麗絲從手邊的工作抬起頭來，這才發現烏龜早已推離岸邊，往外游進河流中央。

她對著冰巨人揮揮手，對烏龜說：「可以麻煩你把我帶回岸上嗎？我不想弄濕身子。」

「那可就是悲劇了。」烏龜表示同感，隨即往下潛入水裡，大龜殼沉到河面底下，留愛麗絲在河流中央拚命踩水。

「笨猿猴，」烏龜譏笑，「有智慧的生物絕對不會相信有『龜殼發癢』這種事，身為優越的種族，我們永遠不會在自己搔不到的地方發癢。」然後，烏龜沒等她回答，就把頭縮到水下，自顧自游走了。

愛麗絲穿著衣服跟靴子，掙扎著回到河岸，勉強從河裡爬出來的時候，就在距離兩個夥伴幾百碼的下游處。她躺在土裡片刻，吃力地呼吸著，然後站起身來，勉強走回去跟他們會合。

「烏龜，」她說，「都是王八蛋。」

「看來是這樣沒錯。」爍兒說。愛麗絲覺得他好像在憋笑。

「牠們的確不怎麼友善，」艾卓德說，「我們要不要跟下一隻談談？」

「嗯，」愛麗絲說，「可是我想我們應該要先確定，牠會把心思全放在我們身上。」

天氣暖烘烘，愛麗絲可以把濕透的外衣脫下，在太陽下攤開來曬乾。她把睡墊裹在身上，往下怒瞪著從背囊挖出來的三張羊皮紙。

「這就是妳本來想用在藍寒身上的東西吧？」爍兒說，「我還以為沒效。」

「它們有些問題，」愛麗絲說，「我要看看能不能修好。」

她合上雙眼，伸出心念觸角，感覺嵌在紙裡的魔法。她之前細心織好的網子，有一部分扯壞了，鬆垮垮翻飛著。愛麗絲讓自己流過魔咒裡的連結跟接點，摸索法力必經的路徑。

噢……她很想用手猛拍自己的額頭。原來魔咒裡有個迴圈，在那裡能量會反過來餵養自己。難怪之前無法發揮作用，因為魔咒不停從我身上吸取力量，想變得比它自身的能耐更強大，最後連它自己也承受不住。如果把愛麗絲比為電池，這種狀況就有點像是短路。終結說得對，我應該預先測試的。

既然她看出了網子破損的地方，要導正法力流動的方向，消除迴圈，並非難事。經過幾次掐捏，魔咒再次完整，希望這樣就算是修好了。她摸索著那三張紙，聚攏起來折好，然後睜開雙眼。爍兒坐在附近的岩石上，悠閒地扯著灌木叢的枯葉，放在掌心燒掉，紛紛冒出了小蓬的煙。

「艾卓德呢？」愛麗絲說。

「在山丘上滿遠的地方，畫一隻蟲，妳搞懂要怎麼修理了嗎？」

「我想是吧，我會留兩張給你佈置，一定要把它們攤開，千萬不要站在它們之間。」爍兒是魔法生物，也會被困在防護網裡。「其實一佈置好，你們兩個應該就要躲起來，我已經想好該怎麼進行了。」

第十七章 搭便車

愛麗絲跟爍兒解釋完計畫之後，派他去找艾卓德回來。愛麗絲脫掉鞋子，跟其他東西一起留在岸上晾乾，然後把一張羊皮紙塞進內衣，走回了河畔。她涉水走進淺灘時，又有烏龜游過，用高人一等的神情瞥她一眼。

她深吸一口氣，用惡魔魚緊緊裹住自己，從呼吸空氣變成在水裡呼吸，向來很吃力。身體轉移變換的時候，總會陷入一時的混亂跟驚惶，接著她有點笨拙地噗通落入水裡，成為一隻滿嘴牙齒、跟愛麗絲等身大小的巨魚。她扭著離開淺灘，潛入涼爽的深水，品嘗河水流過魚鰓的感受。

她身側發出的片片綠光，映亮了積沙的河底，較小的魚紛紛害怕地閃避。她越過河流，逆流前進時，壓抑想要咬嘴吞噬小魚的本能。她感覺自己的魚背破水而出時，就放開惡魔魚線，變回了女孩的模樣，匆忙站起身，大口呼吸新鮮空氣。

羊皮紙沾染了一點濕氣，但並未濕透——她變身時，從來不曉得衣服跑哪兒去，羊皮紙也去了同樣的地方。愛麗絲拿著這張紙在空中甩了甩，想讓它風乾，一面登上河岸。她扯動簇群線，讓皮膚變得有點韌度，主要是為了護住自己的赤腳，然後繼續勇往直前，直到抵達了灌木叢，躲在那裡可以避開從河流投過來的視線。她在那裡停頓腳步，搜尋對面河岸，最後找到了爍兒的小小身影。火精靈上上下下跳著，揮舞雙臂，愛麗絲揮手回應。

她在灌木叢後面安頓下來，透過綠葉間的縫隙窺看。要是爍兒完成了工作，另外兩張羊皮紙已經放在河流對面，彼此隔開一大段距離，這一來就形成了橫跨河流兩岸的三角。愛麗絲閱讀魔咒的時候，進到這個三角地帶的任何魔法生物都會被困住，假如魔咒這次有生效的話。

她讓幾隻往下游走的烏龜先過去，等待跟他們的目的地相同方向，又相當靠近河岸的烏龜。爍兒跟艾卓德就躲在河岸。這次來的烏龜特別大，龜殼裡有深綠色的旋紋，愛麗絲攤開羊皮紙閱讀。

她感覺魔法躍然紙上，從她身上拉取能量，但不像上回跟藍寒對戰時那種嚇人的快速消耗。三角白牆封住了河流的一大截，牆面變得越來越堅實跟不透明。那隻烏龜起初毫無所覺，繼續往前游動，最後碰上了防護網位於上游的那一面。牠撞上牆面時，魔法劈啪作響，牠從水中抬起腦袋。

「哎唷！」烏龜驚呼，「這是怎麼回事啊？」

防護網逐漸縮緊。烏龜來回游動，鰭肢掃過牆面，可是不像藍寒那樣猛力衝撞。這也無所謂，因為這次魔咒起了效用，愛麗絲露出了勝利的笑容。

她把羊皮紙留在原地，跑下堤岸到河流那裡，再次變成惡魔魚，從烏龜的下游處小心進入河裡，然後游了過去。她避開了烏龜的視線，從岩石後方現身，然後故作隨興地漫步走上河岸，彷彿只是來伸展雙腿而已。

「糟糕！」烏龜說，「救命，哎，救命啊！」

此時防護網已經縮到了最小，這個三角沒比烏龜本身大多少。這個大生物猛力揮動鰭肢，把水面攪出了泡沫，但只是白費力氣。

另一隻烏龜往下游滑動，從水面抬起頭，望著那隻囚徒。

「怎麼啦？」牠說。

「我卡住了！」頭一隻烏龜說，「可不可以把我弄出去？」

「算你倒楣，」第二隻烏龜說，「你要是夠聰明，一開始就不會被困在裡頭。」

牠游開的時候，愛麗絲走了過來。防護網透明到足以看穿，可是烏龜情緒過於激動，好一會兒才注意到她。

「哎，人類！」牠邊說邊猛揮鰭肢，在窄仄的禁閉空間裡轉身面對她。「我被困住了！」

「看來是喔。」愛麗絲語帶同情說。

「馬上把我弄出去！」烏龜說。

「恕我直言，」愛麗絲說，「可是我為什麼要幫你？目前我對你們龜類不大有好感，你們整天都在羞辱我們。」

「我的同胞真是太沒禮貌了，」烏龜說，「可是如果妳救我出去，我保證對妳讚不絕口，所有好烏龜都會聽說妳這人多麼有度量。」

「龜類社會的看法對我來說不怎麼重要，」愛麗絲說，誇張地打了個哈欠，「而且我恰好有點趕時間，祝你好運、早日脫身。」

「等等！」烏龜說，「拜託嘛，我這麼優越的生物，一定可以做點什麼當作回報的。」

「唔，」愛麗絲裝作打量烏龜的模樣，「你有辦法拉船嗎？」

「當然有辦法，」烏龜用一隻鰭肢揮打防護網，弄得魔法一陣劈哩響。「把我弄出這裡，妳想去哪裡，我都拉妳過去。」

「我怎麼知道你不會自顧自游走？」

「我是隻一諾千金的烏龜，」牠說，「要是我不守信用，即使失信的對象是人類，整條河都會知道艾思帖維斯——直率——尼可——佛萊利是隻不可靠的烏龜。」

「你聽到了嗎？」愛麗絲對著往上游去的烏龜喊道。

「聽到了！」牠回喊，「牠的蠢度幾乎跟妳有得比，可是妳長得更刺眼！」

「好吧，」愛麗絲對艾思帖維斯說，「我恰好懂一點法術，等等。」

她比了幾個無意義的手勢，壓低嗓門，喃喃胡謅了點聽起來頗為神秘的話語，然後釋放了防護網。她一旦停止灌輸能量，魔咒就隨之腐朽，防護網的牆面逐漸變薄，最終消失不見。

「噢，謝謝妳！」艾思帖維斯說，繞著圈子游啊游。「就人類來說，妳真是體貼到出奇的傢伙啊，幾乎稱得上是半個龜類了。」

「別忘了你答應過的事。」愛麗絲說。

烏龜的腦袋上下起伏。「把船拿過來，我替妳拉。可是動作快！我有個沙龍要參加，要是遲到了，別人可是會對我酸言酸語。」

愛麗絲判定，即使是隻可靠的烏龜，相處起來也不怎麼愉快。

「牠難道不會納悶，那個陷阱是哪來的嗎？」爍兒說。

「雖然烏龜是王八蛋，」愛麗絲說，「可是我想牠們腦袋不是很靈光。」

艾卓德將球體拋進水裡。愛麗絲跟爍兒看著冰船從球體往外擴展。愛麗絲之前已經越過河流拿回了羊皮紙，小心折好，跟其他兩張一同收進了背囊。她穿上了現在已經晾乾的衣物，確定那只銀錶在碰水過後還能運作。

「你不會有事吧？」愛麗絲說。

「沒事，」爍兒盯著那艘船說，「我不會有事的。」

「如果你……弄濕身體，」愛麗絲小心地說，「會發生什麼事？你會受傷嗎？」

「受傷……是不會啦，」爍兒一臉難受，「很難解釋，妳能想像一下妳覺得最噁心的液體嗎？」

愛麗絲點點頭，想像很惹人厭的東西。

「現在想像自己掉進流滿那種東西的河裡。」

「嗯。」

「就是這樣。」爍兒再次低頭看著那艘船。「我不會有事的。」

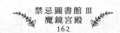

「挽具準備好了！」艾卓德說，舉高一團棕色細繩，「我必須把帳篷的線繩都抽出來綁在一起，可是我想應該撐得住。」

「太完美了。」愛麗絲接過那些繩子，走到烏龜身邊。「我們可以把這個綁在你的尾巴上嗎？」

「我威猛的尾巴承受過更重的負擔。」艾思帖維斯冷哼一聲說，從水裡舉起兩人提到的尾巴，那是根粗短的綠色東西。「儘管綁吧。」

愛麗絲把繩子緊緊捆在尾巴上，打了結之後，拉了拉測試一下，一旦確定穩固了，就走回來把繩子的另一端綁在冰船上。爍兒已經上了船，蹲在後側，就在那堆帳篷帆布下頭。艾卓德拿著他的長矛，長矛握在她的巨手裡，就像一根細桿。

「都準備好了！」冰巨人說。

「爍兒？」愛麗絲說，「我們要怎麼知道抵達目的地了？」

「那裡有座山，」爍兒說，聲音悶糊，「那座高山很陡峭，頂著三個山峰，就像王冠。我們要在山腳那裡下船。」

「好。」愛麗絲爬進船裡，使得船身一晃，爍兒哀哀叫一聲。艾卓德用長矛把船推離岸邊，愛麗絲對烏龜揮揮手。「出發！」

她必須承認，儘管艾思帖維斯跟其他烏龜一樣，講起話來尖酸刻薄，但泳技可圈可點。船隻的重量並未拖慢他的速度，即使逆著水流，強壯有力的鰭肢依然以穩定的步調

拉著他們往上游去。河流兩畔的山丘以令人滿意的速度往後飛掠，山脈越來越近。太陽朝著山丘下沉時，愛麗絲再次看錶。還剩三天又二十二個小時，時間還是很緊迫，因為我還不曉得到宮殿得花多少時間。

爍兒蜷縮在帳篷底下，沒興致聊天，於是愛麗絲到艾卓德身邊坐下。巨人坐在船尾那裡，拿著素描板，用一塊崩裂中的木炭，描繪著艾思帖維斯的龜殼，逼真得不可思議，還畫出了他滑過河水時掀起的小小漣漪。

「妳一直都用煤炭畫畫嗎？」愛麗絲說。

艾卓德嘆口氣。「我用墨水試過一次，可是都會從羽毛筆上濺出來。我本來要自己做筆刷，可是母親叫我別再浪費墨水，所以我一直沒弄，反正手邊一直有不少煤炭。」

愛麗絲暗想，好怪，人就是會認為生活裡有某些東西是天經地義的事。比方說，她很難想像在沒鉛筆的環境裡長大，或是在地底下度過一生，從來沒看過天空。還有，知道每過幾年，就會有朋友或親人被帶走，然後困進書本裡，永遠無法恢復自由……

她搖搖頭。爍兒說過的，關於保護族人免受其他讀者傷害的事，弄得她心煩氣躁。她非常不願承認這點：但說起實際對戰，她絕對打不過傑瑞恩或他的同儕。她在魔鏡裡看過他跟伊掃之間的戰況，就像古代神祇之間的大戰。即使她騙得過傑瑞恩、成功逮到他，要是像伊掃那樣的人要來抓火精靈呢？說到這點，還有多少群生物受到傑瑞恩的「保護」？我要怎麼把所有的生物都找出來？

「我可以問妳一件事嗎？」愛麗絲說，靠著船舷，一手拂過水。稍早看過的魚兒在四周閃游，在烏龜掀起的水流裡騷動不安。

「當然可以。」艾卓德說，沒從素描抬起頭。

「妳說妳聽過讀者的故事，都是什麼樣的故事？」

「就是……」艾卓德抬頭看看愛麗絲，又低頭望著自己的素描。「就是故事嘛，我知道大部分都不是真的。」

「不要緊的，告訴我。」

「我想……」巨人嘆口氣，「讀者不是絕對邪惡的，不過也不算好人，最主要的問題是反覆無常，他們很有威力，需要別人去安撫，或者要別人冒很大的風險去討價還價。跟讀者訂定協議，就等於是在走投無路時，甘冒失去自我的危險。」

就像俗話說的「跟惡魔交易」。發現自己在別人的童話故事裡扮演著終極惡棍的角色，並不是常見的事。「你們族人有人遇過讀者嗎？」

艾卓德搖搖頭。「有些生物號稱代表這位或那位讀者，來找我們協商過幾次，想跟我們以物易物。不同國族相遇的時候，總是有人說誰的表親的表親見過什麼不可思議的事。」她聳聳肩。「我從來就不怎麼相信。」

「妳好像不怕我。」愛麗絲說。

「為什麼要怕？」艾卓德把素描拿遠，隔著手臂的距離觀看，視線在素描跟烏龜之間來回。「妳那時候明明不用為我冒險，可是還是做了。」

「謝謝。」愛麗絲說。

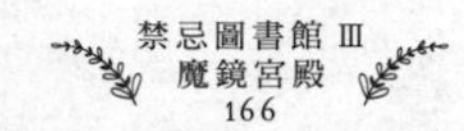

「為什麼道謝？」

「沒事。」太陽逐漸下沉，愛麗絲必須用手遮眼擋光，但前方有個高聳的形狀在水面上投下了三叉形陰影。「我想我們快到了。」

第十八章 鏡之宮

「謝謝你，艾思帖維斯。」愛麗絲說。他們把拉船的線繩從烏龜身上拿開。

「妳及時解救了我，這是我至少可以做到的，」艾思帖維斯說，不免因為英雄主義而有點自我膨脹，「我不得不說，妳是我見過蠢度最低的人類了。」

這算是烏龜的恭維嗎？愛麗絲皺著眉，然後嘆口氣。「你還沒見過別的人類吧？」

「個人倒是衷心希望，永遠不必見到人類！」艾思帖維斯爽朗地說，「不管妳愚鈍的腦袋夢想著什麼樣的冒險，都祝妳好運了。」

他腦袋收進水面底下，滑水離去。

要找到目的地不算困難，因為那裡有個真正的碼頭，雖然碼頭飽經風吹日曬而斑駁不堪。他們就把冰船綁在那裡。那是一塊厚厚的大理石板，在大自然的摧殘之下風化磨損，表面有著幾乎看不出面孔的小小突起物，原本可能是雕像。愛麗絲把繩子套在其中一個突起物上，跟艾卓德一起扶著爍兒上岸。

現在他們站在岸邊，仰望霧氣掩蓋的山坡。山坡散佈著大理石柱以及破碎的矮牆。石柱與矮牆之間長著樹木，是佈滿針葉的小松樹，到處都有大石或是一區落石。有道階梯由寬闊的大理石板建成，從碼頭開始以之字形順坡往上延伸，最終隱沒在霧氣之中。

愛麗絲一直以為鏡之宮是個更嚇人的地方。終結警告過她，說宮殿可能會把她逼瘋；派洛斯跟她說過，那個地方是座監牢，監牢通常有高牆跟守衛。荷爾加則說了點關於來自時空之外的怪物的事，可是放眼只見得到古老雕像群跟一點霧氣。

當然了，凡是牽涉到魔法，外表一概不能代表什麼，我來這裡只是要找《無盡牢獄》。她最不想要的，就是釋放任何東西出來，尤其牠可能會穿越入口回到冰巨人跟火精靈那裡去。

「唔，」愛麗絲說，「我想，看就知道我應該到哪裡去，你們兩個待在船這邊等我回來。」

一陣長長的停頓，爍兒跟艾卓德面面相覷。

「妳確定——」爍兒說。

「妳想——」艾卓德說。

「不，」愛麗絲說，「我跟派洛斯說過，我會自己上去，我也跟荷爾加講過同樣的事。」

「可是……」爍兒打住，頭髮閃現病懨懨的黃綠色，「我是說，萬一——」

「我們會在這裡等，」艾卓德堅定地說，「直到妳回來為止。」

「謝謝。」愛麗絲聳肩卸下背囊，確定應急用的最後一枚橡實還在口袋裡。「我會盡快的。」

台階又寬又淺，歷經幾世紀的使用，尖銳的階角早已磨圓。不久，愛麗絲就已經看不到河流，不過，有幾分鐘時間，透過正在聚攏的霧氣，依然可以看見爍兒頭髮在放光。接著，連那道光也不見了，她獨自攀爬，整個天地裡只有古大理石跟冰冷滴水的松樹。階梯兩側曾經立著石柱，但大多皆已破損，有些整個傾覆，倒在多岩斜坡上的苔蘚跟樹叢之間。偶爾會有放在高台上的雕像，缺了胳膊或腿，臉風化成了不見五官的橢圓。

還是沒有令人覺得危險的東西，但這份寂靜十分詭異。霧氣悶住了河流的聲響，不久，山腰上只剩愛麗絲靴子刮過石頭的跫音。沒有鳥鳴，更沒有小動物在草叢裡的窸窣聲，連微風撩動樹木的沙沙響都沒有。愛麗絲發現自己的呼吸急促起來。她瞥見一閃而過的動靜，頓時凝在原地不動，同時探向內心的線。

「哈囉？」她說。霧氣吞噬她的話語，彷彿她被裹在好幾捆棉花當中。

她謹慎地跨出一步，又有東西動了。愛麗絲舉起手來，終於瞥見了上頭那裡的小小身影，對方正重複著她的手勢，她瞇眼望去，再上前一步。

原來是鏡子。她搖搖頭，我被自己的映影嚇到了。

她越走越近，一面暗想，其實本來就很難看清楚。那面鏡子大小有如商店櫥窗，斜放在大理石階梯一側，霧氣模糊了鏡子的邊緣。要不是因為自己的影像，愛麗絲可能很難從鏡子裡滿是人造遺跡的森林映影中，看出有這面鏡子的存在。

在下一個之字形對面也有鏡子，接著又有並排的兩面鏡子，所以一時有一雙愛麗絲的鏡像在她旁邊一起爬著。其他鏡子放在森林的更深處，從階梯伸手不可觸及。她繼續攀爬，隨著階梯每次轉彎，鏡子數量跟著加倍，照出了鏡像的鏡像。先是有幾十個愛麗絲，再來有幾百個，全都跟在她身邊。

最後，階梯抵達了一個平坦空間，是個寬闊的原形中庭，鋪在地面上的大理石斑駁不堪。中庭每一面都被高聳的鏡子包圍，鏡面平滑完美。愛麗絲一走到這些鏡子之間，身影就暴增成無限多倍，朝著四面八方往遠處退去。她緩緩繞圈轉身，那些身影都跟她一起轉身，就像演習的軍隊，階梯的盡頭就在這裡。

「哈囉？」愛麗絲再次說。話語的迴音在鏡子之間繚繞不絕，直到幾不可聞。「有人在嗎？」

其中一個鏡像愛麗絲轉過身來。愛麗絲的聲音頓時卡在喉頭。想當然耳，那個鏡像看起來就像她本人，逼真到每個細節都不放過。但是該有臉龐的地方，卻是一面沒有五官的白面具，平滑如瓷器。

「哈囉。」對方發出愛麗絲的嗓音，迴音傳回愛麗絲本人這裡。

愛麗絲試探地舉起一手。所有的鏡像都隨著她移動，只有那個戴面具的身影站定不動。

「我們好久沒客人了。」還是愛麗絲的聲音，依然具有迴音的質地，卻說出了愛麗絲本人沒說過的話。鏡像行了個細緻的屈膝禮，頭髮落在面具臉龐的四周。「在山上這邊有時還滿寂寞的，歡迎。」

「謝謝，」愛麗絲說，「我走了好遠的路才找到妳。」

「我可以想像，」那個鏡像說——反正愛麗絲覺得對方在說話，雖然現在聲音似乎同時來自四面八方，「哎呀，我把禮節都給忘了，大家一定要好好款待客人啊。」

鏡中的影像挪移浮動，面具愛麗絲突然置身華麗的宴會廳裡，水晶吊燈大放光明，室內用硬木跟金箔佈置得富麗堂皇。她身邊有張桌子，上頭擺滿了菜餚與飲品，好幾大盤的切肉正冒著柔和的熱氣，一旁還有浸泡在奶油裡的馬鈴薯。另外有派餅跟甜點、水果、堅果以及多種乳酪。鏡像愛麗絲的衣服轉眼換成了愛麗絲從未見過的長禮服，綠色絲綢配上藍蕾絲，有著優雅的長衣襬，頭髮完美地梳整成好看的波浪，耳朵跟手腕上閃著鑽石光芒，只有面具還是照舊，跟沒寫字的紙張一樣空白。

愛麗絲轉頭張望，宴會廳的影像在鏡子裡再三反覆，無止無盡複製下去。除了她自己之外，每個愛麗絲無不盛裝打扮，她移動手臂時，一千個鏡像包覆在細緻打摺蕾絲裡的手臂也跟著移動。可是，她突然驚覺，每個鏡像的打扮都不一樣，服飾的剪裁或色彩一個比一個還要光鮮亮麗。她低頭看看自己，依然是一身刮痕累累的實用皮衣，不禁覺得有點格格不入。

宴會桌看起來近在咫尺，她好奇地朝桌子伸出手，其他的愛麗絲也跟著她探出手，但手指卻只碰到一面冰冷玻璃，跟食物相隔了幾英寸。她四下張望，其他每個愛麗絲都已經從桌上拿了東西吃起來。

「抱歉，」面具人影說，「說真的，我們頂多只能提供光影形成的錯覺，不過我們盡力了。」

「謝謝，」愛麗絲說，心想自己最好禮貌點，「很美。」

鏡像一鞠躬。「很開心有妳陪伴，什麼風把妳從遠地吹來？」

「我在找東西，」愛麗絲說，「找一本叫《無盡牢獄》的書。」

「那個老東西啊？」面具人影笑了。聽到自己的笑聲在四周迴盪，愛麗絲覺得好怪。「當然可以給妳，拿去吧。」

鏡像愛麗絲轉向桌子，拿起一本皮革裝幀的小書，愛麗絲前一刻並沒注意到桌上有書。鏡像愛麗絲快速翻過書頁，聳聳肩，再次啪地合上。

「接好。」鏡像說著便把書拋向愛麗絲本人。愛麗絲不由自主舉起雙手，同時也不期待會拿到任何東西——畢竟只是一面鏡子——

那本書掀開來，紙頁啪啪翻飛，從愛麗絲手中反彈起來，她趕在書本落地以前抓住。過去長時間的練習讓她懂得先移開目光，等書本好好合上為止。書沒什麼重量，封面破舊，但可以看出皮革上曾經壓印了圖像，是長得一模一樣的兩個男人瞅著對方。

「謝謝。」愛麗絲說。

「這本書丟在角落好多年了，我們很高興可以擺脫它，」鏡像愛麗絲的語調裡帶點懇求，「可是一定有更多可以讓我們效勞的吧。我們在這裡好孤單，加上妳又遠道而來。」

「替我效勞？」愛麗絲望向那些菜餚，「我想妳應該沒辦法丟一顆蘋果給我吧？」

「恐怕沒辦法，這本書是很久以前有人給我們的，除此之外，我們只有——」

「光影形成的幻覺，」愛麗絲說，「全都不是真的。」

「可是，」鏡像熱切地說，「光影的幻覺也可以很有用。妳想看什麼，我們都可以弄給妳看，無論是何時何地或任何人，不管想看什麼都沒問題。」

愛麗絲猶豫起來。她覺得應該離開了——她來這裡的目標已經不費吹灰之力達成了，要是提出更多要求，似乎有點得寸進尺。可是鏡像愛麗絲的語氣好熱切，好寂寞，空白面具往前湊來，幾乎貼在了玻璃上。

她們可以弄父親給我看嗎？連讀者都沒辦法憑空把過去的影像叫出來，派洛斯跟荷爾加的警告掠過心頭。這個可能是個詭計，她決定先測試她們一下。

「唔，」愛麗絲說，「我滿想再看看我老家的，就是我家好幾年前的模樣，從前——」

忽地她就站在了老家裡面了。

第十九章 幻象

她站在前廳裡，那裡有華麗的階梯，牆上掛著父親鍾愛的畫作。幾年後，起居室關閉了，家具蓋上防塵布，有些畫作也變賣了。可是這是老家在一九二九年全盛時期的模樣，當時的美好時光彷彿沒有盡頭。

放眼望去僕人熙熙攘攘，男僕穿著黑西裝外套，女僕一身長裙，忙著清理跟拋光。這是大型宴會之夜，她當時十歲，頭一次獲准在賓客抵達時跟成人同席。

她往下望去，腳下的地面依然是大理石板，頭頂上的天空依然是霧氣朦朧的灰，但她四周的鏡子鉅細靡遺映出了老家的景象，她幾乎可以相信時光真的倒流了，她回到另一段人生。感覺起來，就像屬於別家女孩、屬於另一位愛麗絲的記憶，或者只是在我甦醒以前的一場夢。

「喜歡嗎？」鏡像低調地站在大廳角落，依然一身宴會裝扮。愛麗絲看到對方背後還有兩個自己的複製品，正從門口往外張望，兩個都戴著無臉面具。

「真不可思議！」愛麗絲說，「那是我以前的家教圓柏小姐、父親的手下庫柏，還有艾瑟絲，她生寶寶以後就離開我家了，還有老史比文先生。」她都忘了家裡以前有過這麼多僕人，這些僕人向來待她不錯，她發現自己正眨眼忍淚。「這些事情妳怎麼會知道？」

「從鏡子這一側觀察的時候，時間跟距離都是幻覺。」鏡像再次向前傾身，態度懇切，「還有什麼？我們還能拿什麼給妳看？」

愛麗絲的心動搖了，一波疲憊感竄過全身。她爬了好久的大理石階，在之前又度過艱辛的一天。

「可以讓我看看目前正在發生的事嗎？」她說，「在其他地方？」

「當然了，當然，就我們的立場看來，全都一樣。」

愛麗絲蹙眉，依然無法信服。「那麼讓我看看黑先生吧。」

鏡子裡的景象瞬間有了改變。愛麗絲正看著圖書館大宅的儲藏室，就是她曾經跟那位魁梧僕人玩了一場致命捉迷藏的地點。現在他正挪著布袋跟箱子，重排補給品、堆箱子，一面喃喃自語。

看起來是黑先生沒錯。「那灰燼呢？」她說。

鏡子再次轉變。她正站在圖書館裡，四周淨是積滿塵埃的書架，眼前有隻小灰貓無聲往前潛行，尾巴往外伸長。一隻白鼠映入眼簾，嗅著空氣。灰燼一撲而上，但老鼠竄進書架下方，動作快到讓他趕不上，最後他落在一蓬揚起的塵雲裡，哈啾打了噴嚏。

灰燼環顧四周，看看是否有人注意到他的失敗。確定四下無人之後，便滿意地舔了幾下沾塵的腳掌，然後漫步走開。愛麗絲看了不禁微笑。

「好吧，」她說，對這種事情開始有了好感，「可以讓我看看艾薩克嗎？」

現在有四個戴面具的人影，雙雙各據鏡子兩側，用空白臉龐看著她。她意識到四周有動靜，越來越多人聚攏過來。她們生性害羞，卻又彆扭地急著取悅人，真可愛。

這一次，鏡子清空原本的影像之後，顯現洞穴內部，裡頭有個巨大水池，水溫熱到有蒸汽往上升騰，凝結在穴壁上的水珠紛紛淌落。艾薩克穿著那件招牌爛外套走進來，一手捧盒子、一手提燈籠。他把盒子跟燈籠擱在池畔，嘆了口氣。

「主人弄個正常的淋浴間，是會少塊肉嗎？」艾薩克說著便解開鞋帶、拉掉鞋子，然後聳聳肩褪掉外套。「我是說，已經有熱水了，再來只是埋設管線的問題，在哪裡一定可以找到裡面有水管工人的書吧。」

他從盒子裡拿出肥皂跟毛巾，接著拉起襯衫，愛麗絲用手摀住雙眼。

「夠了。」她說。

她透過手指縫隙窺看的時候，鏡子已經再次映出大理石中庭。放眼都是映在鏡子裡的愛麗絲，總共有好幾十個，穿著色彩斑斕的禮服，順著鏡子圍成一圈，每一位都戴著無臉面具。愛麗絲對她們揮揮手，覺得自己有點頭重腳輕。

「再來呢？」那個鏡像說。開口的也可能是她們當中任何一個，或許是所有人異口同聲。「接下來要看誰？」

「讓我看看……」愛麗絲皺起額頭，覺得自己好像漏掉了什麼——什麼重要的東西。她的手往下伸向口袋，然後停住動作。她的思緒混沌不清。「讓我看看傑瑞恩。」

老讀者坐在桌子的一側，隔桌望向對面的一個老人。兩人之間放著棋盤，閃現光澤的黑曜石板上擺著泛黃的象牙棋子，他的對手是個黑人，頂著一頭灰白鬈髮，鼻子尖如鷹隼。傑瑞恩往下瞥瞥棋盤，搔了搔張狂的鬢角，一枚騎士自動往前滑，再往左移。

「那麼你也認為可能有問題嘍。」他說。

「是可能會演變成問題。」另一個男人說著便伸出手，一根手指搭在卒子上，猶豫再三。「迷陣怪們從來沒這麼焦躁不安過，可是我們還是大權在握。」

「是嗎？」傑瑞恩看著另一男人的手指輕點卒子。「有時候我還挺懷疑的。」

「他們需要仰賴我們的法力，維繫『束縛大協議』。如果我們想要，可以乾脆放囚犯出來。」

「然後怎樣？」傑瑞恩說，「沒有迷陣怪的法力，我們讀者能夠平順地過下去嗎？」

「還過得去就是了，這份協議存在以前，我們當中好些人就已經活到滿大歲數的，你知道的。」

傑瑞恩皺眉。「你到底要不要移那個卒啊，還是只想把它擦亮？」

他的對手低頭望著棋盤，嘆口氣，把卒子往前推。「這種新形態的遊戲，我永遠也抓不到竅門……」

愛麗絲搖搖頭，那個影像漸漸消逝。她越來越疲憊，覺得自己彷彿扛著塞滿了鉛錘的背囊。她往前走了一步，一手搭在鏡子上好撐住自己，她發現玻璃貼在掌心上涼爽滑溜。

「還有什麼？」那個鏡像說，「我們什麼都可以弄給妳看喔。」

「什麼都可以，」迴音再三重複，「什麼都行喔。」

愛麗絲的腦袋轉得跟糖蜜一樣緩慢，嘴巴遲鈍到快說不出話來。

「我想看看，」她說，「我十二歲生日的時候，父親……送了我一份禮物。」

「當然好，」那個鏡像說，迴音在它旁邊喊喊喳喳迴盪著，「當然好……當然好……」

鏡子映出了她父親的書房，有張大書桌跟插電檯燈。他坐在他那張熟悉的椅子裡，把玩著牛皮紙包裹上的蝴蝶結。房門打開，愛麗絲看到自己走了進去，一身漂亮的條紋洋裝，頭髮紮著緞帶，臉上是白瓷般的無臉面具。

「愛麗絲，」她父親說，面露她深愛的笑容，「今年生日過得愉快嗎？」

「愉快！」愛麗絲奔向書桌，「庫柏帶我去吃冰淇淋、喝汽水，我們還看到廣場那裡有人在修大時鐘。我以後想學怎麼修時鐘！」

我以前講話真的像那樣嗎？愛麗絲一直以為自己比實際年齡成熟，可是鏡子裡的影像看來像個……唔……小孩，正常快樂的十二歲女孩。跟現在的我……恰好相反。

她父親一時驚愕，但笑得更開懷了。「我想妳一定會成為優秀的鐘匠，『鐘匠』這個稱呼對嗎？」愛麗絲搖著頭、咯咯笑，他嘈雜地清清喉嚨。「總之，我前幾天在店家找到這個東西，想說妳可能會喜歡。」

他把包裹推向她，她迫不及待抓起來。「我可以打開嗎？」

「開啊。」

鏡像愛麗絲忙著解開蝴蝶結，抽走緞帶，接著撕開包裝紙。裡頭當然是書了，是本傷痕累累的老書，書脊上的燙金字體幾乎模糊難辨。愛麗絲記得一清二楚，那是十八世紀印行的希臘悲劇集，值得任何圖書館收藏的好書。

「我想說，」她父親聲音有點粗啞地說，「妳既然那麼喜歡書，時候到了，妳該要擁有自己的藏書了。」

「噢，謝謝！」無臉愛麗絲衝過桌邊，盡可能伸長手臂，摟住父親。他也回抱她，接著把她舉離地面，逗她樂得笑出來。

愛麗絲——真正的愛麗絲，發現自己滿眼都是淚。她倚在鏡子上，額頭抵住玻璃，皮膚因為滲汗感覺又黏又滑。霧氣越來越濃——連中庭的另一側都很難看清楚，而鏡像愛麗絲們繼續聚攏過來。她們的模樣變了，全都變了。面具不再是空白的，嘴巴的位置出現一道黑色裂口，裂口裡交錯著巨大白牙。

「開口要求吧，」鏡像說，「要求，要求，要求。」

「我……」愛麗絲氣喘吁吁，肺部吸不到足夠空氣，「可以讓我看看……」

「是的？」鏡像說。

她昏昏沉沉的腦海深處，殘存著一絲好奇心。

「我母親，」愛麗絲說，「我想看看我母親。」

愛麗絲對母親毫無記憶，而父親從來不曾給她看過一張照片。有一次愛麗絲直接問父親，他不只說她母親已經過世，還露出嚇人的神情，讓她再也不敢提起這件事。她總是說她不需要母親，說有父親就已經足夠，這倒是真的，可是能看看母親的長相也不錯啊。

「母親，」鏡像低語，「母親……」

那個生物的語調有點懊惱，彷彿有什麼運作不順。鏡子閃了閃，就像電影膠捲播到盡頭，接著整個陷入一片黑，只剩鏡像愛麗絲們站在穿不透的虛空裡。

「母親？」那些迴音低聲說著，「母親……」

愛麗絲頹靠在鏡子上，雙膝跪地。她累了，好累好累啊，她腦海裡有一部分知道事情出了嚴重差錯，但她沒精力去在乎了，最好就躺在這裡，倚著冷冽的玻璃等待，等著……

「母親？」她自己的聲音扭曲迴盪著。

「奇怪。」

「黑暗。」

「毫無意義，夠了，把她帶走。」

「把她帶走，把她帶走……」

愛麗絲感覺有手指紛紛搭上她的胳膊跟肩膀。那些手就跟鏡子一般冰冷，伸出來要抓她，貼在她臉頰上的鏡子像水一樣泛起漣漪。

「把她帶走，把她帶走……」

有東西動了，就在鏡子後方的虛空深處，是非常細微的抽動，幽暗之中的幽暗。接著一顆眼睛顯現了，是隻巨眼，大如愛麗絲本人，但並不是人類的眼睛——有銀色的虹膜，襯在全然的漆黑上似乎發著光。瞳孔是垂直的細線，就像貓咪，但並不是貓，而是某種異形生物——不是哺乳類，也不是蜥蜴或蛇類，總之不是地球上行走過的任何東西，而是另類生物。

可是，愛麗絲心想，又有種淡淡的熟悉或認識的感覺。

愛麗絲。

那個聲音在她腦海裡響起。讓她想到龍，想到剛剛踏進伊掃堡壘時，龍跟她講話的方式。可是這份嗓音更古老、更平滑，不知怎地，也讓愛麗絲覺得更和善。她原本應該要害怕的，卻只感覺到一波溫柔的關懷。

愛麗絲，醒醒。

我……累了，好累……

妳有危險，現在就醒醒，要不然只能永遠沉眠。

我沒辦法。

妳可以的。

那隻大眼移動了視線，瞳孔窄縮。愛麗絲轉頭，她差點連這個小動作都做不來，然

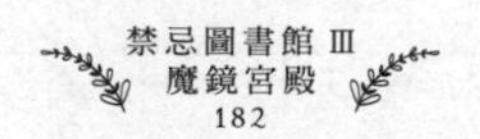

後傾聽那個微細的聲音。啪嚓，就讓腳踩斷了細枝。
鏡子底部有個裂隙。只有幾英寸長，像閃電一樣曲曲折折。
醒醒，那個聲音變弱了，我們會再見面的。
那隻眼睛合起來，最後只剩一片黑暗。
愛麗絲盯著這個小裂隙，深吸一口氣，恍如她幾年來第一口真正的呼吸。有什麼從她的腦海剝落，彷彿推開厚重的床被。她依然累得難以言喻，但心頭突然湧生的恐懼，取代了原本的睏倦，她的心突破了懶散的節奏，正在胸膛裡怦怦狂跳。
鏡像愛麗絲們正要把她拉進鏡子裡，非常緩慢地，一寸接一寸。她們步步進逼，分頭抓住她的胳膊、雙腿跟頭髮，一點一點將她往上抬，要把她拉入她們的領地，感覺就像滑入冷颼颼的洗澡水——她的左手已經在鏡子裡了，手指一陣刺痛之後變得麻木。
她猛地扯動右手，但鏡子生物人多勢眾，她又過於虛弱。她迫切地想抓住內心的線，但心念能量不足，那些線頻頻滑出掌握，彷彿用鏡子般滑溜的玻璃製成。
「我們的，」鏡像們在她耳畔低語，瓷白面具上的嘴扭曲成了滿嘴牙的燦爛笑容，「我們的，我們的，永遠是我們的。」
愛麗絲把右手用力探進口袋，抗拒鏡像們的抓力，手指找到了那只銀錶，經過銀錶之後，握住了最後一顆橡實。她把殘存的心念能量都用在抓取樹精線上，一時終於揪住，讓樹精的魔法撫過橡實。
長吧，她告訴橡實，長就是了。

接著她用食指跟拇指掐住橡實，彈進鏡子那道裂隙的底部。

橡實穿過鏡子時，她腦袋後方湧現震顫感。冰冷的手貼在她的臉上，逗弄她的臉頰，戳刺她的眼睛跟嘴角。好奇的手指拂過那道淺淡的傷疤，現在幾乎淡到看不見，就是第一次交戰時，簇群在她臉頰上留下的劃傷。

「睡吧，」她的耳畔響起低語，冰冷的吐息呵得她脖子發癢，「睡吧，然後作夢，就在鏡子後面……」

橡實裂開了，破開的種子冒出綠芽，循著鏡子裂隙的走向，蜿蜒地向上鑽竄。綠芽抵達盡頭的時候，猶豫片刻，搏動著勢不可擋的生命能量。片刻的緊繃之後，伴隨著槍聲般的裂響，蛛網般的裂痕在鏡面上迅速擴散。一大塊玻璃落下，在大理石上撞得粉碎，發出清脆的玎玎響。

「什麼？」

「什麼？」

「怎麼會？」

那些手從愛麗絲身上抽走，愛麗絲將自己往前推，使勁脫離了鏡子，發出了輕柔的吸黏聲，彷彿原本被黏在一堆泰妃糖上，鏡像愛麗絲們繞著中庭狂奔，畫上去似的那張嘴張得老大，露出了三角牙。正在成長的樹根往下鑽進兩塊大理石板之間，抵達下方的土壤時，逐漸變厚加粗。樹木往上猛竄，邊成長邊扭動，一根枝椏用力打上鄰近的鏡子，將它砸成了碎碎片片。空中佈滿鏡子發亮的碎塊。

「不！」鏡像的聲音拔高成尖叫，不再像是愛麗絲的聲音，「不、不、不！」

「殺了她！」

「殺了她！」

愛麗絲踉蹌站起來，樹木砸爛另一面鏡子，但鏡子的碎片並未落在石板上砸碎，反而循著弧線飛越空中，像大群蜜蜂似地朝她攻來。她抓起那本書，抵在胸口，使盡全力拉扯簇群線，讓肌膚堅韌起來。接著拔腿狂奔，緊閉雙眼以便抵擋銳利的碎片，以飛快速度衝下大理石階梯。那些鏡子在她背後一面接一面碎裂。

「也太久了吧。」是爍兒的聲音。

「沒那麼久啦。」艾卓德說。

「都快天黑了。」

「你的意思是，我們應該丟下她，自己先走？」

「我的意思是，我們應該上去，」爍兒說，「我——」

「船！」愛麗絲一等換得過氣就吼道，她衝下樓梯，一手緊抓書本，身上的衣服破破爛爛，被飛竄的玻璃割成了碎條狀。「快上船！」

「愛麗絲！」爍兒邊說邊站起身，「怎麼——」

「快上船！」她吼道，跳下最後幾階。艾卓德已經踏進船裡，愛麗絲揪住爍兒的手，拖著他越過船舷。小船驚險地搖來晃去，爍兒定住不動，頭髮亮起紅光。但艾卓德早已執起長矛，用矛抵住碼頭，先穩住大家之後，再推船入河，接著快手割斷繩子，任由水流將他們帶走。

那座山似乎在扭動，霧氣不斷旋轉，千塊飛竄的玻璃片撞碎在大理石柱上，割斷了樹木的枝椏。愛麗絲望著玻璃塊在碼頭上方的空中旋飛舞動，將水面切得滿是泡沫。

「愛麗絲？」爍兒說，「妳還好嗎？」

只有在我差點沒命的時候，他才會叫我的名字。「玻璃片飛得到我們這邊嗎？」

艾卓德望向船尾。「我想飛不到，我們已經把它們拋在後頭了。」

「那就好。」愛麗絲閉上眼睛，緊緊捏著那本書。

抵在封面上的手指感到某種震顫，隱約有點聲響，有如靜電的細微劈哩聲。

第二十章 告別

愛麗絲不確定自己是何時睡著的，她已經盡可能抗拒睡意，但在這趟漫長黑暗的順流之旅上，她終於不敵疲憊。那些鏡怪耗竭了她的生命，將她榨乾到只剩空殼，然後要把她拉進鏡子裡……誰曉得她們打算做什麼。她作了好些夢，畫面裡淨是滿嘴牙的笑容、細長的巨眼，還有似乎充塞了全世界的靜電嗡嗡響。

她在真正的床上醒來——比席地而睡好太多了。這裡是間石室，牆上掛著藍綠燈籠。即使沒有這些線索，愛麗絲也猜得到她回到了巨人的堡壘；這張床大得可以睡六個人類成人。

她坐起身子時，發現自己只穿著內衣褲，已經有人用細緻到出奇的針法補過。衣服下面，被飛竄玻璃劃傷之處已經用狀似冰的痂皮封住，那種冷冽讓下方的傷口有種舒服的麻木。其他衣物都整齊折好、放在腳邊，頂端放著《無盡牢獄》跟那只銀錶。

艾卓德就坐在床邊的椅子裡，手裡拿著木炭，專注在素描板上。愛麗絲清清喉嚨，巨人女孩抬起頭。

「妳醒了！」她把板子擱在一旁，「妳覺得怎樣？」

「好得不得了。」愛麗絲說，感覺腦袋清晰無比。她往前傾身，喀答一聲打開懷錶，剩下三十六小時！「我睡了整整兩天？」

「妳的傷勢沒那麼嚴重，」艾卓德說，「可是就是醒不來。」

那些鏡怪耗掉我太多能量，愛麗絲吐了長長一口氣，她有三十六個鐘頭可以趕回火精靈村莊附近的入口書，我辦得到的。

「妳沒翻開這本書吧？」愛麗絲說，「可能會有危險。」

「我們都知道最好別去碰讀者身邊的書，」荷爾加從門口說，「妳覺得完全恢復了嗎？」

「母親！」艾卓德說完便轉向愛麗絲，搖了搖頭。「母親堅持在妳睡覺的時候守護妳，她說『以煩萬一』。」

「鏡之宮的確滿危險的，可是我相信，我幾乎沒受什麼傷就逃出來了。」愛麗絲頷首，是她以坐姿所能做出的最好鞠躬禮。她有種難以抗拒的衝動，想趕快起身行動。《無盡牢獄》就在那裡，報復傑瑞恩的工具幾乎唾手可得，再多下點工夫就行了。「謝謝妳照顧我。」

荷爾加揮揮一手。「妳去過傳說中的地方，還活了下來，能夠接待妳是我們的榮幸。」她將視線投向艾卓德。「而且妳也遵守諾言，維護了我女兒的安全。」

「國家終於給我名號了！」艾卓德用再也按捺不住的興奮語調說，「藝術家艾卓德。」

「太好了，」愛麗絲對冰巨人的社會並不熟悉，但這件事對艾卓德來說顯然意義重大，「很高興我幫得上忙。」

「我永遠不會忘記的。」艾卓德說。

「我也不會，」愛麗絲說，「爍兒呢？」

「在樓下，」荷爾加的手搭上了艾卓德的肩，「來吧，女兒，讓讀者穿好衣服，還有很多人等著恭喜妳呢。」

艾卓德對愛麗絲揮揮手之後跟著母親離開。愛麗絲爬下床，一時扯動了敷著冰藥的傷口肌膚，疼得稍微畏縮一下，然後穿上其他衣物。她拿起《無盡牢獄》時，書本發出了微小的劈哩響，就像靜電暫時的低吼，她打開背囊，把書一路推到最底下。

回想之前在山上的情景，她不禁一陣哆嗦。現在冷靜一想，感覺好像作了一場夢，之前說的話根本毫無意義，當初書一到手，就應該快逃的。從她抵達宮殿的那一刻起，那些鏡怪顯然就已經侵入她的腦袋。

那隻不帶眼皮的巨眼，銀色奇異，應該很嚇人才對，但她卻毫不畏懼。感覺滿溫暖的，彷彿在乎著我。

她搖搖頭。不管鏡怪展示了什麼給她看，顯然都是為了私己的目的才這麼做的，讓她心有旁騖，並藉機吸取她的生命。要是我相信鏡子呈現出來的任何東西，我就是傻瓜，反正書到手了，這才是最重要的。報復傑瑞恩，我就快達成目標了。

跟爍兒一起向艾卓德道了再見，愛麗絲承諾說會想辦法再來拜訪。艾卓德忍著淚水；荷爾加對他們說，永遠歡迎他們再來作客。

「我跟荷爾加稍微聊過，」爍兒說，兩人正在塵灰荒地上跋涉，「她要帶一些族人來我們村莊走走，我想我們可以互相幫忙——既然心火越變越小了，我們可以跟他們做點交易、換點糧食回來，他們還滿缺金屬或玻璃的。」

愛麗絲點點頭。「不錯唷。」

「有些耆老不會喜歡的，」爍兒說，「我們族人向來過著與外界隔絕的生活，不過我想派洛斯會同意我的做法。」

「我想你是對的。」愛麗絲說。

有好一會兒，他們默默行進。

「你說的事情我想過了，」愛麗絲鼓起勇氣說，「關於要是傑瑞恩倒台，誰要保護你們的事。」

「然後呢？」

「我不知道，」愛麗絲說，「我要再仔細想想。」她對他投出一抹淡淡的笑容。「可是之前我根本不曉得要去思考這件事，所以我想這樣就很有意義了。」

爍兒輕拍愛麗絲的肩膀。「繼續想吧。」

爍兒提議帶愛麗絲回村裡休息一下，但愛麗絲堅持直接到入口書去，我沒時間多繞路了。好不容易拚到這個地步，找到想找的東西，想到自己最後可能會慢幾個小時，就覺得難以忍受。他們循著蜿蜒的岩漿隧道前進，身邊只有伊席陪伴；伊席當初前來會合時，熱烈地狂吠一陣，吐出不少煙霧。

他們抵達入口密室時，爍兒說：「沒機會再見妳一面，艾提尼亞會滿失望的。」那本書還在她之前離開的地方，就是愛麗絲當初用來抵達此地的孿生書。

「我想我還會回來，」愛麗絲說，「我是這麼希望啦。」按照她的錶看來，只剩下二十三個鐘頭了。

「我們會很期待的，」爍兒皺眉，瞥著雙腳，「要是我以前說了些重話，抱歉，那樣說並不公平。」

「沒關係，」愛麗絲說，「我能體會，讀者傷害過你們。」

「可是妳並沒有，妳跟我們一樣都困住了，我原本……不知道。」

愛麗絲對他咧嘴一笑，他也報以笑容。雖然這個舉動沒什麼分量，但總是個開始。她走向入口書的時候，爍兒清清喉嚨，聽起來就像火花四濺。

「愛麗絲，」他說，「要小心，好嗎？」

「我會的。」她把手探進背囊，再次摸了摸《無盡牢獄》。靜電的淡淡嗡響讓她神經緊繃，但它的存在教人放心，目標就快達成了。

愛麗絲翻開入口書的封皮，然後讀道：

愛麗絲都忘了入口另一邊有多可怕……

愛麗絲都忘了入口另一邊有多可怕，空氣瀰漫著毒霧，熱得有如烤箱。她用最快速度奔向書架，背後的岩石上留下一片片她靴底的燒焦橡膠。一走到空氣較清澈的地方，她就深吸一口氣，然後從戍守邊緣的兩塊獨立巨石之間鑽過去。她扭著身子出來時，空間在她四周扭動，石頭變成了木頭。她從兩座書架間的縫隙冒出來，回到圖書館，吸進了古老紙張加灰塵的熟悉氣味。

灰燼正在等她，腳掌併攏坐著，耳朵平貼腦袋，終結的黃眼在他背後放光。

「愛麗絲，」灰燼說，「妳還好嗎？」

「書拿到了嗎？」終結轟隆隆說。

「拿到了，」愛麗絲得意地拍拍背囊，但他們似乎並未同享她的喜悅，「怎麼了？」

「傑瑞恩今天早上回來了，」終結說，「整整早了一天。」

愛麗絲把手伸進口袋，抓緊那只銀錶。

「他說一等妳回來，」灰燼愁雲慘霧地說，「就要見妳。」

第二十一章 攤牌

愛麗絲的腦袋感覺就像深陷泥地的車輪，不停地瘋狂空轉，毫無抓地力。

「他……提早回來了？」她說，滿腦子只有：真不公平。

「我想他一開始就有這個打算，」終結說，「他一定早就開始懷疑我們了。」

「蟲先生跟他說，妳到圖書館裡去了，他好像很生氣，」灰燼說，「從那之後他就要我在這裡等妳。」

「可是……我們現在該怎麼辦？」愛麗絲的視線在灰燼跟終結之間來回移動，然後搖搖頭，努力重整散亂的思緒。「我們不能就這樣放棄，一定有什麼可以做的。」

「我想有兩個選項，」終結說，「第一個選項最可能成功，就是妳把事情全怪到我頭上，說這項計畫打從一開始就是我的構想。我想他會相信妳，妳可能會受到懲罰，但不會太嚴厲。」

「可是如果這樣做，」愛麗絲說，「他會以為妳跟折磨一樣想叛變，以為妳想派我去謀殺他。他會——」愛麗絲打住，她不知道讀者會對居心不良的迷陣怪做出什麼事，但絕不可能是好事。

「他會把我束縛起來，」終結說，「就像龍那樣，就我們族類的歷史來說，這種命運可真諷刺。」

「母親，」灰燼低嘶，「妳該不會是認真的吧。」

「我只是面對真相罷了，」終結說，「如果愛麗絲想這麼做，我也阻擋不了她。」

「第二個選項是什麼？」愛麗絲說。

「灰燼，」終結說，「也許你可以幫我們看著蟲先生？」

灰燼怒得豎起全身毛髮，可是終結在他開口抗議以前就封住了他的口。他高傲地大步走開，尾巴在後頭狂甩。

「最好不要把他捲進來，這是為了他好，免得事情出亂子。」她的金色眼睛追隨灰燼的身影片刻，然後回到了愛麗絲身上。「第二個選項就是嘗試貫徹原來的計畫，用《無盡牢獄》把傑瑞恩囚禁起來。可是如果他已經起了疑心，我想只剩一個辦法。要是妳失敗了，他一震怒，首當其衝的會是妳。」

「我會做的，」愛麗絲馬上說，「我不會丟下妳獨自面對，這種時候絕對不會。」

「我就想妳會這樣說，」終結說，巨眼裡的神情難以解讀，「那就跟我來吧。」

「傑瑞恩還不知道妳回來了，」她們邊走，終結邊說，「我們至少還有點時間可以準備。」

她們走到愛麗絲之前練習書寫的那個小角落。

「在這裡坐下，」終結指指那張熟悉的翼背椅，「妳要把陷阱魔咒從《無盡牢獄》

轉到這本書上。」終結朝著小桌上一本破舊紅布裝幀的薄書點點頭。

「傑瑞恩的書房裡放了一本書，裡面是他最私密的防禦網跟保護工具，」終結繼續說，「當他需要最嚴密的防護措施，就會用到這本書。如果他懷疑我跟妳背叛了他，他在跟妳講話的時候一定會啟用它們，那本書恰好跟我這邊這本幾乎一模一樣。」

「妳只有一次機會，一定要把這兩本書對調，這樣傑瑞恩打開陷阱，讀了它之後，才會意識到出了什麼事。」

愛麗絲把《無盡牢獄》從背囊裡挖出來，用內在之眼望著它，裡面的魔咒比她在羊皮紙上創造的簡易防護網複雜多了。她可以看出某些基本的相似處，但完整的深度遠超過她的理解。她循著貫穿這本書的魔法之網遊走時，心不免一沉。

「我要怎麼轉移這麼複雜的東西？」

「仔細檢視它，要用來束縛讀者的陷阱，只是這本書的一小部分。書裡大部分都是讓他維持在受縛狀態的牢獄本身，那部分可以留在原地。」

愛麗絲更仔細地觀看，終結說得對——那個魔咒有大部分都是無盡的迴圈，像糾纏不清的毛線球一樣再三回頭繞著自己，那個陷阱就掛在上頭，是個參差不齊的惡毒東西，由幾綹細線連接著。

不過，她發現自己的注意力被吸引到牢獄本身，很難看清楚中央有什麼東西，但她覺得有東西在動，而且內心感到某種震顫，是種奇異的嗡嗡響，好似收音機的雜音，似乎即將形成什麼字眼，形成她的名字。

「愛麗絲……」

「妳確定這樣好嗎？」愛麗絲說，眨著眼睛，返回現實世界，「要是我沒弄好呢？」

「是有風險沒錯，」終結說，「可是我們只剩這條路可以走，這也是妳能夠復仇的唯一方法。」

怒火一時攻心，愛麗絲咬緊牙關。她再次睜開內在之眼，著手進行。

這件事做起來並不容易，即使陷阱魔咒是《無盡牢獄》較小的一部分，對她來說還是龐然無比，無法立刻掌握。她必須先拿到魔咒裡可以立即到手的最大一塊，然後輕柔地把它拆解下來，從一個地方搬往另一個地方。一旦安頓好了，再回頭去拿下一塊，盡可能以最適合的方式，重建塊與塊之間的連結，就好像在移動拼圖的圖塊，先拿起一堆圖塊，再把它們拼回原形。只是它們比拼圖還要脆弱——或許可以比為蛛網構成的拼圖吧。

耗費的時間超過她原本的預期，她在拿取一塊塊魔咒之間，心念抓力一旦減弱了，還必須稍事休息。其中一次暫停期間，她跟終結說了她試圖使用防護網的時候，出了什麼差錯，還有後來必須修補它們的情形。

「是反饋迴圈，」終結語氣有點自滿地說，「對，這樣就說得通了，那就是我想先測試魔咒的一個原因。可是妳運氣不錯，它及時被燒毀了。」

「為什麼這樣算是運氣好？」愛麗絲說，「藍寒溜出防護網，差點殺了我們。」

「要是那個魔咒繼續運轉下去，會急速耗盡妳的能量，妳很快就會丟了小命。」

「噢。」愛麗絲想起那種感覺，就像血液汩汩輸出體外，然後由濃稠冰冷的東西取代，她打個哆嗦。「妳想我們有機會先測試這一個嗎？」

「很不幸，我們沒這個機會，」終結說，「妳一測試，就會把自己困進裡頭，可是另一方面來說，魔咒會從讀到魔咒的人身上汲取法力，在這個情況中，就會是傑瑞恩，要是出了差錯，後果就由他承擔。」

「我並不想殺他，」愛麗絲說，「我跟妳說過了。」

「這樣是殺不了他的，」迷陣怪說，「我還比較擔心妳，要是魔咒撐不住，或是傑瑞恩逮到妳想把書掉包，他可是會毫不手軟地殺掉妳。」

愛麗絲頓住。

「妳幫了我不少忙，」她說，「我不想表現出不知感恩的樣子，可是我非得知道不可，為什麼？」

「什麼為什麼？」終結說。

「為什麼挑我？我知道自己為什麼要冒這個險，我知道我可以從中得到什麼，可是妳為什麼要幫我？妳想報復傑瑞恩嗎？還是有別的原因？」

一陣久久的沉默，愛麗絲試著對上終結發光的視線。

「妳必須明白的是，」終結終於開口，「讀者跟迷陣怪之間的關係。」

「迷陣怪是專門服侍讀者的，不是嗎？」愛麗絲說，「不是從囚禁書來的束縛生物，而是像黑先生或蟲先生那樣。」

「並不一樣，」終結說，「黑先生或蟲先生那樣的生物，之所以服侍主人，是因為他們是主人互相承諾的獎賞，或是做為人情的交換。總有一天，他們會離開服侍主人們的崗位，尋找其他主人。可是我們迷魂怪打從開天闢地以來就替『讀者』服務，如果隨讀者高興，我們就得永遠服務下去。要是沒有我們、沒有迷宮，讀者就無法維繫自己的圖書館，書本就會滲漏。要在這樣小的空間裡容納了那麼多魔法，只有憑著迷陣怪的努力才能保持穩定。」

「可是妳說讀者們並沒有束縛你們。」愛麗絲說。

「我們強大到無法受到束縛，」終結帶著一絲得意說，「讀者們必須透過勒索我們才能成事，很久以前，有個生物威脅要毀掉所有的迷陣怪，我們沒辦法打敗牠，走投無路之下，我們最後才跟讀者訂定協議，以我們的勞役來換取他們的奧援。他們攜手將力量結合起來——那是他們頭一次也是最後一次為了共同目標採取行動——然後創造了『束縛大協議』，把那個東西囚禁起來，可是鑰匙還在他們手上，就是為了確保那個生物不會被釋放出來，我們才服務讀者。」

終結的語氣失去了平日那種狡猾跟精明，愛麗絲靜靜地努力思考。

「我們迷陣怪都吃了不少苦頭，但有些人的抗壓力勝過別人，」終結說，「比方說，折磨就一直處於半瘋狂的狀態，但想反抗主人的，不只有他一個。」

「那妳為什麼不在之前就背叛傑瑞恩呢？」愛麗絲說，「就像我說的，為什麼挑我？我跟他一樣也是讀者啊。」

「因為我沒瘋，折磨一殺掉伊掃，就等於注定了自己的命運，讀者們會把他束縛在囚禁書裡，他會一直留在那裡直到時間的盡頭。」

「那麼我只是個工具？負責背黑鍋的人？」

「妳不信任我。」終結沉著聲音說。

「我不確定……」龍沉睡以前曾經警告她說，終結習慣剝削身邊的人，就跟走路呼吸一樣自然。「可是我希望妳能夠回答我，如果這個計畫成功了，妳接下來要怎樣？妳想要什麼？」

一陣長長的停頓。

「妳有沒有想過，我們為什麼需要用陷阱來逮住傑瑞恩？」終結說。

「因為他法力太高強，我們打不過？」

「不只這樣，假設我們能夠跟他對戰好了，假設我們贏了，而妳殺了他。」

「我從來沒說過要殺他。」愛麗絲說。不管別人對你做過什麼可怕的事情，除非你絕對別無選擇，有些事情再怎樣你都不會做，而殺人就列在那份清單的首位。她想起自己曾經試著向爍兒解釋，我比傑瑞恩好，我非得比他好不可。

「只是假設，」終結說，「假設妳殺了他，然後呢？他領地裡所有的生物會怎麼樣？」

「爍兒跟我說過，」愛麗絲說，「有傑瑞恩的保護，其他讀者就無法接近火精靈。他問過我，要是解決掉傑瑞恩，我接下來要怎麼辦。」

「沒錯，」終結說，「說到底，他們跟我們迷陣怪沒多大不同，要是傑瑞恩死了，其他讀者就會不請自來，要求我當他的僕人，不然就是把我束縛到書本裡。長遠來看，我們永遠都會需要讀者，必須有人維繫『束縛大協議』。」

「可是如果傑瑞恩只是掉進陷阱……」

「這樣消息會在滿久之後才傳出去，」終結說，「其他讀者因為怕他，會暫時按兵不動，我們會有很長一段時間可以用來思考因應辦法。」

「想辦法做什麼？跟我有什麼關係？」

「我說過，我們永遠都需要讀者，我永遠需要一位讀者做為服務對象。」終結甩動尾巴。「長久以來，我一直在等待一位對的讀者。首先，她必須是強大的，她的法力最終要強大到足以匹敵傑瑞恩或任何讀者。」

愛麗絲眨眨眼。傑瑞恩是跟她說過，就學徒來說，她的法力算滿強的，但他從沒提過她最終有可能強到這個程度。

「其次，」終結說，「她必須是……善良的，暫且用『善良』這個字眼好了。她必須願意跟魔法生物平起平坐，是某個我可以當夥伴的人，而不是主從關係，只有這樣的人才幫得了我。

「有一段時間，我認為這種理想是不可能實現了，讀者會在學徒年紀還小時就納入門下，妳見過其中幾位了。讀者們以老派的方式教導學徒，按照自己的形象塑造他們，當我無意間搶在其他人之前發現了妳，而且瞭解到妳天賦的深度，就知道我必須怎麼做。我盡可能保護妳不讓老讀者發現，讓妳在這套舊體系之外成長，能撐越久越好，我原本希望這個預防措施綽綽有餘。」

「結果黑先生發現了我的事。」愛麗絲邊回想邊說。

「對，我的保護能力逐漸吃緊，黑先生沒向傑瑞恩回報，而是把資訊賣給伊掃，我的法力讓伊掃的手下妖精維斯庇甸無法直接把妳帶走，可是當妳父親搭船離開，我就再也保護不了他。」

「伊掃在吉迪恩上找到我父親，」愛麗絲說，胸口緊揪，「伊掃以為父親把我帶在身邊。」

「是的，」終結說，「之後，我就知道，不管準備好沒有，我非把妳帶來這裡不可，所以我跟傑瑞恩說，我發現了妳，其餘就由他負責安排。」

「這些事情妳從來沒跟我說過。」愛麗絲說。

「我原本不確定，如果跟妳說，妳會有什麼反應，」終結說，「妳有沒有想過，我原本也不確定能不能信任妳？只要讓傑瑞恩聽到一點不妙的風聲，情勢可能就會急轉直下。」

愛麗絲默默無語，終結打了哈欠，尖牙發出閃光。

「妳要我當妳的讀者？」愛麗絲說。

終結點點頭。「如果我說，我們雙方的利益是一致的，妳現在會相信我了？」

「我想，」愛麗絲說，「我相信。」

「那麼就把魔咒完成吧。」

愛麗絲把手放回《無盡牢獄》上，感覺到靜電的微小低吼，她閉上雙眼回頭工作。

第二十二章 無盡牢獄

愛麗絲緩緩走到了書房門口，腋下夾著那本紅書，灰燼緊緊跟在她腳邊。她腸胃翻攪，心臟狂跳。

就這麼一次機會，她試著保持規律的呼吸，永遠扳倒他、扭轉情勢的一次機會。她閉上雙眼，第一千次重溫吉迪恩被擊毀的景象，讓胸口的怒火燒得更旺，直至白熱狀態。她想像自己想對傑瑞恩做的所有恐怖事情，她回想過去每一分鐘聽著他講話，假裝自己不知道他就是元兇的情景。

不管怎樣，都不會再有那種狀況了。

她舉手正要敲門。

「愛麗絲，」灰燼急著說，「我不知道妳跟母親有什麼盤算，可是妳現在退出還來得及。」

「嗯，」愛麗絲靜靜地說，「是啊。」

灰燼用腦袋蹭了蹭愛麗絲的腳踝。她吁了口氣，敲敲房門。

「我把愛麗絲帶來了。」灰燼說。

「很好，」傑瑞恩的聲音穿過木門傳來，「愛麗絲，進來。灰燼，你可以下去了。」

「妳不要我留在這邊嗎？」灰燼悄聲說。

愛麗絲壓下衝動，不去挖苦灰燼，說他老在大難臨頭時拋下她，而是搔搔他的耳後，然後搖了搖頭。

「我不會有事的。」她說。

「妳最好平安無事。」貓咪悄悄離開，一臉悲慘。

愛麗絲打開門，穿過短短的過道——過道先經過密室，裡面放著傑瑞恩最危險的書籍。接著路過鋪了軟墊的小室，她第一次在那裡練習怎麼找到內心的線，最後抵達書房，傑瑞恩就在一扇龜裂的門板後面等待著她。

愛麗絲頓住，她必須讓書就定位，而且不能讓傑瑞恩注意到掉了包。她抓住內心的線，拉了二十幾隻簇仔到她四周。其中四隻排成方形，她把那本紅書擱在牠們背上。

豁出去了！

她暫時把簇仔們拋在後頭，將書房門口推開，走了進去。傑瑞恩坐在書桌旁，借著一盞油燈細看一本書。她進來的時候，他抬起頭，投給她一抹毫無笑意的短促笑容。

「哈囉，愛麗絲，」他說，「妳一副歷經百戰的樣子。」

冰巨人替她補好了外套上的破洞，但掩不住愛麗絲足足六天沒洗澡、沒換衣服更沒睡在自家床上的事實。頭髮像鼠窩似地糾纏不清，沾滿了泥土跟塵灰，皮膚滿是汙垢跟汗水。冰繃帶已經融化，身上斑駁不堪，佈滿了半痊癒的割傷跟瘀青。

「蟲先生告訴我，妳進圖書館去了，」老讀者繼續說，回頭瞥著桌上的書本，「妳想解釋一下嗎？」

「說來話長，先生。」愛麗絲僵硬地說，刻意讓語氣流露些許緊張，畢竟他期待我會害怕。

於此同時，她四下張望，尋找能跟終結給她的書對應的那本紅書，但是放眼不見任何相似的東西。房間裡有幾百本書，有的靠牆堆疊、有的隨意拋在角落裡。要是埋在什麼東西下面，我就永遠也拿不到了！

「我想也是，」傑瑞恩說，「我洗耳恭聽。」

鎮定點，如果是重要的防禦工具，一定很容易就能到手才對，他不會把它留在一疊書下面。傑瑞恩現在正低頭望著桌面，愛麗絲冒險把頭一轉，原來在那裡，就在她背後門邊的小桌上。她往旁邊跨出一步，用身體擋在桌子跟傑瑞恩之間。

「我聽到傳聞，」她說，「說有一本遺失的書就在某個入口的另一邊。」

傑瑞恩抬起頭。「從哪聽來的傳聞？」他厲聲說。

「艾薩克。」謊言信手拈來，我只要讓他忙著講話……

在她細心的心念指示下，四隻簇仔在她背後悄悄走進房間，背上扛著那本陷阱書。其餘的簇仔跟在後頭，形成一個流動的黑色團塊，移動的速度緩慢，免得爪子絆到地毯。

「是艾薩克跟我說的，」愛麗絲憑空捏造，「他說他偷聽到主人說，想搞清楚怎麼透過我們其中一個入口去找那本書。」

「妳主動說要替他拿？」

「沒有，先生！」愛麗絲說，「請相信我，我是要去替你拿。」

簇仔們很有技巧地把書扛到了小桌底下。其中兩隻沿著側面爬上桌子，爪子搔抓著想扣住木頭。愛麗絲假裝咳嗽，好遮掩那個聲音。

「妳幹嘛自作主張？」傑瑞恩說，「為什麼不把聽來的消息直接告訴我？」

「我……」愛麗絲猶豫一下，彷彿泫然欲泣。她的腦袋抽痛，要對簇仔們下指令，同時又要一臉正色，就像同時朝著三個方向思考似地充滿壓力。「在世紀果事件之後，我知道你很生我的氣，我就想說……」

兩隻簇仔成功抵達大理石桌面，急急忙忙繞過正牌的紅書，然後開始推擠。書本輕易地滑過了磨光的桌面，書本就要摔下桌的當兒，愛麗絲連忙用雙手摀住臉，這個動作攫住了傑瑞恩的目光。在她背後，書本落在了簇仔之間，牠們的橡皮身軀默默吸收了這份衝擊。她必須卯盡全力，才能壓下牠們想發出勝利呱嘓叫的衝動，現在這個部分才困難。

「快說啊。」傑瑞恩態度嫌惡地說。

「我就想說，可以拿那本書來補償你，」愛麗絲吸著鼻子說，「我只是希望你能再像以前那樣賞識我。你那時候說要出門，我就想……也許我的機會來了。」

簇仔們沒辦法邊爬邊扛書。愛麗絲讓六隻簇仔肩並肩站著，另外四隻爬到這六隻上方，以此類推，搭成某種坡道。可是那些小東西不夠高。我需要更多簇仔。她小心地、非常小心地扯動牠們的線，讓更多出現在她雙腳四周。她鎖住傑瑞恩的目光，默默用意志力要他一直跟她對望。

成功了，他繼續怒瞪著她，心不在焉扯著一邊長鬢角。然後突然站起身，愛麗絲的心加倍狂跳，他看到簇仔了嗎？

「愛麗絲．克雷頓，」他說，「妳說謊的技巧也太差了。」

「先……先生？」這回愛麗絲不用裝，聲音就在顫抖。

「我跟我的讀者同仁見過面，」傑瑞恩說，站直身子俯視她，「想鑑定伊掃之死的來龍去脈。我們……調查了一番，妳知道我們發現什麼了？」

「不知道，先生。」愛麗絲退後一步，故作驚恐的模樣，更方便遮掩簇仔的形跡，免得讓傑瑞恩瞥見。現在有夠多的簇仔組成了坡道，一路延伸到桌面頂端，其中四隻踩過同伴的背部，開始一路推著書本往上爬。

「我一直覺得妳的說法有點可疑，」傑瑞恩說，「妳講到怎麼打敗折磨的時候，一直說得含含糊糊。一票學徒想打敗迷陣怪？沒有可能。」他湊得更近。「我知道妳有幫手。」

「我……我不確定你是什麼意思，先生。」

「別裝傻了，有人幫妳穿越那個迷宮。我們追蹤不出是誰，可是我有自己的懷疑。」他再次咧嘴笑著，露出牙齒。「妳跟這個艾薩克的交情一直不錯，可是我可以看出不只如此。告訴我，艾納克索曼德對妳跟終結許了什麼承諾，要妳們聯手反抗我？」

「我不知道你在說什麼！」愛麗絲氣急敗壞說，「終結在那座迷宮裡幫了我忙，我早就應該跟你說的。可是她要我保密，而且我想保密也沒什麼壞——」

「故意隱瞞事實不讓我知道，妳覺得沒什麼壞處？別以為我會信這套鬼話。」

簇仔們把書推上桌面，緩緩推到了正牌書本原來的位置。牠們正要把書放下來的時候，書本一角在滑溜的大理石面打滑，結果撞出微微的砰聲才落定在桌面。傑瑞恩的視線閃了過去。愛麗絲咚咚跪下，開始放聲啜泣。她放開簇群線，簇仔們發出微弱啵聲紛紛消失之際，她同步發出高聲哀鳴。

「對不起，」她哭號，從四歲起就沒這樣哭過，「拜託，不要傷害我。」

傑瑞恩瞇細眼睛。「這是想博取我的同情嗎？」

「我只是……終結說……」

「我不知道妳們兩個在耍什麼把戲，」傑瑞恩說著便經過她身邊，「可是我很快就會查出來，在書房這裡，那隻靠不住的貓幫不了妳。我們很快就會查出，妳趁我不在的時候溜去哪裡。」

他走到小桌那邊，對著紅書皺眉片刻。時間慢得像用蠕爬的，接著他一把抓起書，翻開了封面。

「看來，」他嘀咕，「我當初是錯看妳了——」

接著他神色丕變，暴跳如雷，把書本當毒蛇似地拋下，然後忽地旋身面對愛麗絲。她已經站起身來。

「妳——」他吼道。

愛麗絲退後了一步，傑瑞恩周圍的空氣有東西逐漸成形，是個稍微比他大的球體，起初是半透明的，後來迅速凝固成形，是面弧形鏡子，有如一滴巨型水銀，愛麗絲可以看到自己映在外側鏡面上的身影，巨大扭曲。

「愛麗絲！」傑瑞恩的吼叫聲也隨之扭曲，彷彿對著故障的擴音器說話，「妳這個蠢小妞！妳不——曉得——」

他的聲音竄高成尖叫，不再是屬於人類的尖叫，而是金屬抵著金屬扭動的聲響，越攀越高，先變成指甲刮過黑板似的尖響，最後成為不可思議的無聲震動，越過了耳朵，直接扒抓愛麗絲的腦袋內側。

有什麼東西閃過了球體表面。是個粗糙的面龐，眼睛的部分是兩個黑洞，嘴巴是條裂隙，彎成了淺淺笑容。

「愛麗絲絲絲絲……」不是傑瑞恩的聲音，靜電似的聲音嗡嗡鳴又啪啪響，把那個字眼拉成了低嘶。「終於於於於……」

那個金屬般的球體彎折、扭曲，彷彿有東西從裡面往外推擠，接著那張臉消失了蹤影。空氣炙熱，嚐起來像臭氧，一陣陣電光在球體、書桌跟牆壁之間閃動不停。

接著，那個幻音讓愛麗絲深信，自己的腦袋即將像充氣過度的氣球一樣爆開時，一切戛然而止。球體萎縮成書本上方的一個小點，繼而消失無蹤，而那本陷阱書猛地闔上，整齊地落在傑瑞恩原本坐的那張椅子。電光徹底消失，徒留著家具上的焦痕。愛麗絲雙腿突然一軟，撐不住身子，於是沿牆滑下，最後坐在地上。

成……成功了？她眨眨眼。成功了嗎？另外那個聲音是什麼？

可是一定是成功了，如果傑瑞恩逃走了，早就把她五馬分屍了。成功了，成功了！困住他了，在她決定放他出來以前，他都會關在裡頭，無法再傷害任何人。我逮到他了！

「那個，」她用虛弱的聲音說，「就是你傷害我父親要付出的代價。」

在她原本的想像裡，說出這番話應該會有更強烈的滿足感。

書房外側的門打開了，黑先生衝了進來，灰燼緊跟在後頭。

「剛剛到底是怎麼回事？」這個大塊頭僕人大叫，「主人？小妞？」

「愛麗絲？」灰燼說。

「我在這邊。」愛麗絲在門邊說，勉強站起身來。

「發生什麼事了？」黑先生說，「主人呢？」

「你感覺到了？」

「當然感覺到了，」黑先生說，「剛剛那個，我想方圓一千英里之內，只要身上有一絲絲魔法的人，都感覺到了。」

「還滿難視而不見的，」灰燼說，「傑瑞恩本來在這裡嗎？」

「本來……是。」愛麗絲腦袋快轉。「他本來在查那本書，我想……一定出了什麼意外。」

「糟糕，」黑先生的臉被張狂的毛髮遮去大半，外露的那一小部分變得慘白，「哎呀，這可不妙。」

「我要把書帶去給終結，」愛麗絲說著便一把抓起陷阱書。她現在可以感覺到裡面的魔咒，嗡嗡不停，魔法劈啪越過指間。「她會知道怎麼做才好。」

愛麗絲把書緊緊揣在胸前，跑過黑先生身邊時，黑先生說：「等等，妳不能信任那隻該死的貓，主人不在的時候尤其不行！愛麗絲！」

愛麗絲搖搖頭，往外跑進庭院，連外套都懶得拿。灰燼一直跟在她身邊，難得沒開口抱怨積雪。一人一貓一起奔往圖書館的銅製大門，愛麗絲使勁把門拉開，鉸鏈發出嘎吱作響，彷彿在做嚴正的抗議。

就愛麗絲的記憶所及，這還是終結頭一回出現在前廳，黃眼炯炯發亮。

「妳也感覺到了？」愛麗絲說。

終結點點頭說：「出了嚴重的紕漏。」

第二十三章 點亮信號燈

「可是魔咒生效了啊，」愛麗絲說著便把手搭在《無盡牢獄》上，那種令人忐忑的嗡嗡聲消失了。「魔咒撐住了，我感覺得到。」

「是生效了沒錯，」終結說，踮著腳步來回走動，愛麗絲從沒看過她這麼激動的樣子。「問題是，每個人都感覺到了。傑瑞恩一定是架了某種我不知道的個人防禦網，防禦網跟魔咒彼此衝撞的時候，就會散放規模大到不可思議的能量，這個迷宮本身的結構似乎也受到了影響。這麼強大的力量，即使遠在這個星球另一端的老讀者也感覺得到，我的兄弟姊妹紛紛聯絡我，詢問發生了什麼事。要是我沒有恰當的答案可以給他們，他們會親自出馬調查，而且半個圖書館的生物都快急瘋了。」

終結望向愛麗絲的肩膀後方，去感覺迷宮的結構時，露出高深莫測的神情。「某個入口另一側的生物全都想擠進來，其中還有一些已成功進來了。」

「我們要怎麼辦？」

「妳必須跟他們談談。」

「跟他們談談？」愛麗絲說，「我又該說什麼？」

「先讓他們放下心來，」終結嘀咕，「他們目前正在集結，灰燼再過幾分鐘就會帶黑先生過來。」愛麗絲跟灰燼一出現在圖書館內，終結就立刻派貓咪回大宅去。

「我要怎樣讓他們放心？」

「我不在乎，」大貓咆哮，「想個辦法就是了，來了幾個緊張兮兮的妖精，他們還不是我們目前最燙手的問題！其他讀者再不久就會回應了，我想盡量拖延……」

她一甩烏黑的尾巴之後，隱沒在陰影裡。愛麗絲一轉身，就看到自己之前穿過的走道，此時通向書架圍出的一個偌大開放空間，裡面已經有人群開始聚集。

這群人肯定是愛麗絲這輩子見過最怪異的，裡面沒有兩個人長得一樣。一位高瘦紳士穿著優雅的暗色西裝，西裝由裁縫以巧手特製而成，以便配合他的六隻手臂。旁邊站著一個頻頻嗝出煙霧的發條蜘蛛。有個年輕女人似乎正在融化，形體鬆垮模糊。另外，以妖精為基本主軸，衍生出各種變化型——高高瘦瘦的人型生物，擁有五彩繽紛的眼睛跟頭髮——他們站成一群，怒氣沖沖互瞪對方。在後面，有一頭人臉鱷尾的獅子，以獅身人面像那種的拘謹姿態端坐著，讓愛麗絲聯想到灰燼特別難纏時的模樣。

她正要鼓起勇氣跨出腳步，走到數目眾多的詭異人群之間時，灰燼也到了，黑先生、蟲先生跟艾瑪緊跟在後。貓咪衝到群眾前方，然後走向愛麗絲，她一把撈起他，放在自己肩膀上。

「母親怎麼說？」他低語。

「她要我讓大家放心，」愛麗絲說，「可是還出了別的狀況，我想她正在跟其他迷陣怪商談。」

「這群人看起來不大高興。」灰燼說。

依照愛麗絲在他們臉上能夠讀出的表情看來，似乎是這樣沒錯。前排有個老婦，身上的洋裝完全用枯骨跟鐵絲製成，她叉著手臂、繃緊了臉。旁邊有個垂垂老矣的駝背男人倚在手杖上，背上冒出的發光蘑菇閃著火紅的色彩，他身邊的女孩看起來不超過十歲，該長頭髮的地方卻是一頂佈滿紅白斑點的蘑菇傘狀蕈蓋，但她同樣憂容滿面。

「我就……這樣直接跟他們講話？」愛麗絲低語。

「誰叫妳是讀者的學徒嘛。」灰燼說。

要是「那位」讀者有機會發言，怎樣也輪不到她開口，愛麗絲壓下歇斯底里的竊笑，她雙腿僵硬，往外走到群眾面前，舉起雙手示意大家安靜。除了發條蜘蛛，整群喊喊喳喳的生物多少靜了下來，蜘蛛似乎就是忍不住要噹啷作響、噴噴蒸汽。

「嗨，」愛麗絲說，「嗨，我是傑瑞恩的學徒愛麗絲——」

「這到底是怎麼回事？」那個骨女人說，「有人引爆了大到可以把死人吵醒的力量，讀者到哪去了？」

「他——」愛麗絲對上了黑先生的目光，他正一臉懷疑地瞅著她，其他幾個生物爆發出「耶！」跟「發生什麼事了？」的回應，愛麗絲必須拉高嗓門。

「傑瑞恩不見了，」她說，「他本來在查一本書，結果出了意外。」

那個蛛怪伸出一面小螢幕，上頭有迷你旋轉槳葉組成的格柵，一側黑、一側白。槳葉瘋狂旋轉了片刻，最後落定下來，顯現出白底黑字：意外＝錯，可能性：敵方行動。

「她說得對，」融化中的女人用黏答答的嗓音說，「如果傑瑞恩不見了，可能是其他讀者搞的鬼。」

「他為什麼不見了，原因倒無所謂，」骨女人說，「重點是我們要怎麼辦？其他讀者很快就會發現，過去受傑瑞恩保護的生物，接下來就要任人宰割了。」

「我確定傑瑞恩很快就會回來——」愛麗絲說。

「真的嗎？」骨女人厲聲說，「我可不確定了，他要是被艾納克索曼德或什麼人抓到了，肯定吃不了兜著走。」

「不過，」愛麗絲說，試圖重新控制場面，「其他讀者不會曉得他不見了，他們沒辦法確定，所以會謹慎出招，我會想辦法不讓他們發現——」

「就憑妳？」那頭鱷尾獅人用美妙的男中音低吟，「那妳又打算怎麼辦？」

可能性：學徒能力不足，蛛怪的螢幕顯示，**推論：情況危急。**

「我們完蛋了！」一個妖精說，瘋狂地轉著圈圈，彷彿為了這個可能性而興奮難抑，「完蛋了！完蛋了！」

愛麗絲試著說點什麼，可是越來越大的喧囂完全淹沒了她的聲音。她狂揮雙臂，但無人理會。

「夠了！」

終結吼了這個字眼，貓族的低吼穿透了噪音，迴音從遙遠的天花板傳回來。迷陣怪昂首闊步走到愛麗絲身邊，避開了陰影，所有的生物為之噤聲。她的皮毛如此烏黑，似乎吸走了光線，下方的肌肉移動時，恍如山脈的起伏。她的牙齒又長又白，象牙色尖牙大小有如匕首。腳掌跟捕手手套一般大，往下落定在愛麗絲腳邊。

「不管你們喜不喜歡，」終結咆哮說，「你們現在也只能靠這個小妞了，你們可以相信她，或者現在就開始逃難，可是對她大吼大叫是沒用的。」

一陣長長的靜默，只被蛛怪緊張噴出的蒸汽打斷。

「我就準備要逃。」黑先生說。

「我對你不抱更高的期待。」終結說。

「你受到束縛，必須替傑瑞恩服務。」愛麗絲說。要是在一週前，她會很開心看到他消失，可是現在她希望身邊有越多熟悉面孔越好。

「傑瑞恩不會回來了，」黑先生說，「即使他最後得到自由，其他讀者也會在那之前就把這個地方掃個精光，我沒理由繼續留下來。」

他一講完，眾人鴉雀無聲。他轉身背對群眾，步伐在這片靜默中特別響亮。

「他可以這樣是很好啦，」骨女人說，「可是我們當中有些人還有家人跟朋友在入口的另一側。」

「那就留下來，」愛麗絲說，「拜託，我保證我會想出辦法的。」

可能性：低，蛛怪說，停頓之後又補充，另類選擇＝〔〕。

終結轟隆隆說：「你們暫且先回自己的書裡，不要惹出更多麻煩，傑瑞恩也許不見了，可是我還在。」

一片咕噥跟低語之後，群眾一哄而散，悄悄回到圖書館的走道跟通道之間。

其他人陸續離開時，蟲先生走到愛麗絲跟前，恭敬地低下腦袋。「我要回辦公桌繼續上工了，」他說，「我對妳有百分百的信心。」

「謝謝。」愛麗絲說，在這個節骨眼上有越多人聲援越好。

「要是別的讀者要接管這個地方，也許妳可以幫我說點好話，提提我在這裡優良的服務紀錄？」他試著露出笑容，但因為齒況不佳，看來頗令人心驚。「只是以免萬一。」

「要是有機會的話，我會的。」愛麗絲喃喃。

「那就好，」蟲先生邊說邊輕拍她肩膀，「不過，我還是對妳有百分百的信心喔。」

他走了開來，只剩艾瑪了，她一如既往地茫然等人下令，愛麗絲嘆口氣。

「艾瑪，到廚房去，拿個籃子裝點三明治跟幾瓶水，然後帶回來這邊，之後回大宅等就行了。」

艾瑪點點頭，快步離開。

「我有種感覺，」愛麗絲說，「就是我們短期內可能沒機會休息吃午餐。」

「看來是不可能了，」終結表示同感，「第一位學徒已經到了。」

「已經？」

「是妳那位愛走後門、外套破破爛爛的小朋友。」

艾薩克。

終結把愛麗絲送到書架之間的交叉路口，艾薩克正在那裡等候，雙手插在邋遢的外套口袋裡。愛麗絲才繞過轉角，艾薩克便狠狠摟住她。她有點意外，但原本在她肩上的灰燼才更意外，艾薩克這麼一抱，灰燼被擠了下來。灰燼躍下地面的途中，爪子往艾薩克的耳朵一扒。

「哎唷。」艾薩克說。

「活該，」灰燼冷哼，「你要做這種動作以前，應該先預告一下的，也許你應該隨身帶個警示用空氣喇叭。」

「我……」艾薩克把視線從貓咪轉向愛麗絲。「我只是很高興妳平安無事，我們都感覺到那股力量了，只是不曉得出了什麼事。」他捕捉到愛麗絲的表情。「妳真的沒事吧？」

「暫時沒事，」愛麗絲說，雙手緊繃，「傑瑞恩走了。」

艾薩克瞪大眼睛。「走了？妳是說他死了？」

「我想沒有，」愛麗絲說，「可是他被困住了。」

「這下子不妙了，」艾薩克說，「一定有讀者突破了他的防禦系統，我主人還沒跟我說什麼，不過搞不好是艾狄肯，或者是──」

「不是其他讀者，」愛麗絲打岔，「是我。」

「什麼？」艾薩克說。

「什麼？」灰燼從地板上說。

「我替他設了個陷阱，」愛麗絲說，因為自己的語氣如此鎮靜而暗暗訝異，「結果成功了，只是我的行動不應該搞得全天下都知道。」

「妳瘋了嗎？」灰燼說，「這個點子到底是從哪——」

「妳怎麼弄的？」艾薩克說。

愛麗絲解釋了一番，簡短描述尋覓《無盡牢獄》的旅程。能把所有的秘密一吐為快，尤其是讓灰燼知道事情始末，感覺起來真好。其中有些艾薩克原本就曉得，可是她一直沒讓灰燼知道真相，因為這隻貓的口風向來不大緊。當事實揭曉的時候，貓咪不大能夠接受。

「妳瘋了，」灰燼說，「妳神經錯亂了，絕對沒錯。」

「幫我一把的就是你母親。」愛麗絲說。

「那她也是神經錯亂了，妳到底知不知道接下來會怎樣？」

「其他讀者會踏上傑瑞恩的領土，」愛麗絲說，「會把這間圖書館弄得四分五裂。」

「我的意思是，妳知道他們會對妳怎樣嗎？」

「老實說我不知道。」愛麗絲說。

「我也不曉得，」灰燼說，「因為只要他們對某人做了『那件事』，大家就再也沒有那個人的消息了。」

「我希望我們還有一點時間，」愛麗絲說，「他們並不確定傑瑞恩走了，而且他們必須先花時間組織起來。」

可是艾薩克正在搖頭。「伊掃死後，他們心裡都七上八下的，我主人已經在跟別的讀者談到要派學徒過來這裡，他簡直恐慌症發作，我希望我能夠及時過來警告妳。」

「警告她？」灰燼說，「這不就好像跑來警告某個引爆炸彈的人說，到時四周會有點熱熱的！」

「欸，你也給點有建設性的意見吧。」愛麗絲說。

「我還是很想瞭解妳究竟瘋到什麼程度，」貓嘀咕，「一等我想通了，我一定會開始進入大腦停擺的驚恐狀態，現在不是只有妳的生命有危險，妳知道吧！」

「我知道，」愛麗絲說，「對不起啦！我以為我們有更多時間嘛！」

「逃跑是沒用的，」艾薩克說，「黑先生可能逃得了，如果沒人去找他的話。可是不管愛麗絲到哪裡去，老讀者們都會追上去。叛逃的讀者，即使是學徒，對老讀者來說威脅也都太大。」

「而且大部分的生物都逃不了。」愛麗絲說。艾薩克拋給她一個古怪的神色，然後緩緩點頭。

「就我看來，」艾薩克繼續說，「等學徒們出現，妳有兩個選擇。妳可以告訴他們這是意外，然後束手就擒，如果讀者們沒想通是妳把傑瑞恩困住的，可能會假設是他們當中一員幹的。我敢打賭他們其中一人就會收留妳，學徒很珍貴，我可以試著勸我主人說妳很有用。」

「即使這樣，他們還是會把這間圖書館整個毀掉，」愛麗絲說，「所有的生物就——」

「更不要說我跟母親了，」灰燼說，「讀者們不會准許任何一個同仁控制兩個迷陣怪的，他們會把母親監禁起來，然後可能會把我餵給狼吃。」

艾薩克的臉色一沉。「另一個選項就是放走傑瑞恩，向他求饒。告訴他這是個失誤，或者說有別的讀者對妳下了咒，他可能會放妳一條生路。」

愛麗絲閉上雙眼。

復仇。她一路追隨「憤怒」這頭咆哮不停的紅眼怪獸，穿過了岩漿隧道跟冰巨人的碉堡，抵達鏡之宮。她實現了原本的目標，就是懲罰傑瑞恩對她以及她父親所做的一切，可是不知怎地全都走偏了。現在艾薩克竟然要我放他出來？她無法忍受這種念頭。可是沒有了傑瑞恩，一切都會分崩離析，連帶會影響向來受他保護的生物，也會影響終結跟灰燼，更不要說我自己了。她一向勇於面對危及自身的險境——畢竟，到鏡之宮去就已經夠危險了，但在她當時並不明白，還有多少事物仰仗著傑瑞恩。

可是，仔細說來，也不能說是「仰仗」他。那些生物對他獻上貢品，是為了不用給其他人貢品，或是免得像她父親那樣在戰役裡慘遭殲滅。傑瑞恩只是……位於食物鏈頂端，坐享其成而已，讀者們都是。

就像灰燼說過的，每個人都屈從於某人。

每個人……

她再次睜開眼睛。

「我不會放他出來的，」她說，「我也不會束手投降。」

「那要怎麼辦？」艾薩克說，「不要告訴我妳想跟學徒們對戰，妳永遠贏不了的，況且錯又不在他們身上。」

「我不會跟他們戰鬥的，」愛麗絲說著便想起爍兒，「我要跟他們談談。」

第二十四章 襲擊

愛麗絲只來得及解釋計畫的梗概，終結就從書架間的縫隙抵達了，這個縫隙前一刻並不存在，大貓看起來氣喘吁吁。

「我的兄弟姊妹就要圍上來了。」

「其他迷陣怪要過來這邊？」愛麗絲說。

「他們不需要離開自己的圖書館，」終結說，「讀者們命令他們向外延伸法力，想要束縛我，把我擋在自己的迷宮之外，這樣學徒們就可以在不受干擾的狀況下進來。」她發出長長怒吼。「我不懂，他們明明沒辦法確認傑瑞恩是否受到囚禁，可是似乎相當恐慌。我會盡可能奮戰下去，但如果迷陣怪們同時集結起來，我會寡不敵眾。等學徒們抵達的時候，我就幫不了妳了。」

「那我呢？」愛麗絲說，「龍把牠的一些力量給了我——妳想老讀者們知道我可以對迷宮動手腳嗎？」

「我想他們不知道。」終結說。

「除非有學徒跟自家主人打小報告。」艾薩克說。

愛麗絲測試一下，發現自己還能輕鬆抓到迷宮織布。「到目前為止，一切都還好。」

「這會是妳唯一的優勢，」終結說，「小心使用，要是讓讀者們發現，其他迷陣怪也會施法束縛妳。抱歉了，愛麗絲，」終結用力甩動尾巴，「我沒料到會這樣。」

「我本來就知道有風險，」愛麗絲說，「我們可能還有機會脫身。」她轉向艾薩克。

「你該回去了，要是你主人知道你擅自跑來這邊──」

「管他的，」艾薩克說，「沒時間了，如果妳可以說服其他學徒接受妳的說法──讓他們願意跟自家主人回報說，一切還在傑瑞恩的掌控之中──那就不會有問題。」

「要是我做不到，艾納克索曼德就會殺了你，」愛麗絲說，「艾薩克，拜託，趁他還沒發現你不見以前，想辦法回去吧。」

「我不會丟下妳一個人的。」艾薩克上前一步，把愛麗絲拉過來緊緊摟住。她的心怦怦亂跳，可以聞到他破爛外套老舊織布的氣味。他悄聲說道：「我都失去伊凡德了，不想要連妳也失去。」

「我……」愛麗絲用力嚥嚥口水。

「迷陣怪們來了，」終結說完便發出怒吼，然後悄聲離開，隱入陰影之中。

愛麗絲感到織布的細微顫動，有其他心靈抓住了迷宮織布，漸漸逼近終結。大貓可以繼續移動，但他們遲早會困住她。於此同時，織布的其他部分穩定下來，安靜不受攪擾。幾分鐘過後，她感覺到一陣隱隱約約的震動，表示圖書館裡出現其他人類。

愛麗絲離開艾薩克的懷抱，面色微微發紅。她俯視灰燼，灰燼正悲慘地伏在她腳邊。

「那你呢？」她說，「你想先找個安全的角落躲起來，等這件事結束嗎？」

「躲起來也沒意義，」貓咪嘀咕，「如果他們把母親監禁起來，不管我去哪裡，他們都不會放過我。」他伸出前掌，伸了個懶腰，尾巴拱在背部上方。「妳乾脆把我帶在身邊好了，這樣我至少可以看看事情會怎麼發展。」

愛麗絲把他抱起來，放在肩上。「要是真的打起來，你就趕快躲起來。」

「噢，我正有這個打算。」灰燼說。

「你不大忠心耶。」艾薩克說，愛麗絲牽起他的手。

「忠心啊，」灰燼冷哼，「是狗才會有的東西，貓啊，明智多了。」

「大家靠近點。」愛麗絲說。

她掐扭織布，將這裡跟那裡相連起來，久到剛好可以穿越。他們在窄道跟寬道的交叉口附近現身。其中兩座書架之間有個縫隙，從這個有利位置，愛麗絲可以不露形跡地監視那條寬闊走道。她一眼抵著那個縫隙，艾薩克跪著觀察。

有五個人沿著走道走來，緊挨著彼此。愛麗絲看出帶頭的是愛倫，一身磨舊的乳白色皮衣，又高又瘦、膚色蒼白，頂著金髮平頭，發亮的光輪懸在腦袋上方一英尺處，她背後是黛克西希雅，深色極捲的頭髮胡亂紮成馬尾。

再來，是愛麗絲不認識的男孩跟女孩，他們肩並肩走著。男孩個黑人，理著短髮，戴著金屬圓框眼鏡，一副睿智的模樣；低調的灰色服飾有點肖似愛麗絲父親平日慣穿的西裝，強化了原本就頗為拘謹的神情。相反地，女孩穿著短褲跟尺寸過大的鬆垮襯衫，

削瘦白皙的雙腿沾滿污垢、處處結痂，一頭亮紅髮絲讓愛麗絲想起爍兒。她猜這兩個新來的學徒年齡都比她小一點，可能十或十一歲。

殿後的是個更高的身影，披著深色長斗篷，艾薩克發出低嘶。

「那是蓋瑞特嗎？」他低語。

「蓋瑞特明明死了啊。」愛麗絲說。那個身影確實有點像蓋瑞特，可是在幢幢暗影裡難以分辨。

「妳確定嗎？我那時候忙著逃命，沒辦法確定。」

「那條鯨怪在撞橋以前，」愛麗絲說，「就吃掉他了啊。」

「搞不好他主人又把他拉出來了。」

愛倫轉過頭來，光輪的光映出了高瘦身影的臉龐。絕對是蓋瑞特沒錯，偏長的五官朝氣蓬勃，絲質斗篷在背後鼓脹翻飛，頗具戲劇效果。陰影緊緊攀住他的雙腳，在光線之中翻滾沸騰，好似熱煎鍋上的水。

「妳確定妳想這麼做？」艾薩克說，入侵者們正漸漸走近。

「我不會因為多了蓋瑞特就改變計畫，」愛麗絲嘀咕，「我們面臨的選擇還是一樣。」

「我會待在這邊，」艾薩克說，「以免有什麼突發狀況。」

「我也是。」灰燼從地板附近的某個地方說。

愛麗絲打直身子、挺起肩膀，扯動惡魔魚線。她的雙手開始發出詭異綠光，足以照亮她的臉龐。等愛倫距離十碼左右的時候，愛麗絲舉起雙手，從書架後方走出來。
那幫學徒立刻停下腳步。愛倫瞇起眼睛，調低光暈的亮度。
「愛麗絲？」她說，「是妳嗎？」
「哈囉，愛倫，」愛麗絲說，「嗨，黛克西。」
「愛麗絲姊妹！」黛克西說，「兆象向我預告，我們會再見到面，不過我必須承認，我沒想到會是這種情形。」
「我還在想妳什麼時候會現身，」蓋瑞特拖長語調，擠到了整群人前方。愛麗絲注意到，愛倫緊挨在他身旁，「很高興見到妳，愛麗絲。」
「也很高興見到你，」愛麗絲說，「我有點驚訝。」
「妳的意思是，很驚訝我沒死嗎？」蓋瑞特調皮地咧嘴一笑，「有時候我也讓自己很驚訝。」
有什麼掠過愛倫的臉龐，是一閃而過的痛苦回憶。愛倫向來跟蓋瑞特走得很近，愛麗絲納悶，蓋瑞特在伊掃堡壘被殺這件事，愛倫前後誤認了多久。
「我想妳還沒見過麥克跟珍妮佛，」蓋瑞特說，對著兩個新來的學徒揮揮手，「這位是愛麗絲——傑瑞恩的學徒，她會像個乖女孩一樣束手就擒。」
「你們來這裡就是為了這個？」愛麗絲說，「為了逮捕我？」
「傑瑞恩做了某件事，出了嚴重差錯，」愛倫一臉緊張說，「釋放了原本該被囚禁的東西。」她從口袋裡抽出一本綠色小書。「我主人給了我一個魔咒，如果佈置對了地方，就可以重新逮住牠。」

「我們應該把妳帶到老讀者們面前，交代事情的來龍去脈，」蓋瑞特說，「而且要確定我們啟動魔咒的時候，妳不會搞砸任何事情。」

釋放了東西？這根本說不通啊，關於鏡之宮的事，派洛斯跟荷爾加都警告過她。可是，要是有東西跟著她回來，終結不可能沒看到吧，我明明只帶了書回來啊。

「你們都搞錯了，」她高聲說，「傑瑞恩在忙自己的事，不過他派我來叫你們馬上離開，你們可以回去告訴自家主人，說他不喜歡有人不請自來。」

「是嗎？」蓋瑞特說，「要是他有那麼不高興，應該會親自過來才對。」

「我說過，他在忙，抽不開身，算你們運氣好，你們真的想親眼見識老讀者發火嗎？」

「妳認為這是我們運氣好，」蓋瑞特笑得更開了，「我認為妳在唬人。」

「妳不必這樣，愛麗絲，」愛倫說，「即使妳沒出手抵抗，傑瑞恩也不會怪妳的。只要乖乖投降，靜靜地跟我們走，一切都會好好的。」

「我同意愛倫姊妹的看法，」黛克西說，「我不希望大家吵起來，愛麗絲，妳不要插手，讓我們先完成任務，再由大家的主人一起決定接下來怎麼做。」

「這個要求合情合理，」蓋瑞特說，「除非那個逃犯已經影響到她。」

黛克西一臉為難。「蓋瑞特——」

「我主人警告過，那個生物可能會使出這種手段，」愛倫用力盯著愛麗絲說，「很難說牠會做出什麼事。」

「我沒受到任何人的控制，」愛麗絲說，「可是我也不會投降。」

「我可不打算閒扯一整天。」蓋瑞特說。

「你們真的想傷害我？」愛麗絲說，「黛克西？愛倫？」

黛克西張開嘴，但難得無言以對。

「請不要逼我。」愛倫說。

「我沒有要逼你們做任何事情，」愛麗絲說，「我們可不可以暫時忘了任務的事，好好談談這件事？」

「我想我們談夠了。」蓋瑞特說。

「蓋瑞特——」愛倫才開口，少年就已經舉起手來，陰影有如烏黑的水銀一樣順著他的胳膊流動。

「抓住她，」他愉快地說，「如果可以的話，盡量留她活口。」

一時片刻，愛麗絲以為不會有人聽令行事，接著蓋瑞特狠狠看了愛倫一眼，愛倫嚥了嚥口水，舉起手來；燦亮白光從她的光暈散射出來，有如展開的手指朝愛麗絲直逼過來。愛麗絲縮起身子，用簇群線裹住自己。強光擊中她背後的書架，書本炸裂，燒毀的紙頁在她四周翻飛飄落。

黛克西在眨眼之間，就用卡里亞堤的銀色盔甲包住自己全身，小女生珍妮佛舉起雙臂，召了隻巨鷹過來；鳥兒發出尖鳴，飛到她上方，瘋狂地揮動羽翼往高處飛，眼睛牢牢盯著愛麗絲。在這團混亂之中，陰影在蓋瑞特的四周翻騰捲動，但是愛麗絲預期會有的暗影利刃並未現身，真是不幸中的大幸。

即使她願意跟其他學徒打鬥，也不覺得自己打得過他們五個。她停頓一下，縮頭躲過愛倫射出的另一道光束，然後對艾薩克大喊。

「就現在！」

艾薩克還躲在轉角那裡，這會兒端出了新近學會的伎倆，同時將小冰跟火怪召喚出來。冰霜在地面悄悄蔓延，結出一層滑不溜丟的薄冰，火怪燙熱的氣息滾過去的時候，這層冰幾乎馬上就化為蒸汽。濃密的白色霧雲向上翻湧，霧氣吞沒了愛麗絲以及其他學徒的身影。

愛麗絲還是看得到愛倫的光輪，像燈塔似地穿透這片昏暗，於是把那道光當成目標。她猛扯史百克的線，將恐龍拉進現實世界，然後派他衝向學徒們。他的腳爪像馬蹄一樣噠噠踏過石地，逐漸加快速度，壓低腦袋以便露出頭角。

只要被他撞到的人，不是被踩扁就是被刺傷，可是愛麗絲希望學徒們不會那麼傻。她看到愛倫在閃躲的時候，光線也跟著移動，然後消失在一條走道裡。史百克衝過其他學徒原本站立的地方，然後發出怒吼，霧氣在他背後旋轉。

接著愛麗絲祭出王牌。她抓住迷宮織布，使勁一扭，學徒們使用的走道突然從這裡移往那裡，分散在廣闊無邊的圖書館中。愛麗絲可以透過織布感覺到他們，微小的移動，就像甲蟲跑過她洋裝那樣。他們至少被拆散成三組，不過很難判斷是誰在什麼地方。

「你現在可以出來了，」她回頭呼喚，對著霧氣揮手，「把這個東西弄走啦。」片刻之後，一波凜冽的空氣拂遍她全身。蒸汽凝結，愛麗絲身上、書架上都結出水珠，地板出現了涓涓細流，愛麗絲無聲地向書本致歉，它們先是慘遭愛倫的光爆，現在又被水氣浸得濕透。

「又來了，」灰燼邊說邊繞過轉角，「妳的計畫又害我弄濕身子了，妳就是故意的。」他小心地走到地板的乾燥區域，開始把凝結在皮毛上的水珠舔乾淨。

「他們不見了嗎？」艾薩克說，外套淌著水氣。

愛麗絲點點頭。「我把他們拆散了，讓他們到處亂晃。」

「妳可以丟著他們不管，讓他們亂晃下去，」艾薩克說，「我只是說說而已啦。」

她搖搖頭。「即使我願意對黛克西跟其他人做這種事，也不可能永遠有效。迷陣怪們一旦制住了終結，就會注意到我做的事，然後也會把我隔絕開來，我們剩下的時間不多了。」

「他們說有東西被釋放出來，是什麼意思？」艾薩克說。

「我不曉得，」愛麗絲說，「也許是他們主人隨口編出來的？他們可能不想承認有學徒騙過了老讀者？」

「要是圖書館出現什麼逃脫出來的東西，母親老早就會知道才對啊。」灰燼說。

艾薩克皺眉。「妳還是認為，可以說服學徒們跟妳合作？」

「我別無選擇。」愛麗絲說。

「蓋瑞特似乎不怎麼願意幫忙。」艾薩克說。

愛麗絲嘆氣。「我知道。」

第二十五章　協商

愛麗絲在迷宮織布上折出了窺視孔，監視學徒們的進展。黛克西獨自一人，麥克跟珍妮佛形影不離，就像愛倫跟蓋瑞特。愛麗絲讓那兩雙男女繼續遊蕩，替自己弄了條通道，前往黛克西附近的走道。

「別給人看見，」她交代艾薩克，「我不希望讓人知道你已經來了。」

他點點頭，灰燼在艾薩克的肩上坐定，依然忙著舔腳掌而無暇回答。愛麗絲揪住簇群線，繞過轉角，在書架底部找到盤腿而坐的黛克西，黛克西閉著雙眼。

「妳在幹嘛？」愛麗絲說。

「向兆象求教，」黛克西說，「有點困難就是了，因為手邊缺了合適的工具。我一發現自己迷路了，就猜妳控制迷宮的力量還在。」

「妳沒穿盔甲。」

黛克西睜開眼睛，朝愛麗絲把頭一歪。「我已經決定不要再騙自己了，我們一起經歷過那麼多，愛麗絲，我不想跟妳戰鬥。」

「我也不想跟妳戰鬥啊。」淚水刺痛愛麗絲的雙眼，她把淚眨掉。

黛克西優雅地起身，走得更近。愛麗絲一直抓住簇群線不放，直到黛克西用力擁抱她，她才嘆了口氣，放開魔法並回抱對方。

「所以，」黛克西說，兩人再次分開，「我們說好不要戰鬥，那接下來要怎麼辦？」

「關於逃犯的事，妳主人跟妳說了多少？」

「很少，」黛克西說，「最得寵者試著聯絡傑瑞恩，聯絡不成的時候，她猜那個生物已經毀了他。她只是交代我幫忙愛倫佈置好魔咒，還說妳跟其他留在這裡的人可能都已經受到影響。」黛克西歪著腦袋。「妳被什麼怪物附身了嗎？愛麗絲？」

「就我所知是沒有啦，」愛麗絲無力地笑笑，「我也沒看到什麼逃犯。」

「可是傑瑞恩走了？」

愛麗絲猶豫一下，然後點點頭。「至少暫時是這樣，等其他老讀者確定這件事的時候，就會把這間圖書館拆了。」

「妳要怎麼辦？」

「我要想辦法說服所有的學徒，說傑瑞恩還在這裡，老讀者們會以為這是某種詐術，行動起來就會謹慎一點，這樣至少還能拖點時間。」

黛克西皺眉。「那樣……可能有用，最得寵者會找其他辦法確認傑瑞恩是不是在場，可是那要花時間，她會擔心他是故意躲起來。」

「等她真的發現，妳到時可以說被我騙了，」愛麗絲說，「永遠不必讓她知道我們說了謊。」

「我想妳一定可以想出避免戰鬥的方法，要是我可以讓蓋瑞特兄弟心服口服就好了，」黛克西的笑容一閃而逝，「我不知道其他人會不會同意。」

「要是我們可以把愛倫從蓋瑞特身邊帶開，愛倫可能會同意，」愛麗絲說，「妳對另外兩個人有什麼認識？麥克跟珍妮佛，對吧？」

「認識不多，兩個都是凡艾納森的學徒，可是我沒跟他們合作過，我想他們可能不是很有經驗。」

「好，那我也許可以跟他們講點道理。」

「最後就剩下蓋瑞特兄弟了。」黛克西說。

「那就是棘手的地方，」愛麗絲搖著頭說，「妳知道他還活著的事嗎？」

「今天才知道，我們進了圖書館，他才跟我們會合，我本來以為他在伊掃堡壘那裡就死了。」

「我也這麼以為，」愛麗絲說，「妳認識他的時間比我久，有什麼東西可以說動他騙主人？」

「我不確定，也許這點愛倫姊妹幫得上忙？他們兩個很親，雖然他們想隱瞞，不過……」黛克西扭著嘴唇。「他個性滿倔的。」

「我們最後再來應付他，」愛麗絲說，「我先帶妳跟艾薩克去一個地方，你們可以在那裡等其他人。我會想想要怎麼勸麥克跟珍妮佛，或許你們也可以想出什麼點子來。」

「艾薩克兄弟來了？」黛克西說。

「他跑來警告我。」愛麗絲說，臉頰浮現淡淡紅暈。

「我早該知道他不會袖手旁觀。」黛克西含笑說。

愛麗絲的臉更紅了，她轉身想遮掩，再次探出觸角抓取織布。經過幾次靈巧的扭掐，就將她倆連向了艾薩克跟灰燼。她把大家帶到蟲先生書桌四周的空地，學者的書本依然撒得到處都是，但放眼卻不見蟲先生的人影。

「哈囉，艾薩克兄弟！」黛克西說。

「嗨，黛克西。」艾薩克在桌邊的板凳坐下，掀起的塵雲嗆得他咳起來。灰燼從他肩上跳下，小心翼翼地越過書本，走到愛麗絲身邊站定。

「不幫我介紹一下嗎？」他說。

「這位是黛克西希雅，」愛麗絲說，「黛克西，這位是灰燼飄過世界之死城，簡稱灰燼。」

「幸會。」黛克西說，對於貓會講話這件事毫無驚恐的反應。愛麗絲細想，其他學徒因為受過培訓，心裡有所準備，比她當初更容易適應這間圖書館。

「你們三個想想要怎麼說服蓋瑞特吧，」她說，「我先去找另外兩個。」

「要不要我——」艾薩克才開口。

「我不打算跟他們戰鬥，」愛麗絲說，「我不會有事的。」

愛麗絲繞過轉角，才跨出折疊空間的出入口，幾乎就必須馬上撲倒在地，免得眼睛被鳥爪挖掉。巨鷹俯衝過她身邊，鼓動羽翼，往上拉高，將地面的塵灰攪成了旋風，繞了一圈之後，準備再次俯衝。

麥克一手扶著眼鏡，站在走道稍遠的地方，珍妮佛站在他前方要保護他，愛麗絲揮舞雙手。

「我只是想談談——」她才剛開口，就必須再次閃避猛撲而來的鷹隼。這回，鷹爪揪住了她的一綹髮絲，狠狠扯掉，痛啊。愛麗絲感覺頭皮流血了。「妳可不可以住手？」

「小珍——」麥克開口。

「她想騙我們！」珍說，「不要聽她的！」

鷹隼繞回來，準備再次出擊。這次，愛麗絲猛扯簇群線，讓肌膚強韌起來，並且借用史百克的超人力量。她堅守陣地，讓鳥爪刮過頸子跟肩膀，鳥爪把她的襯衫劃出了好幾個大洞，但扎不穿她的皮膚。趁著鷹隼吃一驚的瞬間，她找到機會扣住那個生物的喉嚨，將牠狠狠砸上書架。牠的爪子抵著愛麗絲的胳膊亂揮，羽翼狂亂鼓動，但還是難敵恐龍的威力。

「艾維亞！」小珍說。

「放開這隻鳥的線，」愛麗絲說，「這樣我們就可以談談，我保證不會傷害你們。」

小珍回頭望向麥克。「你不打算幫忙嗎？」

男孩調整眼鏡，蹙起眉頭。「要是她想談談，我們就應該談談，我覺得沒壞處。」

「哼。」

鷹隼啵地一聲消失無蹤，愛麗絲也放開自己的線。小珍從麥克身邊大步踱到走道對面，叉起雙臂倚在書架上。愛麗絲走了過來，同時留意女孩的動靜，免得對方突然又想重燃戰火。

「我是愛麗絲，」她說著便伸出手，「聽說你叫麥克？」

麥克謹慎地跟她握握手，點了點頭。「這位是珍妮佛。」

「我們知道妳是誰，」小珍說，「主人告訴我們，妳已經被逃犯帶壞了。」

「你們主人搞錯了，」愛麗絲說，「我想這裡並沒有逃犯，主人有沒有明確交代你們來這裡幹嘛？」

「主要是待在其他人身邊。」麥克說。

「要確定其他人不會想拿走什麼，」小珍繃著臉說，「真正的負責人是愛倫。」

跟愛麗絲當初被交付的任務差不多，當時他們一群人到伊掃堡壘去找雅各，這樣處理起來反倒容易。

「我不想跟你們對戰，」愛麗絲說，「我不想跟其他學徒為敵，妳跟我都很清楚，會來這裡並不是我們個人的選擇。」

「可是妳說妳不願意投降，」小珍沒把握地說，「那妳是打算怎樣？」

「我有幾個點子，」愛麗絲說，「可是我真正想要的，是跟大家坐下來談一下。你們覺得可以嗎？」

「那有什麼意義？」小珍說，「妳要不是放棄，不然就是跟我們打，何必拖拖拉拉？」

「小珍，」麥克說，「記得凡法師跟妳說過什麼嗎？」

小珍噘嘴臉紅，盯著地板，「說我應該聽你的，」她咕噥，「要我別被脾氣牽著鼻子走。」

「我想妳漏掉了重點，」麥克說，「蓋瑞特告訴我們，這裡的迷宮會在控制之中，可是我們還是跟其他人走散了。」他仰頭望著愛麗絲，愛麗絲刻意讓自己面無表情。「她有什麼是連蓋瑞特都不曉得的。」

「那又怎樣？」小珍說，「你的意思是我們制不了她嗎？」

「我是說，至少先聽聽她怎麼說，可能會比較好，」麥克說，「關於學徒別無選擇的事，她說得沒錯。要是凡法師要妳跟我打，妳會跟我戰鬥嗎？」

「他才不會要——」小珍咬唇，「我是說——」她回擊麥克。「你幹嘛站在她那邊啊？」

「因為這樣才合邏輯啊。」麥克說。

「哼，」小珍說，「說什麼邏輯啦。」她怒瞪愛麗絲片刻，然後別過頭去。「我想我們是可以談談啦，可是別要詐喔！」

「我不會耍詐的，」愛麗絲同意，「來吧，我帶你們去找其他人。」

「麥克兄弟，珍妮佛姊妹，」黛克西說，「很高興看到你們決定加入我們的行列。」

「哼。」小珍再次說。她大步越過空地，走到了蟲先生桌邊，一屁股坐在板凳上，揚起了一大蓬塵雲。原本坐在桌上的灰燼猛咳起來。

「怎麼了？」灰燼說，「幹嘛一副有酸東西爬進妳嘴巴然後死翹翹的表情。」

「不干你的——」小珍一開口才意識到說話的對象。「你是貓耶。」

「其實是半貓，」灰燼說，優雅地舔著一掌，「可是我原諒妳的失誤——搞什麼！」

小珍用手臂一把摟住他，拉到自己胸前，用臉蹭著他的皮毛。「你好討人喜歡喔！看看你多可愛！」

「這位姑娘，」灰燼邊說邊絕望地蠕動身子，「如果妳不馬上放開我，妳就等著受傷。」

「凡法師都不讓我養貓，」她說著便放開灰燼，「你叫什麼名字？我本來想替貓取『寶貝』這個名字。」

「灰燼，而且我不是貓，我只有一半的血統是貓。」

他忿忿不平，繞著圈子走了幾次，最後在小珍面前坐定，表示可以忍受對方的撫摸，可是要按照他的意思來。她搔搔他的耳後，他閉上眼睛嘆口氣，愛麗絲離開這對人貓身邊，走到書桌另一端，麥克就坐在黛克西跟艾薩克對面。

「艾薩克兄弟是愛麗絲姊妹的老朋友，」黛克西正在說，「他來這裡幫我們一起想辦法。」

「是你主人派你來協商的嗎？」麥克說。

「這點現在不重要，」艾薩克說，「真正重要的是，我們可以像主人們希望的那樣，跟對方大動干戈，或者可以像明理的人那樣，合力想辦法解決問題。」

麥克瞥了瞥愛麗絲，然後悄聲說話，免得小珍聽到。「就我們這兩個可能會吃敗仗的人來說，實在很難反對你的說法。不過，我注意到愛倫跟蓋瑞特還沒過來。」

他這個人就是能夠一針見血啊。「我把他們留到最後，」愛麗絲說，「如果我們其他人都先說好，事情處理起來就會容易點。」

麥克點點頭。「唔，不管怎樣，我都支持妳，而且我想妳的貓成功轉移了小珍的注意力。」

愛麗絲注意到，灰燼已經同意讓小珍揉揉他的肚皮。

「好，」愛麗絲說，「我去把愛倫跟蓋瑞特帶過來。」

第二十六章 真相大白

愛麗絲迅速一掐織布，就將愛倫跟蓋瑞特帶到了蟲先生桌前。愛倫正緊緊貼在蓋瑞特身側，兩人十指交扣，看到其他人正在等候，兩人停下了腳步。

「蓋瑞特，」愛麗絲說，「愛倫。」

「這是怎麼回事？」蓋瑞特說。他上前一步，離開愛倫身邊。「在開茶會嗎？」

「我們決定談一談，不要開戰，」愛麗絲說，「我們希望你們可以加入我們。」

「有什麼好談的？」蓋瑞特說。

「我希望談了就會知道，」愛麗絲說，「不過你們必須先在桌子旁邊坐下。」

「聽愛麗絲姊妹的話吧，」黛克西說，「我們不應該因為主人們不合，就跟著互相傷害。」

「談談又沒壞處。」麥克說。

「哼。」小珍又說，這似乎是她最愛的表達，她對著灰燼的肚皮呵癢。「我的意思是，就算要打，之後總是可以打。」

「可惜我們不打算投票表決，」蓋瑞特說，「怕你們忘記，主人派我們來這裡辦事，還特別提醒我們，愛麗絲可能受到了怪物的影響，你們憑什麼覺得談談會是好點子？」

「蓋瑞特，也許我們應該——」愛倫開口。

「妳別吵，」蓋瑞特望著聚集起來的學徒們，「在伊掃堡壘，我……遇到麻煩之後就發生這種事嗎？就換這個娃兒發號施令？」

「愛麗絲姊妹救了我們，」黛克西說，「要不是因為她，我們沒人能夠活著逃出來。」

「她說得沒錯。」艾薩克說。

「你又在這裡幹嘛？」蓋瑞特說，「我不記得有人請你過來。」

「愛麗絲需要我幫忙。」艾薩克說。

「還真感人，你們知道嗎？我差不多受夠了，愛倫，我們開始吧。」

愛倫往蓋瑞特身邊走近一步，光暈昏暗閃動。「黛克西說得對，她當初在迷宮那邊確實救了我們，我欠她人情。」

「是妳欠她人情，」蓋瑞特說，臉色因為憤怒而暗沉，「她就沒做什麼來救我。」

「當時如果有辦法救你，」愛麗絲說，「我絕對會救。」

「坐下吧，」愛倫說，「談談又有什麼壞處？」

「閉嘴啦！」蓋瑞特說，「我說夠了！」他的手搭在愛倫的肩膀之間，猛地往前一推，讓她朝愛麗絲踉蹌而去。「愛倫，馬上毀了她。」

他聲音裡有什麼聽起來滿熟悉的，是靜電般的隱約嗡嗡響。

黛克西說過，蓋瑞特是在圖書館裡跟他們會合的，而不是在他們抵達以前……

「我……」愛倫舉起一手，然後回頭望去。「蓋瑞特？」

「不，」愛麗絲說，繞過書桌直接面對他，「你根本不是蓋瑞特吧？」

「妳在胡說些什麼？」蓋瑞特說。

「真正的蓋瑞特可能是個混蛋，但是人並不壞，」愛麗絲說，「他會在意愛倫的感受。」

蓋瑞特眯細眼睛。「妳又怎麼知道了？」

「我必須說，我想愛麗絲姊妹說得沒錯，」黛克西站起來，「蓋瑞特兄弟曾經幫我把手臂從鱷怪那裡搶救回來，他不會這麼無情。」

「我認識的蓋瑞特，」艾薩克說，「不會吼別人，叫別人替他出戰，他會親自上場。」

「不可能，」愛倫說，「這明明是他，我知道是，你們沒人瞭解他——」

「抱歉，」愛麗絲說，「可是我認為蓋瑞特死了，這位……是別的東西。」

她扯動內心的線，將一隻簇仔喚進掌心，然後召來史百克的力量。她像大聯盟投手那樣揮動手臂，讓那個小生物口鼻朝前，瞄準蓋瑞特的肩膀拋過去。

如果是人類，至少會稍微畏縮一下——簇仔的嘴喙很尖銳，要是被刺中，就好像有釘子扎進身體。可是那個小生物擊中目標的時候，卻卡在原地，懸在半空顫動，好似箭簇射中了標靶。蓋瑞特一根肌肉也沒動，彷彿是石頭雕成的。

「嘖，」他在片刻之後說，「鬧夠了吧。」

蓋瑞特往上伸手抓住簇仔，簇仔竟然在他手中融化了，彷彿被吸進掌心似地消失不見。愛麗絲倒抽一口氣。每當她的生物死了，她的身體就會竄過痛楚，就像胸膛扎了根針，可是這回卻嚴重十倍，感覺就像有一部分能量、一部分生命，硬生生地被撕扯開來。

蓋瑞特露齒笑著，雙眼整個黑洞洞。

「大家別靠近！」愛麗絲吼道，那個蓋瑞特怪朝她步步進逼。她一直後退，用桌子隔開自己跟那個披著蓋瑞特外皮的生物。其他學徒也跟著這麼做，在空地周圍散開。灰燼動作飛快，像一道灰線似地隱沒在書架之間。

只有愛倫動也不動。她站在那個東西的路線上，光輪閃爍不定。

「這不是真的，」她說，「不是真的吧？我本來以為你死了，然後你回來了。」她滿眼淚水，破著嗓子，「你不會拿這種事來騙人吧？」

「愛倫！」愛麗絲吼道，著急地用內心的線裹住自己。

蓋瑞特又向前一步，跟愛倫面對面了。

「你不會傷害我吧？」愛倫說。

愛倫往前傾身，踮著腳要吻他。那個蓋瑞特怪抬起手，動作快如蛇蠍，一把揪住她襯衫前襟，他毫不費力就將她舉離地面，她瞪大了雙眼。

「拜託，」她淚流滿面地說，「拜託。」

他腦袋一斜，動作突然變得毫無人味。愛倫想要尖叫，但換不過氣來，有什麼在兩人之間流動，是一道燦光，從愛倫的雙眼跟嘴巴爆射出來，越過吋距離，流入在蓋瑞特怪雙眼下方蠢動的黑暗虛空。是生命，像浴缸的水沖下排水孔那樣旋轉不停。

那道光只持續了半晌，然後愛倫就癱軟下來，蓋瑞特把她當破布一樣抛在一旁，她仰躺倒在灰塵滿佈的地板上。白色濃煙從她的眼跟嘴裊裊升起，彷彿內在燒成了焦脆。

「我說過，」蓋瑞特怪的嗓音現在有種奇特的嗡嗡響，就像收音機的雜音。他把手伸進愛倫的口袋，抽出她給愛麗絲看過的綠書，他的手加大力道，連著皮革封面，將書撕成兩半，「我們開始吧。」

黛克西是頭一個反應的。卡里亞堤盔甲眨眼包住了她，銀劍落入她的雙手。艾薩克站在她身旁，舉起一手，送出一道烈火。蓋瑞特完全不費力閃避，愛麗絲可以看到他的頭髮燒了起來，火焰擴散到他的斗篷。可是當黛克西朝他撲來，劍朝著他的頸子揮去時，他移動的方式彷彿火焰絲毫困擾不了他。他的手握住她的劍刃，閃亮的銀刃扭曲消失，被他吸進體內。他的另一手揪住她的手腕，把她扯到他身邊。

「黛克西！」愛麗絲大吼。

黛克西的第二把劍砍進他的腰部，可是就跟簇仔一樣，對他也沒什麼影響。他抓住黛克西的下巴，她的銀製面具隨之融化，在致命的能量之流形成以前，史百克就全速撞上蓋瑞特，將他們兩個撞得分開。他的一根頭角往蓋瑞特胸膛扎了六吋深，恐龍的動能把少年舉了起來，扛向附近的書架，書架倒塌時發出巨響，灰塵飛揚、書本落地。

「妳還好嗎？」愛麗絲邊說邊跪下。黛克西點點頭，咳了咳，殘餘的銀盔甲漸漸消失。

「還好，愛麗絲姊妹，」她勉強說，「可是——這是怎麼回事啊？」

愛麗絲彎下身子，彷彿腹部吃了一記，一手猛地摀住嘴巴，免得吐出來。史百克死了——不只是死了，還像燭火一樣被瞬間捻熄——同樣怪異的吸力又從她身上奪走好些精力，她的手指跟腳趾竄過一陣刺痛，彷彿浸入了冰水，視野邊緣一時陷入灰暗。

「愛麗絲姊妹！」黛克西掙扎著起身，要把愛麗絲拉走，「起來啊！」

艾薩克閉著眼睛，愛麗絲可以隱約聽到賽壬的旋律，有催眠效果的曲子直接朝著那蓬塵雲傳送。小珍讓她的鳥兒在頭頂上盤旋，麥克站在一群細小金屬尖片的中央，那些尖片像銀色蜜蜂一樣在他周圍嗡嗡盤繞。

「沒用，」艾薩克嘀咕，「感覺那裡什麼都沒有。」

蓋瑞特起身，斗篷扯成稀巴爛，正在燃燒，頭髮歪了一邊，史百克的頭角在他身上四處留下無血跡的割痕跟撕傷，他臉上還掛著笑容，但雙眼只是空空的洞。

「就是現在！」小珍吼道。她的鷹隼向下俯衝，鳥爪扒住蓋瑞特的臉。麥克用手一指，銀色尖片排成一列，高速射向蓋瑞特，有如豪豬的尖刺一般揮砍刺擊。艾薩克放棄賽壬，朝那個生物的臉，送出一陣邊緣尖銳的碎冰風暴。

鷹隼對著他猛咬嘴喙，飛離時嘴裡啣著某種東西的翻飛碎塊，就像撕下的布塊。蓋瑞特的手忽地往上伸，攫住鳥的喉嚨，鳥發出抗議的尖叫。接著鳥兒融化失焦，像彩色煙霧一樣流入蓋瑞特的手裡。小珍發出嗆咽的哭喊；眼珠子一翻，癱倒在地。麥克趕在她腦袋撞上石板以前接住她。艾薩克退開來，讓冰風暫時退去，愛麗絲倒抽一口氣。

蓋瑞特有半張臉不見了，就是被鷹隼扯掉的，剩下條狀跟片狀的臉皮懸在原地。沒有鮮血——彷彿他一直戴著橡膠面具，而面具下方只是空白漆黑的虛無。他的衣服逐漸剝落，露出更多類似臉龐的情景，彷彿披著蓋瑞特皮囊的內部，是存在於世上的一個洞，是個男人形狀的虛空。

「要是一開始沒成功，」那個生物說，殘餘的半張嘴恐怖地扭曲著，「那就只有死路一條。」

「愛麗絲？」艾薩克說，「妳有什麼想法？」

「快逃，」愛麗絲說，「跑回走道之間，艾薩克，幫麥克扶小珍。」

「可是——」

「我很快就會跟上去，別擔心，」愛麗絲說，「快走！」

他們聽話照做。艾薩克跟麥克各站一側，撐起腦袋鬆垂的小珍，趕緊把她帶開。

想啊，快想！魔法好像沒用，冰跟火一概會被牠吞下去，牠會把我們的生物都吸掉。不過，史百克至少還讓牠一時措手不及。所以，也許……

愛麗絲再次抓取史百克的線，但經過那個生物的碰觸之後，那條線彷彿抹了油似的。為了用線裹住自己，她得卯足全力，好讓力氣流入四肢。就在蓋瑞特怪越逼越近時，她彎身舉起蟲先生的一把板凳，那是塊足足有八英尺長的實心木頭。她避開書桌，甩動手臂，拿板凳朝他腦袋砸去。

要是沒有史百克，這張板凳她連抬都抬不動，可是有了他的力量，那塊木頭恍如棒球棒似的，咻咻飛越空中。蓋瑞特怪舉起一手要擋，可是儘管他體型壯碩、動作迅捷，體重卻不夠分量，他被愛麗絲應急用的木棍撞得雙腿離地。他沿著地板滑行，又攪起一團細塵。他還沒停下以前，愛麗絲就拿板凳垂直往下襲去，就像伐木工要將原木劈開似的。遠端發出響亮的裂聲，這一擊扯掉了蓋瑞特大多的頭皮。愛麗絲再次揮擊，可是這回蓋瑞特抓住了板凳裂開的一端，一扭之後從她手中扯離。

「算妳厲害，」生物嗡嗡響，「我就知道妳比其他人聰明。」

那個東西站起來。愛麗絲朝著書桌跟第二張板凳後退時，才意識到事態比原先想的更嚴峻：牠正在長大。才不久，就逼近黑先生的體型，四肢也逐漸加粗，胸膛往外擴張。牠殘餘的偽裝裂開剝落，徒留一片漆黑。

不，愛麗絲暗想，不只是漆黑。還有別的東西在那裡，是一張穿越漆黑交織而成的銀網，非常細緻、非常模糊。那個東西移動的時候，銀網就會發出反光，就像陰霾天際裡的閃爍星辰，時明時暗。

「可是還沒聰明到明辨事理的地步，」那個東西說，「還沒聰明到能夠領悟這一點——當妳打開一扇門把什麼放入監牢，就可能放出某種東西。」

她抓起第二張板凳，以大弧度揮甩。那個生物伸出一隻手臂要抵擋，木頭撞裂在對方手臂上，傳來一陣恐怖的嗡嗡雜音，或許是對方的笑聲吧。

愛麗絲拋下板凳殘塊，轉身拔腿追趕其他學徒。

第二十七章 奧若波里恩

為了趕上其他人，她扯動迷宮織布，然後拉著他們五個人越過圖書館，把蓋瑞特怪拋在後頭。不過，迷宮本身也出了狀況——那個生物所到之處，那裡必定扁平下來，變得越來越靜，彷彿被釘在了板子上。這種效果擴散得飛快。終結說過，迷宮受到了某種東西的破壞。

「那到底是什麼東西啊？」艾薩克說，他們停在交叉路口上。前方就是圖書館不受管轄的區域，書架隨意聚集成群，還有入口書。

「我從沒聽過類似的東西，」黛克西氣喘吁吁說，「卡里亞堤盔甲是可以被擊破沒錯，可是我從來沒看它……融化過。」

是牢獄，愛麗絲暗想，是《無盡牢獄》的關係。那個東西一直在裡面，有人把牠困在這本書裡頭，然後把書藏在鏡之宮，結果被我放出來了。

「我從沒看過魔法生物那樣消失，」艾薩克說，「彷彿被牠吸收進去。」

「是被吸收進去沒錯，」灰燼從書架上跳下來，揚起一團灰塵，「愛麗絲，妳還好嗎？」

她眨眨眼。「大概吧，我有點被榨乾的感覺。」

「小珍醒不來。」麥克說，語調雖然平靜，但愛麗絲聽得出底下的急迫。

「說榨乾還滿貼切的，」灰燼說，「牠逮到小珍的生物，順著那個連結奪走她一堆能量，要是我們逃得出去，她會醒來的。」

「這件事你怎麼會突然知道這麼多？」艾薩克說。

「我跟母親談過了，」灰燼說，「告訴你們，我可是冒了不小的個人風險，因為那邊吵得不可開交。可是那個生物啊……」他把身子縮得小小的，耳朵平貼，尾巴在灰塵中來回掃動，「就是那個奧若波里恩。」

「『那個』奧若波里恩？」愛麗絲說，「就只有這麼一個？」

「沒錯，牠不像你、我或入口另一邊的任何東西，牠不是生物，比較像是活生生的魔咒，或是一本會走動的書。是讀者們在好久以前創造的，那個年代還沒有圖書館跟迷陣怪，牠是個武器。老讀者們腦袋還算清楚，懂得別去使用牠，如果對讀者有點認識，就能體會這有多嚇人了。」

「他們為什麼不肯用牠？」麥克說。他已經坐下來，小珍的頭就靠在他的膝上。

「因為一旦啟動牠，就再也制止不了，」貓說，「牠會吃掉魔法，用魔法來壯大自己。你丟什麼過去，牠都會吞光，也會吞掉牠在圖書館裡找到的任何東西，牠會不停吞噬，直到什麼都不剩。如果武器會吞掉你希望偷走的所有珍寶，那還有什麼意義？」

「牠來這裡幹嘛？」艾薩克說。

「是我帶來的，」愛麗絲說，語氣平板無生氣，「我去尋找不該找的東西，帶回來之後，無意間放牠出來了，是我的錯。」

「難怪老讀者們會這麼害怕。」艾薩克說。

「最得寵者一定知道出了什麼事，」黛克西說，「所以才派我們來這裡把牠重新囚禁起來。」

「不，」灰燼說，「短短幾個小時內發生的事，即使連老讀者也不可能來得及處理。母親認為，老讀者給你們的魔咒是個屏障。你們一啟動這個魔咒，就會把整間圖書館隔絕起來，同時切斷所有的入口。奧若波里恩就會被困在這裡。」

「連同我們全部？」艾薩克說。

灰燼點點頭。

「當然了，」愛麗絲說，「對老讀者們來說，你啊、我們啊，都是可有可無的東西。」

「我……」黛克西一貫的爽朗一時動搖，背後隱含了失落跟恐懼，「不會吧，最得寵者……她不會……」

「凡法師不會要我們白白送死的。」麥克說。

「我主人就會，」艾薩克厲聲說，「你們的也會，那就是學徒的用處。讀者們如果願意挺身冒險，就沒機會成為老讀者了。」

「灰燼，我們該怎麼辦？」愛麗絲問，「要怎樣阻止那個東西？」

「你們沒辦法，」灰燼說，「很遺憾，一旦啟動了奧若波里恩，就會一直運轉不停，直到不剩任何魔法可以吸取。你們可以劃傷牠、砸爛牠，隨便你們，可是牠就是不會罷手，牠是會自我餵養的魔咒。」

罪惡感揪緊她的胸膛。「一定有什麼辦法！要是牠吞掉圖書館裡所有的書——所有的入口——」爍兒跟我說過，他的世界當初會開始走下坡，就是因為入口被封鎖了，要是入口徹底毀滅，又會發生什麼事？「有危險的不只是這間圖書館，跟這間圖書館相連的每個世界都有危險。」

「讀者們最後會阻止牠的，可是對這邊的人來說不夠快。母親說，你們頂多只能盡量閃避，可以找到的第一個入口就趕快進去，然後繼續逃到下一個入口。」灰燼慘兮兮地垂下腦袋。「很遺憾。」

「可是——終結怎麼辦？」愛麗絲說，「那她不就困在這裡了？」

貓咪望著地板一語不發，大家都默默無語。

派洛斯跟我說過，要我遠離牢獄，荷爾加也是，可是我就是一心想報仇，害得現在其他人都跟著受苦。罪惡跟怒意在她心中交戰不休。讀者們搜刮「貢品」，說會提供保護，自己卻不敢挺身冒險。他們為了自保，想也不想就把學徒祭出來當犧牲品，奧若波里恩當初也是他們創造出來的。她腦海裡突然浮現出老讀者們是龐然怪獸的影像，蹲踞在一千個世界組成的地景之上，為了滿足對權力的欲望跟自己的偏執心理，將大家全部吞食掉。「他的魔法奠基在殘酷跟死亡上。」終結以前就跟我說過，不過我到現在才真正體會到。

單是報復傑瑞恩不夠，永遠都不夠，因為這不只跟傑瑞恩有關；他傷害了我，但老讀者們傷害了每個人。必須有人出面阻止他們，一定要有人扛起責任。就從現在開始。

「我要把這件事處理好，我不會逃的。」愛麗絲說。

「我知道。」艾薩克說。

「什麼？」愛麗絲眨眨眼。「你說你知道，是什麼意思？」

「妳在伊掃的堡壘就不肯放棄，」他說，「我想妳在這裡也不會輕易放棄。」

「可是這全是我的錯，」愛麗絲說，「是我把奧若波里恩放出來的。要不是因為我，你們就不會陷入險境！」

「我們都犯過錯，」黛克西說，恢復了平日的爽朗笑容，「重要的是，我們要怎麼面對錯誤。我當然會陪在妳身邊，愛麗絲姊妹。」

「我也會。」艾薩克說。

「如果可以，」麥克說，「我也會幫忙，可是我必須照顧小珍。」

「可是──」愛麗絲打住。在伊掃的堡壘裡，他們選擇留在她身邊時，她曾經試著辯駁，當時沒成功，看來現在也不可能管用。

「好吧，」她說，「我是有……某種計畫啦。」

「我還是認為我應該當誘餌，而不是信差。」艾薩克嘀咕。

「你又沒有史百克那種防護力，」愛麗絲說，「我們會小心的，別擔心。灰燼，你可以告訴他怎麼去嗎？」

貓咪緊張地揮甩尾巴。「我覺得這個點子不大好，萬一那裡沒人呢？」

那麼至少我們當中有一個人可以脫離險境。「他們會在那裡的，動作快就是了。」

「我應該做更多的，」麥克說，眼鏡稍微歪了，原本整齊的頭髮也亂糟糟，「我可以留在這裡陪妳。」

「你先把小珍帶到安全的地方，」愛麗絲說，「我們最後會需要你的。」

她打直身子，望著黛克西。黛克西一臉燦笑，點了點頭。「愛麗絲姊妹說得對，」黛克西說，「為了要成功，我們需要每個人各司其職。」

艾薩克跟麥克猶豫不決，各站一邊，撐起尚未恢復意識的小珍。灰燼帶他們走往圖書館後側，踏進了入口書區。

愛麗絲感覺得到，奧若波里恩逐漸榨乾了迷宮織布裡的魔法。牠似乎也感應得到她們，因為牠正筆直地朝她們逼來。

「好了，」愛麗絲說，「我們要盡量拖延時間，再怎樣都不要讓牠靠近妳。」

「我懂，」黛克西伸出銀製長矛，就像巨型牙籤一樣樸素沒特徵，「能做多少根，我都會盡量做。」

愛麗絲接過長矛。她最後一次用黛克西的月亮物品，是在跟折磨對峙的當時，長矛輕到不可思議，不只堅硬而且銳利無比。奧若波里恩吸收了召喚而來的生物，擋開了魔法效力，不過肉體上的衝擊似乎可以減慢他的速度。愛麗絲希望能夠藉由史百克的力氣跟黛克西的武器阻攔牠，能夠撐越久越好，直到艾薩克回來為止。

「牠來了。」愛麗絲說。迷宮織布在她周圍收緊。

奧若波里恩繞過角落緩步走來，手臂外伸，指頭掃過書架兩側。愛麗絲可以看到魔法微光從書本流瀉出來，進入了那個生物的黑銀身體。

「哈囉，愛麗絲。」牠呼喚，雜音底下潛藏著嘲諷意味。

她舉起長矛，手往後拉，然後往前一拋，盡可能拉緊史百克的線。那根武器咻咻橫越空中，快如子彈，刺中了奧若波里恩的胸膛。長矛扎得很深，那個生物往後踉蹌。

黛克西又遞了根長矛給愛麗絲，她趕在那個生物平復以前再次投擲。這一次擊中奧若波里恩的肩膀，牠轉著身子撞上書架，書架受到衝擊，岌岌可危地搖晃起來。第三根長矛刺入牠的腹部，第四根擊中牠的手臂，卡在書架的木料上，暫時制住了那個生物。

愛麗絲拋出第五根長矛，但那個生物已經從訝異恢復了平靜。奧若波里恩舉起一手，長矛刺穿了牠的手掌，矛尖距離牠空白無眼的臉龐只有幾英寸。接著，五根長矛全都化為無形，變成液狀，流進了生物的黑色肌膚裡，並未留下任何傷口，黛克西發出悶哼。

「儘管繼續掙扎吧，」奧若波里恩說，「這顯然是妳的天性。」

「你又怎麼知道我有什麼天性？」愛麗絲說。黛克西喘著想換氣。

「從鏡子這一側觀察的時候，時間跟距離都是幻覺，」奧若波里恩說，「愛麗絲・克雷頓，妳來鏡之宮的時候，我掌握了妳的不少資訊。」

「妳還好嗎？」愛麗絲對黛克西說，退後了一步。

「我想還好。」黛克西第一步有點不穩，可是很快就恢復了。

「那就快跑！」

兩人拔腿狂奔。奧若波里恩把自己推離書架，追了上去，牠跨著大步，以駭人的速度縮小了雙方的距離。愛麗絲在下個交叉口停步，抓住書架的一側，然後往下拉扯，書本跟灰塵像雪崩一樣紛紛撒落。笨重的書架撞上肩膀時，奧若波里恩一時踉蹌，接著揮動巨拳將書架劈成兩半，木頭碎片頓時迸散。黛克西把長度如匕首的一雙矛遞給愛麗絲。生物起身時，愛麗絲將矛咻咻射過這片殘景，矛擊中原本該是眼睛的兩個洞，生物的腦袋猛地往後仰。

「繼續跑！」愛麗絲說，「往左！繞過轉角！」這時生物爬過了殘破的書架。

黛克西上氣不接下氣，灰塵瀰漫的空氣燒灼著愛麗絲的喉嚨。她們現在在圖書館深處，在一群群書架之間躲躲閃閃；每群書架自成一個迷你世界，中央各自放了一本入口書或囚禁書，愛麗絲指向其中一群書架。

「進去裡面！」愛麗絲吼道，「擠進書架縫隙！」

她衝向縫隙，肩膀刮到木頭，感覺那種令人不安但熟悉的延展——從圖書館進入書本世界滲漏出來的奇異空間時，向來給她這種感覺。從內側看來，書架是獨立矗立的巨石，如此高聳，擋住了天際，中間圍出一片空地跟小池塘，周圍是濃密的叢林。這就是愛麗絲把橡實留下來灌注能量的地方，蓬勃生猛的力量從池塘側面的書本奔瀉出來。

「往那邊走，」愛麗絲說，「到瀑布那邊。」

黛克西點點頭。愛麗絲在空地中央停下腳步，聽著怪鳥從遠處傳來的鳴叫、水流擊石、昆蟲嗡鳴。她等候著。

沒等多久，一塊巨石就搖晃起來，移了位置之後往外倒塌，發出山崩地裂般的聲響。奧若波里恩站在空隙那裡，就是把一座書架拉倒的地方，現在內外兩個世界終於交會，連接的地方彷彿是不堪入目的紅腫傷口，愛麗絲不得不別開臉。

「妳以為妳躲得過我？」

樹精在她的召喚下啵地現身，這個苗條的綠皮生物只有她的一半高。牠按照她的心念指示，匆匆奔入叢林，身上同時長出一層盔甲似的厚厚樹皮，手腳並用爬上一棵搖擺不停的樹。片刻之後，枝椏就像活生生的東西扭動起來，在奧若波里恩穿過林下灌叢的時候，往外狠狠揮去。枝椏纏住了牠，以大到足以壓碎花崗岩的力道擠壓，往相反方向拉扯牠的四肢，想把牠五馬分屍。

可是只要碰到那個怪獸，植物就開始枯萎。死亡往四周擴散，首先是小草，再來是綠葉。樹幹倒塌，蛀洞腐爛，奧若波里恩三兩下就把逐漸枯死的空殼甩掉。樹精往後撤退，派出更多樹木加入混戰，可是顯然是一場必敗的戰役。

盡可能絆住牠，越久越好，愛麗絲告訴樹精。她抓起入口書——她無法忍受把它留下來，任它慘遭吞噬——然後擠過巨石間的縫隙，出現在圖書館的書架之間。黛克西一把抓住她的手，兩人拔腿狂奔，背後的叢林發出折斷跟裂開的聲響，漸漸邁向衰亡。

第二十八章 碰碰運氣

愛麗絲感覺樹精被吸進了奧若波里恩恍如無底洞的大口裡。她踉蹌一下，頭重腳輕的感覺頓時襲來，還好黛克西及時抓住她，讓她不至於慘跌一跤。

快到了。麥克正在書架旁邊等候，守護著通往火精靈世界的入口。令愛麗絲意外的是，小珍也在。女孩還有點搖搖晃晃的模樣，可是畢竟靠自己站起來了，放眼不見艾薩克的蹤影。

「他還沒回來嗎？」愛麗絲說。

「還沒，」麥克說，摸索著要找眼鏡，「那個生物在後面多遠的地方？」

「恐怕不遠。」黛克西說，放開愛麗絲，轉身面向她們所來之處，一身卡里亞堤盔甲再次閃現。

「我們不能永遠逃下去，」愛麗絲說著便放下書來，雙腿軟得像果凍，她覺得自己就要倒下，「我們必須想辦法抵抗。」她望著小珍。「艾薩克應該帶妳一起過去的。」

「他也跟我這麼說，」她說，固執地繃緊了臉，「我就叫他滾開。」

愛麗絲猶豫片刻，然後聳聳肩。「不要直接對奧若波里恩施法，也不要讓妳的生物被逮，牠們會直接被牠吸走。」

「麥克跟我說過了。」小珍露出沒把握的笑容，舉起雙手，手指逐漸拉長，化為堅硬尖銳的爪子。

「牠來了。」黛克西說。

愛麗絲又看了一次艾薩克離開的書架，然後轉身面對圖書館的暗影。奧若波里恩從陰影當中現身，是一片更黝暗的東西，裡頭交織著銀線。牠依然變換著形狀，身軀越抽越高，四肢也越來越長，慢慢失去了原本殘存的人形，腦袋只是肩膀上的腫塊，雙手不再擁有手指，雜音般的說話聲在她耳畔嗡嗡作響。

「你們擋不住我的，」牠咆哮，「這次不可能了。」

愛麗絲當初跟折磨對戰時，心驚肉跳、痛苦難當，但這回看著奧若波里恩，她的感覺更加糟糕，近乎絕望。折磨雖然孔武有力、法力高強，但至少是個活生生有氣息的生物。她傷到他的時候，他會流血。奧若波里恩則像機器，像是魔法編織出來的引擎，好似反覆擊打不停的杵錘，直到把所有東西打到裂解為止。

或者直到牠本身裂解。

她再次回頭看看。快啊，艾薩克。

「愛麗絲・克雷頓，我們兩個其實沒什麼不同，我準備先大快朵頤一番，」奧若波里恩大步走得更近，「再來報復把我囚禁起來的那些孬種。想報復的感覺，妳懂。」

我又不像你，而且我才不是孬種。沒時間了，我們必須試試看，那就表示他們可能都會被殺。想起愛倫死去的臉龐，煙霧湧出她的雙眼跟嘴巴，愛麗絲不禁緊張地嚥嚥口水。

「黛克西，」她說，「到右邊去，小珍跟麥克到左邊，想辦法別讓牠抓到我就是了——」

石板上反射回來的光線透著橙黃色調，傳來狀似火焰劈啪作響的聲音：「那妳要我站在哪邊？」

「爍兒！」愛麗絲轉頭就看到火精靈從書架間的窄隙現身。艾提尼亞就跟在後面，淡青髮絲的末端亮成了白色，兩人都拿著黑色長矛。「派洛斯派你們來幫忙嗎？」

「派洛斯說太危險了，」艾提尼亞說，「可是我們還是來了。」

「我一聽說有仗要打，」另一個聲音說，「就跟過來了。」

荷爾加從另外兩個書架之間現身，艾卓德緊跟在後。較年長的冰巨人跟愛麗絲上次見到的時候一樣，但艾卓德穿上了跟母親類似的戰鬥服，手持雙手斧。

「我們當時在火精靈的村莊，」艾卓德說，「討論交換物資的事，然後艾薩克就出現了。」

艾薩克最後才擠出來，因為穿過了入口密室的熱氣，外套邊緣都燒焦了。看到愛麗絲，他如釋重負吁了口氣。「我本來不確定我們趕不趕得上。」

「剛剛好，」愛麗絲轉身面對奧若波里恩，牠暫停動作，評估著那些新來的人，「你把計畫告訴他們了？」

「就是別讓牠靠近妳。」爍兒說。

「看起來沒那麼危險啊。」荷爾加說，先解開一把巨斧，再來是另一把，她在指間轉轉斧頭。

「看起來沒什麼了不起嘛，」艾卓德說，「連花力氣素描都不值得。」

「妳以為這樣就有機會活下來？」奧若波里恩的笑聲就像刺耳的無線電雜音。牠步步進逼，愛麗絲跟朋友們上前迎戰。

荷爾加負責帶頭進攻，高喊戰呼，大步一跨，就遠遠超前其他人。她在奧若波里恩面前滑著停住腳步，站穩之後，讓動能帶著她旋轉，集中全身力量揮舞一把巨斧。斧頭劈中了奧若波里恩的肩膀下方，徹底砍穿了手臂，深深埋入身軀。截斷的胳膊落了下來，在撞上地面以前就像黑霧一樣蒸發不見。

奧若波里恩猛揮另一隻手臂，對準荷爾加大弧度出拳，艾卓德用自己的斧頭在頭頂上一揮，及時攔截了這次攻擊，斧頭砍斷了生物另一隻胳膊肘部以下的部位，牠只能絕望地擺動殘肢。爍兒跟艾提尼亞在她背後繞走，長矛隨時準備出擊，麥克跟小珍則繞往另一個方向。

「妳真的確定自己在幹嘛嗎？愛麗絲姊妹？」黛克西說。

「不確定。」愛麗絲說著便奔衝上前，閃過了荷爾加的大腳。

愛麗絲逼上前的時候，黛克西一直留在她身邊，兩人的腦袋只到奧若波里恩的腰際。愛麗絲用雙臂擒住牠的一條腿，使盡史百克的力氣擠壓，好讓自己留在原地。然後她閉上雙眼，仿照書寫時觀看自己的魔咒那樣觀看牠。

往下、往下、再往下——

她感覺奧若波里恩在她下方移動，簡陋的生物外型底下是魔法細線錯綜交織的網子。她可以感覺到牠的感覺，她知道牠為什麼不把攻擊跟武器當成一回事。外型只是個外型，是魔咒的實體化身，但並非魔咒本身。牠可以因應需求，隨意幻化成任何模樣。

「看著好好學啊，讀者。」嗡嗡響傳遍了愛麗絲的頭顱。

生物被截斷的肩膀泛起漣漪，每一側各長出了兩條新手臂，跟觸鬚一樣又長又靈活。其中一雙伸向艾卓德，她砍除了其中一條，但是另一條纏住了她的腰。兩個火精靈衝上前，用長矛刺穿了那條觸鬚，冰巨人女孩扭身掙脫，另外兩條觸鬚伸向荷爾加，但她的斧刀一閃，就將它們劈成兩段。

在書寫的陰影世界裡，愛麗絲扯著奧若波里恩的結構，把魔咒撕成碎片。在她的心念抓力裡，魔咒變成碎碎片片，不比蜘蛛網更堅固；不過，片刻之後她才領悟到自己沒有任何進展。奧若波里恩非常繁複，自我交纏了千百萬次，她剛剛扯壞的部分又恢復原狀，彷彿不曾被扯離。

「給妳鼓鼓掌，」奧若波里恩嗡嗡響，「不過，如果讀者們毀得了我，妳不覺得他們老早就會這麼做了嗎？」

漣漪從生物的肩膀擴散到背部，有更多觸鬚迸生出來。五、十、二十條黑暗條狀物在空中以曲線前進，想要揪住愛麗絲。

朋友們擋住了那些觸鬚的去路，劈擊、揮砍又戳刺。觸鬚像黑霧一般在荷爾加四周湧動翻騰，艾卓德砍掉一條又一條的觸鬚；爍兒跟艾提尼亞則負責守護愛麗絲，麥克的

銀飛鏢跟艾薩克的冰刃，不停襲擊那些扭動的肢體；小珍躍上生物的背，用爪子割掉觸鬚根部。黛克西站在愛麗絲正前方，用長劍攔截任何太過靠近的東西。

「妳朋友還真是堅持，」生物說，愛麗絲感覺牠的結構正在扭轉移動，「不過，妳這樣做等於是讓他們白白送死。」

愛麗絲想要吶喊警告大家，可是那就表示要把注意力轉回現實世界，而她不敢這麼做。她扯著魔咒的結構，心急如焚尋找破壞奧若波里恩的方法，必須快過牠自我重建的速度才行，毀壞的魔法碎片在她周圍飄浮。

更多觸鬚冒生出來，尖端跟長矛一般尖銳剛硬。

奧若波里恩加倍攻擊火力，劈砍戳刺，而不是抓取，荷爾加的斧頭嗡嗡響，冰刃擊打著固態的黑暗。艾卓德悶哼一聲，跪了下來，大腿的傷口流出濃稠白血。艾卓德跛著腳退開時，爍兒跟艾提尼亞並肩作戰，長矛旋轉不停，幫忙擋開生物的攻擊。小珍趕在兩條觸鬚刺穿自己以前，從生物的外皮上跳下來，落在麥克前方，用爪子撥開兩條觸鬚的合擊。艾薩克彎身閃躲，鬚尖劃過黛克西的盔甲，撞出金屬尖響，她用長劍砍掉了那些觸鬚。

「艾卓德！」荷爾加掙扎著要離開戰局，到女兒身邊去，但奧若波里恩就是不肯放緩攻勢。更多觸鬚冒了出來，有好幾百條，鑽竄纏繞，形成了扭動交錯的黑暗，遮去了圖書館的景象。觸鬚全都朝著愛麗絲攻來，想戳刺、切割、扯碎她，因為她竟然膽敢企圖破壞牠。

「我會把你們的生命都吸光，」生物嗡嗡響，「愛麗絲・克雷頓，我會把妳留到最後，這樣就可以逼妳眼睜睜看著其他人——」

快啊，快啊。愛麗絲感覺眼皮之間滲出了淚水。一定有什麼辦法！要是能寫出魔咒，就一定能解開它。可是好複雜啊。單是要追蹤法力的流向，就讓她腦袋怦怦抽痛，一個分支扭轉繞過另一分支，難分難解、纏繞交錯，就像——

——迷宮。

她鬆開對魔咒的緊緊抓力，任由心思在它複雜的架構中漫遊。法力流動著，她隨著它流動，從一個接點到下個接點，穿過長廊跟房間，傳來某種震顫感，類似她碰觸圖書館織布的感覺。所有的東西一定匯聚在什麼地方，連最複雜的迷宮都有個——

有人放聲尖叫，接著突然嗆停下來。愛麗絲的心狂跳不已。

——中心。

有了！單一的接點，跟其他接點沒有不同，但所有的法力之流都匯集在這裡，一定就是這裡！愛麗絲往下探出心念，將它一把扯掉。

「什麼？」奧若波里恩怒吼。

這一次，毀壞的地方並沒有自我修復，而是擴散開來，好似砌磚崩塌、骨牌倒下、紙牌屋潰散。繁複的網絡逐漸崩潰，起初速度緩慢，但漸漸加快。愛麗絲將自己拉回現實，睜開雙眼，放開了抓力。

「不可能！」生物的聲音竄升到嗡嗡響的狂亂尖叫，「沒有讀者能夠毀掉我！妳——」

奧若波里恩在原地定住不動，交織穿過烏黑身軀的銀線閃現出燦亮白光，荷爾加用雙手緊緊揪住一根刺中她腹部的觸鬚，觸鬚直直穿透了她的背，艾卓德正驚聲尖叫。

「愛麗絲．克雷頓！」奧若波里恩哀號，「妳到底是什麼？」

緩緩地，每根觸鬚的尖端開始消逝，散解成黑色霧氣。解體的速度逐漸加快，順著四肢蔓延到那個生物幾乎不具人形的龐大身軀。最後爆出一陣雜音，奧若波里恩隨之解體，化為快速飄散無蹤的黑色霧氣。

荷爾加露出笑容，咻咻喘息，一手壓住腹部的暗色汙跡。

「哈，」荷爾加說，「這一戰真精采。」

接著她癱倒在地，艾卓德再次放聲尖叫。

第二十九章 宣戰

「她是個好女孩，可是太容易擔心，」荷爾加說，「想殺死冰之花荷爾加，可沒那麼容易！」

「擔心的可不是只有她。」愛麗絲說。

愛麗絲盤腿坐在圖書館壁龕裡，旁邊就是大家用大宅拿來的七組床單跟枕頭，臨時替荷爾加搭出來的病床。艾卓德蜷起身子，躺在母親身邊睡著了。荷爾加的傷口跟其他每個人的傷口，都用冰巨人當初用來治療愛麗絲的那種讓人發麻的冰藥封住了。那個東西就像厚石膏一樣敷在傷口上，顯然具有神奇療效，因為荷爾加已經可以起身坐在床上。

一定要請她留一點那種冰藥在這裡，要是有比繃帶更好的東西可以拿來急救，那就太好了。

「我承認，這場戰役比我預期的還激烈，」荷爾加說，「當初要是時間充裕，我就可以帶更多戰士上陣。」

「艾薩克到火精靈的村子時，你們剛好也在那裡，我們真幸運。」愛麗絲說。

她當初派艾薩克趕去入口書那裡，尋找任何可以幫忙阻擋奧若波里恩的人手。既然召喚來的生物跟魔法都派不上用場，她推想，一般的長矛跟斧頭可以幫得上忙。可是要是荷爾加當時不在村裡……爍兒跟艾提尼亞違抗耆老的命令跑來幫她，不過如果當初只有這兩個火精靈，愛麗絲不確定人手夠不夠。

「我們兩方都很幸運，妳之前保護過我這個任性女兒的安全，我必須還妳人情。」荷爾加戀戀地撫搓艾卓德的頭髮。「看來她骨子裡還是個戰士啊。」望著她們母女倆，愛麗絲不禁胸口發疼，但她盡量擠出笑容。「她是戰士，也是藝術家。」

「確實。」

「謝謝妳們付出的一切，」愛麗絲說，「這都是我的錯。」

「而妳也扛起責任了，」荷爾加揮揮手，「妳的艾薩克說的事，我只聽懂了一點，不過，既然這個生物也威脅到我們的世界，而且有妳跟我們站同一陣線，最好就在這裡跟牠進行殊死戰。」

「他其實不是我的艾薩克啦。」愛麗絲咕噥。

「不是嗎？他提到妳的時候，我聽他的語氣，還以為……」荷爾加露出促狹的笑容，「唔，妳還年輕，遲早會學到的。」

愛麗絲紅著臉，納悶荷爾加到底知道多少，她都還沒勇氣，追問對方冰巨人世界是否有男性，如果有，又扮演什麼角色。幸好，石地上傳來爪子搔抓的微微聲響，省得深入討論這個話題。愛麗絲環顧四周，在最近的圖書館走道陰影裡，發現終結的黃眼正放著光。

「啊，」荷爾加說，瞇細了眼睛，「妳最好去吧。」

愛麗絲點點頭，站起身來，終結的尾巴來回甩動，像節拍器一樣劃過空氣。

「愛麗絲，」終結轟隆隆說道，「陪我走一會兒吧？」

愛麗絲跟上巨貓的腳步。「一切都順利嗎？」愛麗絲說，「我是說跟妳的兄弟姊妹們。」

「暫且過得去，」終結說，「其他的迷魂怪都撤退了，我們有點喘息的空間，老讀者們還無法確定發生什麼事，因為害怕奧若波里恩，暫時不會靠近。」

「我們有多少時間？」

「我沒辦法確定。幾個星期，也許一個月，即使他們自己不敢用入口，還是會派生物來實體世界監視我們。」

一個月，比起過去二十四小時的瘋狂步調，簡直就像永永遠遠，可是同時也像完全沒時間，我們一個月之內能夠完成什麼？

雙方陷入沉默片刻。終結開口了：「抱歉。」

「抱歉什麼？」

「當初要妳去找《無盡牢獄》。我知道把它用在傑瑞恩身上的時候，會釋放出裡頭的東西，可是我以為是我三兩下就能解決的東西，我從沒料到會是奧若波里恩，單是他的存在就扯裂了迷宮，讓我看不清眼前的情勢。我……自信過頭了。」她頓住。「我之前要灰燼叫妳快逃。」

「他說了，」愛麗絲說，「妳真的以為我會逃？」

「不，」大貓說，「我以為妳會死。」

另一陣更強烈的沉默。

「很抱歉讓妳失望了。」愛麗絲說。

終結把頭轉向愛麗絲，露出滿口牙的笑容。「我早該知道的，妳的習慣就是完成不可能的事。」迷陣怪在另一個交叉口前方停下腳步。「妳現在要怎麼辦？」

「我想過了，稍微想過。」愛麗絲說。

「然後呢？」

愛麗絲娓娓道出計畫，盡可能不要結巴。講完的時候，終結緩緩眨眼，然後轟隆隆發出低沉的輕笑。

「妳覺得不會成功？」愛麗絲說。

「我沒有立場這麼說，」終結說，「我相信妳就是這些年來我在找的人。」

「可以共事的對象，」愛麗絲說，「一個夥伴，而不是主人。」

「這種人很罕見，能不依循讀者一貫的思路，」終結說，「反對濫用自己法力的讀者，為什麼？」

「因為那樣不對，那樣很殘忍。」

「難得啊難得。」終結喃喃。

「那麼妳願意幫忙嘍？」愛麗絲猶豫起來，「我想，沒有妳的話，我辦不到。要是沒有妳，我永遠不可能走到這麼遠。」

「都到這節骨眼了，我也沒多少選擇，」終結說，「我的命運早已注定。不過，不管怎樣，我想妳都說得對，我會盡可能幫忙。」

「謝謝。」

愛麗絲一時衝動，伸出手去撫摸終結肩上的皮毛。她的手陷了進去，鬆軟的黑毛比世上最柔軟的枕頭還軟，終結再次揮甩尾巴。

「他們在蟲先生的桌邊等你，」終結說，「就是圖書館生物跟學徒們，我要灰燼把大家集合起來，妳最好跟他們講講話。」

愛麗絲點點頭，接著因為想起什麼而緊張地嚥嚥口水。「那……愛倫呢？她……」

「我已經把她的遺體放在安全的地方，」終結柔聲說，「等我們結束以後，我會帶妳去一個可以安葬她的地方。」

「謝謝，」愛麗絲直起身子，「我想面對群眾的時間到了。」

「確實。」

她無力地輕輕一笑。「我想奧若波里恩都沒這麼嚇人。」

「是嗎？」終結說。

愛麗絲搖搖頭。「不是。」

她深吸一口氣，繞過了轉角，轉眼間就從這裡到了那裡。

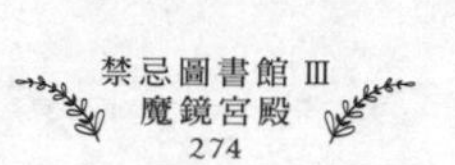

眾人群聚一堂，就是傑瑞恩消失之後，來這裡要她給出保證的那些生物——發條蜘蛛、妖精們、穿枯骨裝的女人、蘑菇駝背老人。放眼不見黑先生，但蟲先生在場，不曉得是打哪個藏身處爬出來的。荷爾加當然還在床上，但艾卓德就站在群眾邊緣，拿出畫板，急切快筆素描，爍兒跟艾提尼亞站在前排，拿著黑色長矛貼在身側。

其他學徒也在。艾薩克、黛克西、麥克跟小珍站在一起，跟其他人稍微隔開一點距離。他們身上到處敷著冰藥，一臉擔憂與疲憊。這也難怪，我戰鬥是為了捍衛自己的家，但他們可能已經無家可歸。他們無法回到主人身邊，現在不行。

灰燼在目前少了板凳的書桌上來回踱步，輕腳踩過四散的書本。

愛麗絲出現時，他說：「感謝老天，這群人有點失控了，我——欸！」

愛麗絲將貓咪一把撈進自己懷裡，用力吻了他毛茸茸的額頭。

「這是幹嘛？」灰燼吞吞吐吐，「我做了什麼，竟然會得到一個吻？」

「我想跟你道謝，」愛麗絲說著便把他放到地上，「為了一切。」

「噢，嗯，我絕不會質疑自己的英勇程度，」灰燼喃喃，「可是如果妳要正式表示謝意，應該拿鮪魚出來才有誠意。」

愛麗絲笑了。「我會記住的。」

愛麗絲笨拙地爬上桌面，舉起雙手要大家安靜。這一次，喃喃聲三兩下就靜下了，覺得每隻眼睛都緊緊盯著自己。她往外眺望群眾，無比的疲憊感頓時湧現，好漫長的一天。

「我叫愛麗絲・克雷頓，」她說，「是個讀者。」

接近後側的地方，有人咳了咳，發條蜘蛛發出嗯哼跟鏗鏘聲。

「傑瑞恩法師發現我有讀者天賦之後，就收我當學徒，他並沒有給我選擇的機會，或者該說——」愛麗絲在群眾中發現艾瑪茫然的臉龐，就在蟲先生身旁，「——沒給我多少選擇空間，我認識的其他讀者也都有類似遭遇，我想你們大多數人的經歷都差不多。」她朝爍兒點點頭。「比方說，火精靈並沒有主動說要成為傑瑞恩……帝國的一部分，或者說領地的一部分，不管你們想怎麼稱呼。可是要不這麼做，就會成為其他讀者的獵物。」

「這些事情人人都知道。」骨女人喊道。

「我曉得，」愛麗絲又深吸一口氣，「當初我到伊掃的堡壘去，是希望能查出我父親的遭遇。我本來以為，他可能還在某個地方活著。但我錯了，他死了，害死他的人就是傑瑞恩跟伊掃。」

她聽到黛克西倒抽一口氣，儘管胸口一陣痛楚，依然繼續說下去。

「因為想報仇，我就去找報仇的工具，最後也找到了，我把傑瑞恩困在某個他永遠不能再傷害人的地方。」

這番話引起群眾的喃喃聲，發條蜘蛛舉起告示表示：疑問：怎麼辦到的？其他人對著她或彼此，不是吼叫就是揮舞拳頭。

「重點是，」愛麗絲拉高嗓門說，「我當時沒考慮到，事後對我自己或對大家，會帶來什麼影響，我想針對這點說聲抱歉。」

「現在說這些，對我們有用才怪，」骨女人說，「太遲了啦！」

「是太遲了沒錯，」愛麗絲附和，壓過了幾聲類似的吶喊，「我只能告訴你們，我現在打算做什麼。」

「妳打算取代他的位置！」有個妖精說。

「不，我沒有那個打算，我並不會，是因為沒人應該擁有那樣的權力。這一切——」她展開雙手比了比，將幾百萬本藏書的圖書館、整座莊園跟全世界涵蓋在內——「是老讀者為了自己的好處創造出來的系統。為了捍衛這個系統，他們無所不用其極，他們意識到奧若波里恩脫逃的時候，就送了個魔咒來這裡，打算把這座圖書館整個隔離，任由裡面的人自生自滅。那個生物會殺死他們的學徒，他們卻沒有打算因此罷手。

「要是他們之前覺得害怕，現在肯定會魂飛魄散，因為我們打敗了奧若波里恩；對他們來說，我們變成了威脅。他們可能會先觀望一陣子，可是最後還是會回來。」

眾人再次鴉雀無聲，連蜘蛛都安靜下來，愛麗絲猶豫片刻。

「我打算跟他們對戰，」她說，「我要把整個東西拆解掉，圖書館、囚禁書、貢品、一切。我要把他們曾經用來在任何世界、傷害任何人的每分力量全都拿走，他們控制我們夠久了。」

「我不確定我會不會贏，可是我確實知道我需要幫手，終結希望我成為不同類型的讀者，扮演夥伴而不是主人的角色。所以那就是我打算做的事，歡迎大家加入我的行列。」

她在內心最深處以為群眾會響起歡呼聲，少說也會有掌聲，總之有點什麼就是了。但這群奇怪生物只是杵在原地、默不作聲，彷彿受到了催眠，接著蜘蛛的告示喀答一聲旋轉起來。

告示寫說：假設：自殺式的瘋狂行為。

這一來就打破了魔咒般的靜默。眾人頓時七嘴八舌議論紛紛，在十幾個地方都有人一言不和吵起來，這種喧譁擾攘差點讓愛麗絲吃不消。她從桌上跳下來，走到學徒同伴身邊，他們在旁邊緊緊站在一起。

「可以更順利才對。」灰燼說，先前已跟大家會合。

「他們只是害怕。」艾薩克說。

「他們當然怕了，」黛克西說，「沒人會挺身反抗老讀者，從來沒有人這樣做過。」

「妳剛說到妳父親的事，是真的嗎？」小珍說。

愛麗絲點點頭。黛克西一把擁住她。

「噢，愛麗絲，」黛克西說，「我好遺憾。」

「妳知道我跟妳有同樣想法，」艾薩克說，「我不能回我主人身邊，現在不行，而且他可能以為我死了。」

「最得寵者……」黛克西猶豫起來，永遠的笑容閃爍起來，「我本來想說，她永遠不會為了奧若波里恩而犧牲我，可是現在我沒把握了。我終於明白……我有把握的事情是多麼的少。」

「我會留在妳身邊。」麥克說。他們都望著她，包括小珍。
「為什麼？」小珍說，「你幾乎不認識她耶！」
「因為她說得沒錯，」男孩扼要地說，將眼鏡往鼻梁上一推，壯膽似地露出笑容，「這樣不就夠了嗎？」
小珍發出誇張的嘆息。「那我猜我也必須留下來了，總要有人照顧你啊。」
「謝謝，」愛麗絲說，「謝謝大家。」
「小妞！」她的背後有人出聲了。
愛麗絲轉身就發現一身枯骨裝的女人俯視著她。對方的身形高大搶眼，深色長髮挽成簡單實用的髮髻。
「抱歉，」愛麗絲再次說，「我知道那樣還不夠，可是——」
「不用在意，妳真的打算挺身對抗老讀者？」
「我打算試試看。」愛麗絲說。
「早該有人這麼做了，」女人說，「要是妳問我意見，我認為他們是一幫惡劣至極的孬種，要是有什麼我可以做的，儘管開口。」
「噢！」愛麗絲搖搖頭，「謝謝妳，我本來以為——」
「我也是，」蘑菇老男人說，慢慢繞過骨女人，「從來沒聽過讀者像妳這樣講話的。」
六個妖精興奮莫名，吱吱喳喳表示同意，最後是骨女人叫他們安靜。

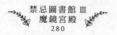

「我想大部分人最後都會想通的，」骨女人說，「要是他們不幫忙，我就揍他們一頓。」

「除非他們是自願的，否則我不想勉強他們幫忙。」愛麗絲連忙說。

「好，」女人說，「他們可以自主決定來幫忙，不然我就揍他們一頓。」

「我要先跟派洛斯談一談，」爍兒說，在愛麗絲還來不及繼續爭辯以前打岔，「等他聽完事情的來龍去脈，我想他也會同意。比起袖手旁觀，我們來幫忙妳反而更安全。」

「請不要誤會派洛斯，」艾提尼亞焦慮地說，「他只是必須為自己的族人著想。」

「我知道的，」愛麗絲說，「謝謝你們。」她拉高嗓門。「謝謝大家！」

「唔，」灰燼在她腳踝附近說，「總是個開始。」

第三十章 現在回到了原點

她還有一件事得做。

愛麗絲把其他人支開之後，坐在蟲先生桌邊，一手貼在《無盡牢獄》的封面上。終結原本把這本書藏在圖書館深處，現在拿了過來。愛麗絲合上雙眼，讓意識掠過魔咒邊緣，只是輕輕拂過。

她發現自己置身黝暗的地方，那裡既沒地板，也沒牆壁或天花板。傑瑞恩站在她面前、她身邊以及她背後，鏡像再三複製下去。所有的傑瑞恩一看到她，滿臉驚訝，瞬間閃現的驚愕表情複製了一百萬次。接著他們長了鬍鬚的臉龐才恢復成平日的沉著。

「愛麗絲，」他說，「妳是來帶我出去的嗎？」

「不是。」愛麗絲說，強忍脫口尊稱他「先生」的衝動。

他瞇細雙眼。「那就是妳做的了，我必須承認，還真是高招，妳在哪裡找到的？」

「那不重要，我要你回答一個問題。」

「什麼？」傑瑞恩皺眉，「不要以為妳可以對我發號施令——」

「我想怎麼以為，都隨我高興，」愛麗絲厲聲說，「你沒有立場爭辯，現在快回答：你是不是殺了我父親？」

他叉起手臂，眼神冒火，愛麗絲聳聳肩。

「隨你便，」她說，「我最後還是會過來的。」

她停頓不語，過了幾次心跳的時間，老讀者屈服了。

「等等！」他說，「請等一等。」

「嗯？」她說。

「對，」傑瑞恩說，恢復了一絲平靜，「看來妳已經知道了。吉迪恩沉船那晚，我的確在場，不過我是到後來才知道這件事的重要性。」

「你當時甚至不知道，」愛麗絲說，「你殺了他，而你卻連自己在幹嘛都不知道。」

「他是人類，」傑瑞恩說，「人類終有一死。」

「我們也是人類。」

「不，我們不是，」傑瑞恩說，「我們跟他們不同，妳明明曉得。要是妳離開這裡，回他們的城市去，妳能夠順利融入嗎？妳有辦法跟他們一樣嗎？」

「我……」愛麗絲頓住。

「妳擁有的力量是國王或總統作夢也想不到的，」傑瑞恩說，「妳現在心情很混亂，這我能體會，不過——」

「夠了！」愛麗絲說。

「是誰煽動妳的？」傑瑞恩說，「艾納克索曼德？艾狄肯？還是——」他對上她的視線，臉色忽地刷白，「不，不是他們當中的任何一個吧？是終結。」

「萬一是呢？」愛麗絲說，「你就像對其他奴隸一樣使喚她。」

「噢，孩子，妳不知道妳幹了什麼好事，妳不曉得自己到底在跟什麼勢力打交道。」傑瑞恩搖搖頭。「她可是迷陣怪啊，妳非放我出去不可，我願意照妳的意思，許下我絕不會報復妳的誓言。妳想要什麼，我都會給妳，不過前提是妳必須放我出去。」

「我沒必要這麼做，」愛麗絲說，「我最後還是會放你出去的，可是有些事情我必須先完成。」

傑瑞恩漸漸亂了陣腳。「妳不能信任終結，妳不能信任他們當中的任何一個，迷魂怪說起謊來就跟呼吸一樣自然，他們就是這個樣子。一直以來，我們之所以束縛他們，妳以為是我們故意殘忍的嗎？如果讓她如願以償，到時要付出代價的不只是讀者。」

「我不知道我能不能信任終結，」愛麗絲搖搖頭，「可是我知道我不能信任你。」

「愛麗絲！妳不明白！拜託——」

愛麗絲睜開眼睛，手離開書本，傑瑞恩的尖聲哀求在她耳裡迴盪。

她跟其他人道完晚安之後回到大宅。其實下午才過半，在幽暗的圖書館裡待了這麼久時間，外頭世界的太陽跟白雪讓她有點震撼。隱形僕人替她備好烤牛肉跟蔬菜湯。她總共吃了三份，還配上一大杯熱可可。接著她泡了個澡，將塵土跟汗水徹底洗淨，輕觸自己的瘀傷。

她洗淨身體之後，套上長睡衣、梳理頭髮。輕拍窗邊那對老舊脫線的兔子之後，將被罩拉開、爬進床鋪。陽光從百葉窗縫洩進來，所以室內並不是全黑的，但睡意早已襲來。

「我要把全部都拆解掉。」她低語。

她夢見了父親，父親綻放了生前常常對她露出的笑容，表示他對她的愛勝過世間一切。她也夢到了一顆巨大銀眼，細如貓眼，廣闊奇異，但不知怎地給了她家的感覺。

謝詞

我已經沒有更多寵物可以用來提獻作品了，除非把長尾鸚鵡跟金魚也算進去。這一次，我要感謝世界各地辛勤工作的貓咪，牠們每天耗費無數時間，悉心訓練自己的人類。

首先，我必須感謝每個讀過我初期書稿的人：Robyn Murphy，他跟我在鳳凰城漫畫展上碰頭，說我走對了路，要我大可放心。謝謝 Cat Rambo，她的閱讀速度跟批判眼光簡直就是超能力。感謝 Casey Blair，儘管忙得不可開交，還是想辦法擠出時間來幫我。這三個人都是極為優秀的作家，在他們的協助之下，我的作品總是能夠更上層樓。

其次，照例要感謝我的經紀人 Seth Fishman（他身兼初稿讀者！）以及 Gernert Company 的其他每個人：Will Roberts、Rebecca Gardner 和 Andy Kifer。還有 Abner Stein 公司的 Caspian Dennis，他如同往常確保英國那邊的一切運作順暢。

第三，感謝我的編輯 Kathy Dawson 跟她助理 Claire Evans，她們深具見地，對我無敵有耐心。

第四，感謝 Alexander Jansson，他設計的封面跟畫作一直是創作這個系列的亮點之一。

第五，感謝 Penguin 出版公司裡跟世界各地所有卓越的出版人，謝謝你們把這些文字變成實體書籍（或是數位產品）。這一次我尤其想感謝 Penguin Young Readers 的成員，他們安排了全美各地教室與圖書館的拜訪跟 Skype 連線對談（如果你是老師或圖書館員，可以來這裡看看：www.penguinclassroom.com）。

最後，當然要感謝各地的讀者，我希望你跟我一樣，從愛麗絲的冒險經歷裡獲得了無窮樂趣。

國家圖書館出版品預行編目資料

禁忌圖書館Ⅲ魔鏡宮殿／ 謙柯・韋斯樂Django Wexler著；謝靜雯 譯. -- 初版. -- 臺北市：皇冠, 2016.10 面；公分. --
(皇冠叢書;第4579種 JOY 194;)
譯自：The Palace of Glass
ISBN 978-957-33-3261-9(平裝)

874.57 105016292

皇冠叢書第4579種
JOY194

禁忌圖書館Ⅲ魔鏡宮殿
The Palace of Glass

作　　者—謙柯・韋斯樂
譯　　者—謝靜雯
發 行 人—平雲
出版發行—皇冠文化出版有限公司
台北市敦化北路120巷50號
電話◎02-27168888
郵撥帳號◎15261516號
皇冠出版社(香港)有限公司
香港上環文咸東街50號寶恒商業中心
23樓2301-3室
電話◎2529-1778　傳真◎2527-0904
總 編 輯—龔橞甄
責任主編—許婷婷
責任編輯—平　靜
美術設計—王瓊瑤
著作完成日期—2015年
初版一刷日期—2016年10月

法律顧問—王惠光律師

讀者服務傳真專線◎02-27150507
電腦編號◎406194
ISBN◎978-957-33-3261-9
Printed in Taiwan
本書定價◎新台幣280元/港幣93元